Die Schöne Münchnerin

Das Buch

Bisher zierte sie das Sommerloch der beliebtesten Boulevardzeitung und die berühmte Galerie Ludwigs I. in Nymphenburg: Die Schöne Münchnerin. Nun liegt sie leider auf dem Obduktionstisch von Gerichtsmedizinerin Dr. Fleischer: Die Gewinnerin des diesjährigen Schönheitswettbewerbs trägt eine koksperforierte Nase, deren DNA sich, sehr kurios, vom Rest des Körpers unterscheidet. Ein neuer Fall für das bewährte Team um Chefinspektor Mader und seinen Dackel, Brühwürfel-Fan Bajazzo. »Soulman« Hummel, »Dosi« Rossmeier und der schwangerschaftsgestresste Zankl krempeln die Ärmel hoch. Sie stoßen auf ein dichtgewebtes Netz aus rolexbewehrten Schönheitschirurgen mit bizarren Geschäftspraktiken. Die Frage, die sich alle stellen: Wurde die Schöne Münchnerin zum Schweigen gebracht, weil sie über die wahre Herkunft ihrer Nase Auskunft geben wollte?

Der Autor

Harry Kämmerer, geboren 1967, aufgewachsen in Passau, lebt mit seiner Familie in München-Haidhausen. Verlagsredakteur mit Herz für Musik und Literatur. Verfasser von bislang 25 Kurzgeschichten, einer Dissertation zum Thema »Satire im 18. Jahrhundert«, einem wissenschaftlichen Lehrbuch und zwei Hörspielserien für Kinder. Sein erster Roman *Isartod* erschien 2010 im Graf Verlag – der Anfang der spannend-witzigen Serie um Mader, Hummel & Co. *Die Schöne Münchnerin* kam 2011 heraus, im Frühjahr 2013 folgte *Heiligenblut*.

Von Harry Kämmerer erschien als List TB außerdem:

Isartod

Harry Kämmerer

Die Schöne Münchnerin

Kriminalroman

List Taschenbuch

Besuchen Sie uns im Internet:
www.list-taschenbuch.de

Ungekürzte Ausgabe im List Taschenbuch
List ist ein Verlag der Ullstein Buchverlage GmbH, Berlin.
1. Auflage August 2013
© Ullstein Buchverlage GmbH, Berlin / Graf Verlag, München 2012
Umschlaggestaltung: ZERO Werbeagentur, München
Titelabbildung: © Frank Rothe / getty images (Frau auf Tisch);
© FinePic®, München (Tapete und Hund)
Satz: Uwe Steffen, München
Gesetzt aus der Berling
Papier: Pamo Super von Arctic Paper Mochenwangen GmbH
Druck und Bindearbeiten: GGP Media GmbH, Pößneck
Printed in Germany
ISBN 978-3-548-61158-7

Für K & K

No matter how strong a man is
Without love he walks in the dark
Dean & Weatherspoon

Münchens scharfer Scherenschnitt
klebt am Horizont wie Pritt
der Alpen wilde Zackenkette
echter Schönheit Silhouette

Von der Ferne in die Stadt
bedeckt mit Herbstlaub satt
Straßen, Parks, Alleen
überall ist es zu sehn

Ab und an Wind eisig schon
Blätterwirbel jetzt Saison
rot und gelb und braun
melancholisch anzuschaun

Alles hat so seine Zeit
Herbst heißt auch Vergänglichkeit

WWWRRROOOAAAAARRRRRRRRRRRRRRR

Der Sound war unbeschreiblich. Hanke trat das Pedal voll durch, dann Gas zurück, Schalthebel vor, das Getriebe jaulte auf, der Maserati ging auf hundertzehn runter, Hanke stieg auf die Bremse, ließ sie los, gab am Scheitelpunkt der Kurve wieder Gas, die Hinterreifen drehten durch, griffen und katapultierten den Wagen aus der Neunzig-Grad-Kurve. Hankes Lederhandschuhhände hielten das Lenkrad ruhig und gelassen. Er lächelte. Was für ein geiles Auto! Gestern hatten sie es geliefert. Und heute war Sonntag und Kaiserwetter. Gut, dass die Kesselbergstraße am Wochenende für Motorräder gesperrt war. Und die hielten sich auch noch dran, ha! Na ja, vorhin hatte er noch zwei Typen auf einer alten Triumph gesehen. Die letzten Gesetzesbrecher. Wo käme man hin, wenn alles nach Vorschrift liefe? Bei ihm lief es gerade besonders gut – finanziell. Und definitiv nicht vorschriftsmäßig! *No risk, no fun.*

Er schaltete den CD-Player an. Verdis *Requiem* erfüllte den Innenraum des Wagens mit Bombast. *Dies irae.* Tag des Zorns. Das passte zur Stimmung, die das Telefonat vorhin bei ihm ausgelöst hatte. Grasser hatte sie doch nicht alle! Sein ewiges Misstrauen. Wenn die Jungs das wahre Potenzial bei dem Geschäft nicht erkannten, dann musste er eben die Konsequenzen ziehen. ›Die Hosenscheißer! Und dieser blöde Sammer. Will mitspielen bei den Großen, und dann gibt er diesem Journalisten ein Interview. Was für ein Depp! Scheißt ins eigene Nest. Soll mal bei seiner kleinen Priener Praxis bleiben!‹ Aber den hatte er gut eingebremst, auf Spur gebracht. Hanke lachte. Das Chefmäßige war genau seins, das würde Grasser auch noch einsehen. Er schnaufte durch. Der Ärger hatte sein Testosteron in Wallung gebracht. Da war der Maserati genau das Richtige! *Yeah!* Er trat aufs Gas, und der Wagen machte einen Satz. Und morgen ab in den Urlaub, nach *bella Italia*. »In deine Heimat, Baby!«, sagte er zu seinem Wagen. »Drei Wochen!« Wann hatte er zum letzten Mal so lange Urlaub gemacht? Er brauchte dringend eine Auszeit. Dass sich sein Nebenjob so prächtig entwickelte, war nicht abzusehen gewesen. Kostete aber auch Zeit und Nerven. Doch der Einsatz lohnte sich. Spitzenrendite!

Er sah in den Rückspiegel. Was war das denn? Ein schwarzer BMW. Bisschen nah dran, die Proletenschleuder. Er tippte noch mal aufs Gas und gab Gummi. Aber die Kiste hielt mit. Am Ende würde der ihn überholen! Jetzt war der BMW ganz nah dran. ›Echt nicht!‹, dachte Hanke. Er schaltete einen Gang runter und gab Stoff. *BROAAAARRRR…*

Auf der kurvenreichen Strecke würden allerdings nicht die PS darüber entscheiden, wer die Hosen anhat, sondern das Fahrkönnen. Das wusste Hanke. Aber er hatte keine Zweifel, wer der Bessere war. Blöde Frage. Er schnitt die nächste Kurve scharf an, schaltete einen Gang runter und beschleunigte aus der Kurve heraus. Von neunzig auf hundertvierzig. Weg waren sie. Er entspannte sich auf der Geraden und legte einen höheren Gang ein.

Nein, verdammt, jetzt tauchten sie schon wieder auf. Er spürte, dass seine Hände feucht wurden, trotz Lederhandschuhen. ›Hey, der Typ will's wissen‹, dachte er – »Komm schon, du Arsch!« – und drückte noch mehr aufs Gas. Der Maserati ging ab wie eine Rakete. Rein in die die nächste Kurve, nur Motorbremse, der Motor brüllte – Verdi auch –, und raus aus der Kurve, eine lange S-Kombination, die gerade noch hundertdreißig aushielt, dann wieder Gang runter, Drehzahl auf 8000. Kehre. Weiter den Berg hoch. Der verdammte BMW war immer noch da. Klebte geduckt auf der Straße, wie eine Raubkatze vor dem Sprung. ›Was will der von mir?!‹ Hankes Hände krallten sich ins Lenkrad, beinahe kam er von der Strecke ab, Steine spritzten an den Wagenboden. ›Cool bleiben, Alter, lass dich von dem Bauern nicht provozieren!‹ Er blieb nicht cool, denn jetzt war der BMW fast an seiner Stoßstange. Hinter der tiefgetönten Scheibe konnte er keinen Fahrer erkennen. »Du Arsch machst mir keine Kratzer in den Lack«, zischte Hanke und trat aufs Gas. Aber der BMW blieb dran. Panik verschleierte jetzt Hankes Blick. Der Typ meinte es ernst! Hanke schaltete einen Gang hoch und gab auf der langen Geraden Gas. Doch der BMW klebte wie Pech an seinem Heck. Hanke tippte aufs Bremspedal, das Bremslicht flammte auf. Sofort stieg der BMW-Fahrer in die Eisen, das pumpende ABS drückte die Wagenfront auf die Straße, der BMW kam ins Schlingern. »Siehst du wohl!«, sagte Hanke und konzentrierte sich wieder auf die Strecke vor ihm. Doch da sah er im Rückspiegel den BMW schon wieder näher kommen. Hanke schnitt scharf in die nächste Kurve, erwischte die Ideallinie, bremste … *sssssssssssssssssssssssssss sshhhhh!!!!!!!!!!!!* Der Maserati rutschte übers nasse Laub, schoss geradeaus, Hanke riss das Lenkrad nach links, der Wagen glitt unbeirrt weiter. Der Tacho zeigte hundertzehn. Ungebremst passierte der Maserati das Bankett, ein gewaltiges Panorama öffnete sich, schneebedeckte Gipfel, Bäume in schillernden Herbstfarben, der weite Himmel.

Hankes Gedanken waren ganz klar. Er genoss die Aussicht. ›So schön ist die Welt‹, dachte er, ›die ich gleich verlasse.‹ Aber er hatte viel Spaß in ihr gehabt, sehr viel Geld verdient. In letzter Zeit waren die Geschäfte richtig gut gelaufen. Diese Ersatzteilconnection, großartig! Doch wo Licht ist, ist auch Schatten, denn jetzt blitzte der Gedanke in seinem Kopf auf, dass der schwarze BMW etwas mit diesen Geschäften zu tun haben könnte. Kaum war der Gedanke da, war er schon hinfällig, denn der Maserati setzte zur Landung an. Der Verdi-Chor dröhnte…

Pooootschhhhhhhhh… Die Airbags knallten raus. Aber kein Splittern, Bersten von Glas, keine brutalen kinetischen Energien, die den Motorblock nach hinten rammten und seine Beine zerquetschten, kein Dach, das abgerissen wurde wie ein Blatt von einem Zeichenblock. Nichts dergleichen. Der Maserati war genau in einen Moorsee geplumpst. Das Schicksal war gnädig gewesen. Der zähe Schlick hatte den Aufprall auf ein erträgliches Maß gemindert, der Vierpunktgurt und die Airbags hatten Hanke wohl behütet, ihm das Leben gerettet. Mit ein bisschen Glück war sogar der Wagen noch zu gebrauchen. Jetzt schnell das Gurtschloss öffnen. Doch seine Hände waren vor der Brust eingeklemmt. Die Airbags hatten ihn fest im Griff. Verdi dröhnte immer noch. Das Gluckern des schwarzen Wassers hörte Hanke nicht, aber er spürte es, das Wasser stand ihm bereits bis zum Hals. Schreien wäre jetzt angebracht, aber uncool. Er wusste, dass es sinnlos war. Wenn er wenigstens an die Anlage käme, um sie abzustellen. Keine Chance. Orchester und Chor schwollen noch einmal machtvoll an, als er das schwarze Wasser schluckte. So schmeckte also der Tod.

Dann verstummte auch Verdi.

HERBST

Oben an der Straße stand der schwarze BMW. Hanke hatte sich geirrt. Kein Typ. Zwei Typen: Jeans, Lederjacke, grobe Stiefel, dunkle Haare. Einer sah aus wie ein rumänischer Zuhälter: zurückgegelte, halblange schwarze Haare, Koteletten, Schnauzbart, Ohrring. Der andere war deutlich kleiner, hatte ein spitzbübisch-bleiches Gesicht, irgendwie verschoben, und die Mundpartie zeichnete sich durch eine leichte Hasenscharte aus, nur vage verdeckt von einem flunsigen, dunklen Oberlippenbart. Keine California-Dreamboys. Aber nicht auf den Mund gefallen: »El Condor pasa«, sagte der mit der Hasenscharte.

»Loki, du bist echt ein Arsch, musste das sein?«, blaffte der andere.

»Nenn mich nicht Loki! Für dich bin ich immer noch Ludwig!«

»Aber das musste wirklich nicht sein!«

»Helmut, sei mal nicht so pingelig. Ich hab ihn nicht mal berührt. Fährt wie ein Irrer.« Er kickte einen matschigen Laubflatschen von der Straße. »Es ist Herbst!«

Helmut schüttelte den Kopf. »Scheiße. Wir sollten ihn nur beschatten. Was sagen wir Grasser?«

»Dass es ein Unfall war.«

Sie sahen nach unten, wo gerade die letzten Zentimeter des roten Wagenhecks in der trüben Soße verschwanden.

13

»Schönheit ist vergänglich«, sagte Ludwig. »Was machen wir jetzt?«

»Den Umzugswagen bestellen. Hankes Bude ausräumen.«

»Helmut, altes transsilvanisches Schlitzohr. Wenn das deine Mama wüsste…«

»Die freut sich über jeden Euro, den ich ihr schicke. Wir sagen es den Jungs, und dann gehen wir essen. Ich hab Hunger.«

»Wann ist die Sendung fällig?«

»Grasser hat die Details. Ich ruf ihn nachher an.«

Ludwig sah noch mal nach unten. »Du, wir könnten den Wagen doch wieder rausholen, wenn Gras über die Sache gewachsen ist.«

SPANNWEITE

Hummel durchfurchte mit wütenden Schritten das Laub. Er war so was von sauer, auf die ganze Welt! Müsste er nicht auf Bajazzo aufpassen, wäre er in seiner dunklen Wohnung geblieben und hätte weitergegrübelt, wäre seinen dunklen Gedanken nachgehangen. Er hatte allen Grund dazu: Seine geliebte Beate, Wirtin seiner geliebten Stammkneipe *Blackbox*, heiratete! Und zwar nicht ihn! Mehr Tragik war nicht möglich. Und er sollte auch noch mit seiner Band auf ihrer Hochzeit spielen. *Never!* Obwohl, vielleicht erkannte sie im letzten Moment, wer für sie der Richtige war, wenn er auf der Trauung in der Kirche mit Samtstimme wie Jimmy Ruffin sang: *No matter how strong a man is / Without love he walks in the dark / If love deserts him it will surely hurt him / Cause his weakness is his heart…*

Die Schönheit der herbstlichen Max-Anlagen ließ Hummel kalt. Bajazzo verschwand mit einer adretten Colliedame im Gebüsch. Die Zweige raschelten. ›Sogar der hat mehr Glück bei den Frauen als ich‹, dachte Hummel.

Sein Chef, Hauptkommissar Mader, saß derweil im Zug von Paris nach München. Ein Kurztrip, leider schon vorbei. Paris, die Stadt der Liebe und der Sehnsucht. Jetzt war er wieder in Deutschland, genauer gesagt bei Koblenz, und sah im Vorbeifahren die Surfer auf dem Rhein. Das braune Wasser glitzerte. Mader hauchte die klimaanlagentiefgekühlte Scheibe an und malte ein Fadenkreuz. *Poffpoffpoff.*

Dosi wärmte sich die Finger am tickenden Motor von Fränkis Triumph. Die schwarzen Helme hingen über den Rückspiegeln. Darin der Walchensee, psychedelisch verzerrt wie eine Landschaft von Dalí. In echt natürlich gleichmäßig, still, erhaben. Eine hochglanzpolierte Fläche, in der sich orange Wolken spiegelten. Vor grandioser Bergkulisse. Klarheit, Größe, Stille.

Zankl hatte es eng und heimelig. Mit seiner Frau Conny auf dem Sofa. Kompressionsstrümpfe und Fußballbauch. Nicht er. Sie. Er las ihr aus einem Schwangerschaftsratgeber vor.

Er senkte das Buch und fragte: »Conny-Schatz, wie sieht es aus mit einem Teechen?«

»Frank, blas mir den Schuh auf, ich will ein Bier! Und kein *Jever Fun*!«

Er sah sie entsetzt an. »Schatz, bist du wahnsinnig? Ich hab gelesen, dass gerade in der Frühphase schon ein kleiner Schluck ...«

»Pff, Frank! Weißt du, ich mach dir jetzt einen Tee zur Beruhigung. Damit du nachher fit bist für den Infoabend bei der Elterninitiative.«

Er lächelte seine Frau ergeben an und dachte: ›Wunderbar, damit sich die ungeborenen Kinder schon mal kennenlernen!‹

Die ganze Spannweite eines herbstlichen Sonntagnachmittags: Vorfreude – Melancholie, Fernweh – Heimweh, Weite – Nähe. Alles da.

SCHNEEWITTCHEN

»Den Abend hatte ich mir eigentlich anders vorgestellt«, sagte Mader. Bajazzo nickte, als hätte er verstanden. Hummel zuckte mit den Schultern. Er hätte eh nichts Besseres vorgehabt. Er ging zum Rauchen auf den Balkon. Bajazzo leistete ihm Gesellschaft.

Milbertshofen, von Maklern gern als »Nordschwabing« bezeichnet. Echt nicht seine Ecke. Unten an der Ampel zur Schleißheimer Straße orgelten zwei tiefgelegte Golf ihre Leerlaufdrehzahl hoch, um dann bei Grün die Reifen pfeifen zu lassen. Gespitzte Dackelohren. Ein Motorrad schoss die Straße hoch und bremste scharf. Der Motor erstarb. Eine kompakte Person in schwarzem Leder stieg vom Bike und nahm den Helm ab. Dosi! Sie gab dem behelmten Fahrer durchs offene Visier Bussi aufs Nasi. Hummel flippte die Kippe über die Brüstung und ging zurück in das enge Apartment, wo sich die Kollegen von der Spurensicherung schon auf den Füßen standen. Neben dem Couchtisch lag das Opfer.

Opfer? Ein viel zu kühler Begriff für das, was dort zu sehen war – ein Engel. Anders konnte man es nicht sagen. Eine zauberhafte junge Frau, langes schwarzes Haar, riesige Augen im zarten, bleichen Gesicht. Aufgerissen vor Erstaunen. Aus einem Nasenloch ein verkrusteter Faden

Blut. »Schneewittchen«, murmelte Hummel. »Wunderschön.«

Mader nickte. »Steht hier sogar amtlich.« Er deutete an die Wand, wo die gerahmte Seite einer Ausgabe der *Abendzeitung* hing. Getitelt *Die Schöne Münchnerin*. Mit Foto der quicklebendig in die Linse strahlenden Veronika Saller, wie die nun leblose Lady bürgerlich hieß. Irgendwie sah sie auf dem Foto anders aus. Natürlicher.

Dosi betrat die Wohnung. Dr. Gesine Fleischer, die gerade aus dem Bad kam, sah Mader entnervt an. »Na, was meinen Sie, wie viele Leute hier reinpassen?«

»Sieben.«

»Aha!«

»Schneewittchen und die …«

»Verschonen Sie mich.«

»Hübsch, des Bohnenstangerl«, urteilte Dosi über die entschlafene Dame.

Mader drehte sich zu Gesine: »Nun, Frau Doktor, ich höre …«

»Vermutlich Herzstillstand. Drogen. Koks. Der Couchtisch ist voll davon. Hämatome am Hinterkopf. Ich tippe, da hat sie jemand mit der Nase drauf gestoßen.«

»Wer hat die Polizei gerufen?«, fragte Dosi.

»Ein Spanner von gegenüber«, sagte Mader. »Sah wilde Schattenspiele hinterm Vorhang. Hat aber sonst nichts erkannt. Wenigstens haben wir eine Uhrzeit. Circa achtzehn Uhr dreißig.«

»Ist das eine gute Zeit für Spanner?«, fragte Dosi.

»Ich kenn die sexuellen Gepflogenheiten in diesem Viertel nicht.«

Professor Prodonsky saß an seinem Schreibtisch im siebten Stock des Klinikums Großhadern. Es war kurz vor acht. Seine Sekretärin nicht da. Klar, es war ja Sonntag. Er durchforstete die Papiere auf seinem Schreibtisch. Wo war die Scheißliste? Warum hatte er sie hier offen rumliegen lassen? Verdammt, er fing an, unvorsichtig zu werden. Er dachte an Hanke. Der fühlte sich schon so sicher, dass er einfach einen Sportwagen für 100 000 Euro kaufte. Und mit Grasser in den Clinch ging, um das Geschäft auszuweiten. Aber das war deren Geschichte. Wo war jetzt die blöde Liste?! Der Papierkorb war leer. Vielleicht hatte er sie aus Versehen weggeschmissen. Der Putztrupp war jedenfalls schon durch. ›Cool bleiben. Wird schon nix passieren‹, dachte er.

Eine Mail plingte in seinen Computer. Er sah den Absender an: Dr. Weiß. ›Was will der schon wieder von mir?‹, dachte Prodonsky missmutig und öffnete die Mail: »Hallo Harry, ich hab da was Interessantes gefunden, eine Art Bestellliste. Wir sollten mal reden! Bin noch in der Klinik. Dein Hans.«

Prodonsky fluchte. ›Dein Hans!‹ Was bildete der sich ein? Ging einfach an seinen Schreibtisch! Was sollte er jetzt machen? Der konnte ihn in den Knast bringen. Er antwortete: »Hallo Hans, ich hab noch ein, zwei Stunden zu tun. Terminsachen. Ich komm dann runter. Okay? Harry.«

Er sank in den Stuhl zurück und rieb sich die Stirn.

Ping! Schon war die Antwort da. »Einverstanden, Hans.«

Dr. Weiß war guter Dinge. Es war Viertel vor zehn. Er hatte ein großes Arbeitspensum hinter sich. Der Job hier in der Pathologie war chronisch unterbezahlt, aber das würde sich ja bald ändern. Gleich würde sein Chef kommen und ihm ein gutes Angebot machen.

Zapp! Licht aus.

Dr. Weiß knipste die Schreibtischlampe an – nichts. Der Raum im zweiten Untergeschoss blieb stockfinster. »Hallo?«, rief Weiß.

Stille. In der Pathologie war niemand. Nur die Notstromaggregate der Kühlschränke brummten. Dr. Weiß griff zum Telefon. Auch tot. Er holte sein Handy aus der Kitteltasche. Kein Empfang. Klar, hier unten. Er aktivierte das LED seines iPhone und leuchtete sich den Weg zwischen den Tischen. Ein leises Klirren, dann zerplatzte ein Reagenzglas auf dem Estrich. »Hallo, ist da wer?«, rief er ängstlich. »Harry, bist du das?«

Er starrte in die Dunkelheit, sah das grüne Schildchen für den Fluchtweg, fand den Weg bis zum Gang. Dann hörte er Schritte. Er drehte sich um. Eine Taschenlampe blendete ihn. Er rannte los, zum Lift. Nein, zum Treppenhaus. Hinter ihm Schritte, ganz ruhig. Harte Absätze.

»Was ... was wollen Sie?«

Keine Antwort. Er riss die Tür zum Treppenhaus auf. Als er die Stufen hochlaufen wollte, blendete ihn ein zweiter Lichtkegel. Er drehte um, lief nach unten, stolperte, schlug mit dem Kopf auf.

Zwei Lichtkegel wanderten über seinen Rücken. »Ist er tot?«, fragte Ludwig.

»Glaub nicht«, meinte Helmut. »Mach mal das Licht an, Loki.«

»Nenn mich nicht …«

»Jetzt mach schon!«

Ludwig verschwand und sorgte für Strom. Das Licht ging an. Die beiden zogen Dr. Weiß hoch. Der stöhnte. »Na, geht doch«, sagte Helmut. »Dann wollen wir mal sehen, was das Vögelchen uns vorsingt.«

Dr. Weiß hatte Glück. Die zwei Herren waren sehr verständnisvoll. Er erzählte ihnen von dem Journalisten, der ihn auf die Idee mit den Bestellungen gebracht habe, sodass er sich einfach mal bei seinem Vorgesetzten umgesehen habe. Und da habe er die Liste gefunden, die er ihnen jetzt natürlich gerne aushändigte. Nun ja, man könnte doch gemeinsam sehen, wie man das Geschäft voranbringe? Er habe hier in der Pathologie schließlich hervorragende Möglichkeiten. Gespannt sah er in die Gesichter der beiden Herren. Die hatten aufmerksam zugehört. Ludwig reichte ihm ein Glas Wasser. Mit gierigen Schlucken trank Dr. Weiß und entspannte sich. Und wurde sehr müde. Helmut fing ihn auf, als er vom Stuhl rutschte. »Loki, du nimmst die Füße.« Sie trugen ihn hinüber zu den Kühlfächern.

REIM DRAUF

Hummel saß am Küchentisch und versuchte den Abend zu verarbeiten. Sich einen Reim drauf zu machen. Seine Zigarette verglomm ungeraucht im Aschenbecher. Eine Rauchfahne schlängelte sich zur Decke hoch. Hummel las noch mal den letzten Eintrag in seinem Tagebuch.

Im Norden ist sie aufgetaucht
all die Schönheit – ausgehaucht

---

einst voll Esprit, voll Eleganz
aus, vorbei – der letzte Tanz

Hingegossen aufs Parkett
jede Hilfe längst zu spät
kalt die Stirn und kalt die Hand
blasse Haut so weiß wie Wand

Fragezeichen schmal und blau
die Lippen dieser jungen Frau
ehedem sehr voll, sehr rot
habe die Ehre, sagt der Tod

Alles hat so seine Zeit
Herbst heißt auch Vergänglichkeit

LILA

Mitternacht. Ein junger Arzt und eine junge Kranken-
schwester betraten den Raum im zweiten Untergeschoss.
Er löschte das grelle Neonlicht und schaltete einen der
Röntgenleuchtkästen an. »Hey, romantisch«, sagte sie und
deutete auf die Hirnquerschnitte in der Lichtbox.

»Ich bin so scharf auf dich«, zischelte er.

Sie säuselte: »Die Leichenhalle turnt mich total an.«

»Was hast du unter dem Kittel?«

»Guck doch nach.«

Gierig schob er ihren Kittel nach oben, unter dem
sie nichts trug außer einem lilafarbenen Bonsaistring. Er
drängte sie an den Schrank. Ihre nackten Pobacken be-
rührten das Metall der Schubladen. Heiß und kalt. Er öffnete hastig seine Hose.

»Halt! Hör auf!«

»Was denn?«

»Hörst du das nicht?«

»Was, dein Herz?«

»Quatsch! Da ist was!«

Jetzt hörte auch er das kratzende Geräusch. Sie sahen sich ängstlich an. »Ein Tier, eine Ratte?«, schlug er vor.

Sie schüttelte den Kopf. »Es kommt von da drinnen.« Sie deutete auf die Kühlfächer. Er zog eine der Schubladen auf. Leer. Eine weitere. Eine bleiche Leiche sah sie unverwandt an. Er schloss die Schublade und öffnete die nächste. »Dr. Weiß! Was machen Sie denn hier?«

TIGERMAN

Dosi war gerädert, als sie um ein Uhr nach Hause kam. Sie hatte zuvor noch mit Mader Schneewittchens Eltern besucht. In Mittersendling, in einer kleinen Wohnung, die nach Schweiß und Kohl roch. Die Mutter in ihrem klein geblümten Kittel war bei der Nachricht vom Tod ihrer Tochter auf dem dunkelbraunen Wohnzimmersofa zusammengesackt. Der Vater hatte mit betoniertem Blick die Schnitzkunst der monströsen Schrankwand fokussiert.

Dosi wusste nicht, was ihr mehr zugesetzt hatte, die beengten Wohnverhältnisse oder die Gefühlsimplosion, die sämtliches Leben aus den vier Wänden der Sallers gesaugt hatte. Atemnot. Nach solch einer Nachricht Fragen stellen – ging gar nicht. Sie würden noch mal vorbeischauen. Oder Mader solo. Der hatte ja ein Händchen für so was.

Dosi ging zum Kühlschrank und holte sich ein Weißbier und eine Zitronenlimo. Sie versenkte den Inhalt der

Flaschen in einem Maßkrug und fuhr mit dem Zeigefinger durch den Schaum. Was für ein Tag! Erst die große Freiheit auf dem Motorrad in den Bergen. Dann die Schattenseiten der Großstadt, das Betonapartment in Milbertshofen, die muffige Enge des Mietshauses in Sendling. Ihre eigene Wohnung war auch nur eine Schuhschachtel, aber mehr Leben war schon drin. Sie nahm einen großen Schluck von ihrer Russenmaß und suchte eine CD heraus: *Tigerman*. Elvis 1968 in Las Vegas. Ganz in schwarzem Leder. *Wow!*

DISSONANT

Der Neuperlacher Hochnebel strahlte in grellem Rosa, als Mader aufwachte. Ihn fröstelte. Seine Nase lief, das passte stimmungsmäßig. Er sah aus dem Küchenfenster über den bräunlichen Filz der trostlosen Grünanlagen. Bei den Mülltonnen verwelkten zwei Fahrräder und ein Campingstuhl. Vielleicht sollte er doch wieder ins Zentrum ziehen? Obwohl – so konzentrierte man sich wenigstens auf die wichtigen Dinge, auf sich selbst. Er öffnete für Bajazzo eine Dose Hundefutter und schaltete die Kaffeemaschine ein. Die Leiche von gestern hatte seinen heiteren Urlaubsnachklang gestört, dissonant werden lassen. Im Traum hatte er die schöne Frau auf dem Laufsteg einer Pariser Modenschau gesehen. Klassische Musik, Blitzlichtgewitter, Applaus. Jetzt lag sie in einer Schublade von Dr. Fleischers Kühlraum.

Nein, die *Schöne Münchnerin* befand sich bereits auf einem Obduktionstisch, denn Gesine schätzte die Gunst der frühen Stunde, wenn die Sinne noch scharf waren. Die Bee Gees dudelten im Radio, sie pfiff mit. Mit Kennerblick scannte sie noch einmal den Körper der jungen Frau, die sorgfältig epilierte Scham, die kleinen Narben unter den Brüsten. Oberflächlichkeiten. Sie hatte gestern Nacht noch ihr Innerstes gesichtet, daher die grobe Naht am Thorax. Die Lungenflügel eine kristalline Eiswüste. ›Gibt es eigentlich den Begriff Kokserlunge?‹, überlegte sie. Heute nahm sie noch ein paar Details unter die Lupe. Die Nase interessierte sie. Wunderschön. Und operiert, klar – das hatte sie auf dem Röntgenbild gesehen. Aber da war noch was ... Gesine entnahm ein Stückchen Haut von der inneren Nasenscheidewand und ein wenig Knorpel. Mit ihren Latexhandschuhen fuhr sie zärtlich über den Nasenrücken der Dame. Perfekt. Gesines Magen knurrte. Sie brachte das Reagenzglas mit der Gewebeprobe ins Labor und schrieb eine kurze Notiz dazu. Jetzt freute sie sich auf einen starken Kaffee und ein Croissant.

MENSCHLICHE REGUNGEN

»Na servus«, meinte Hummel, als Mader und Dosi berichteten, wie der Hausbesuch bei den Eltern von Veronika Saller verlaufen war. Von der Wohnblocknachbarschaft in Milbertshofen konnte Hummel nicht viel berichten: »In den Kästen lebt man so anonym, als wäre man allein auf der Welt.«

»Wem sagen Sie das?«, meinte Mader nachdenklich.

Die Kollegen sahen ihn erstaunt an. Hey, was war das denn? Menschliche Regungen?

Mader kratzte sich am Kopf. »Kein Festnetztelefon, kein Handy, kein PC, keine Adressen oder Nummern von Freunden… Freund gibt's nicht, sagt ihre Mutter. Aber zumindest eine Freundin: Andrea Meyer, auch Model. Haben Sie das schon überprüft, Doris?«

»Logisch. Wohnt in der Plettstraße, Neuperlach. Bei Ihnen ums Eck. Ich hab mit der Agentur telefoniert. Die Meyer hat bis Donnerstag Urlaub. Sie ist in New York. Ich hab ihr auf die Mailbox gesprochen.«

»Und was hast du gesagt?«, fragte Zankl. »Hallo, Ihre beste Freundin ist tot. Haben Sie eine Idee, wer das gewesen sein könnte?«

Dosi sah ihn genervt an.

»Vielleicht ist sie auch in Gefahr?«, meinte Hummel. »Vielleicht ist das der Auftakt zu einer Mordserie an schönen Frauen …«

»Hummel, stopp!«, unterbrach Mader ihn. »Doris, haben wir eine Adresse, ein Hotel?«

Dosi schüttelte den Kopf.

»Wissen die Eltern, wo sie ist?«

»Gibt's keine. Hab ich recherchiert. Autounfall auf der B 12 vor ein paar Jahren.«

»Des auch noch. Vielleicht ruft sie ja zurück. Sonst sehen wir am Donnerstag weiter. Jetzt die Standards: Zankl, Sie überprüfen bitte Sallers Finanzen, Arbeit, privates Umfeld. Doris und Hummel, Sie gucken sich mal bei der Agentur um. Um vierzehn Uhr sehen wir uns bei Fleischer.«

Mit großen Augen betrachteten die Kriminaler die Leiche auf Gesines Tisch.

»Holla, die Waldfee«, murmelte Zankl. »Die ist echt schön!«

Gesine schüttelte den Kopf. »Echt ist da fast gar nichts. Hier, seht ihr die kleinen Narben?« Sie deutete unter die Achseln der Frau.

In Zankls Gesicht Enttäuschung, in Dosis Befriedigung. Hätte sie auch sehr gewundert.

Hummel war ganz versunken in den Anblick der jungen Frau.

»Und, Dr. Fleischer, gibt es was Näheres zur Todesart?«, fragte Mader.

»Der Stoff ist hochrein, sagt das Labor. Da hätten die Reste auf dem Couchtisch gereicht, um einen Elefanten fliegen zu lassen. Einen kleinen zumindest.«

»Dumbo«, sagte Zankl und sah zu Dosi. Die antwortete mit einem Lächeln – übersetzt: »Depp!«

Fleischer fuhr fort: »Hämatome im Nackenbereich. Am Hinterkopf fehlt ein ganzes Büschel Haare. Sie hat sich das Zeug kaum freiwillig reingezogen.«

Mader nickte. »Aber die Spurensicherung hat bisher nichts gefunden: keine Fingerabdrücke, Hautpartikel, Haare einer weiteren Person. Sonst noch was?«

Gesine schaute bedeutungsvoll in die Runde. In lauter Augenpaare, die eigentlich nichts mehr erwarteten. Das liebte sie an ihrem Beruf – die Überraschungen. Sie sah Dinge, die andere nicht sahen, nicht sehen konnten. Sie sah in die Menschen hinein.

»Die Nase ... ist nicht echt. Aber anders, als man meinen könnte.«

»Etwas konkreter, Dr. Fleischer«, mahnte Mader. »Dass die Dame überall operiert ist, wissen wir ja bereits. Was gibt's an der Nase Besonderes?«

»Ich hab heute Morgen eine Gewebeprobe ins Labor gegeben. Die Kollegen hatten gerade Muße. Das Ergebnis ist schon da: Die Nase hat eine andere DNA als der Rest der Dame!«

Jetzt starrten alle abwechselnd auf die Nase und zu Gesine.

»Wie sind Sie denn auf *die* Idee gekommen?«, fragte Mader.

»Immunsuppressiva. Im Badezimmerschrank. Die braucht man nach Transplantationen. Also, ich hab mir die Dame noch mal genau angesehen und bin an der Nase hängen geblieben. Die Narben sind so fein, dass sie mit bloßem Auge nicht zu erkennen sind. Super gemacht! Und dann hab ich eine Gewebeprobe entnommen. Resultat: eine andere DNA! Faszinierend, oder? Also, aus medizinischer Sicht. So was hatte ich noch nicht auf dem Tisch. Ich hab mir mal die Fachliteratur angesehen. Also, nach Transplantationen befindet sich im Körper des Patienten tatsächlich auch das Erbgut des Spenders. Und damit das Immunsystem nicht durchdreht, braucht man Medikamente – lebenslang. Na ja, das hat sich bei der Dame ja jetzt erübrigt. Ich denke, bei einer Nase, das bisschen Haut und Knorpel, da spielen die Medikamente sicher keine große Rolle. Also hinsichtlich der Dosierung. Und wenn man jetzt ...«

»Versteh ich Sie richtig?«, unterbrach Mader sie, »die Nase gehörte ursprünglich einer anderen Person?«

»Genauso ist es.«

»Eine Nasenspende? Bekommt man so etwas für Geld?«

»Geld hatte sie jedenfalls«, sagte Zankl. »Das Apartment in der Schleißheimer Straße gehört ihr, und ihr Girokonto hat beachtliche Ausschläge. Mehrfach hohe Bareinzahlungen. Sie lebte auf ziemlich großem Fuß.«

Hummel grübelte. »Vertauschte Nasen ... Da gab's mal einen Film. Mit John Travolta.«

»*Saturday Night Fever*«, sagte Zankl.

»Depp. Ich mein den Film, wo er sein Gesicht mit einem Gangster tauscht. *Im Kopf* ..., nein, *Im Körper des Feindes*. Ja, so heißt der Film, in dem er ...«

»Hummel, sehr schön«, unterbrach Mader diese interessanten Gedanken, »aber das bringt uns im Moment nicht weiter.«

»Von wegen *Schöne Münchnerin*«, schaltete sich jetzt Dosi ein, »die Dame ist eher Frankensteins Mausi. Was ich mich frage: Hat jetzt jemand da draußen die Exnase unserer Leiche im Gesicht? Oder gibt es irgendwo eine Leiche ohne Nase?«

Mader nickte nachdenklich: »Mit Blick auf ein Mordmotiv – vielleicht geht es hier tatsächlich um Organhandel? Wir müssen uns die Schönheitschirurgen der Stadt anschauen. I gfrei mi ...«

Sie erstellten eine Adressliste der Schönheitschirurgen in München, was gar nicht so einfach war. Mal nannten sie sich ästhetische, mal plastische Chirurgen, mal Anti-Aging-Ärzte, manchmal verbargen sie sich in Kliniken mit Beauty-, Lifestyle- oder Personal-Medicine-Präfixen. Vogelwild. Aber offensichtlich bestand rege Nachfrage. Schließlich hatten sie eine Liste von fünfzehn Ärzten, die sich vor allem mit Gesichtschirurgie befassten.

LETZTE KURVE

Ledererstraße, direkt ums Eck beim *Hofbräuhaus*. Auf Dr. Grassers Schreibtisch klingelte das Telefon. Gedankenverloren sah Grasser in die Schwebteile seiner sonnenbeschienenen Wasserkaraffe. Er ließ es noch ein paarmal klingeln, dann hob er ab. »Ja, bitte?«

»Grasser, ich bin's, Harry. Warum erreich ich dich erst jetzt?«

»Viel zu tun. Ich war unterwegs. Aber ich hab die Box abgehört. Wann entsorgst du ihn?«

»Heute Abend.«

»Findet man bei ihm noch Sachen, die für uns ungünstig wären?«

»Glaub ich nicht, die Jungs haben mir die Liste gegeben.«

»Gut. In ein, zwei Tagen meldest du Weiß als vermisst. Sieht ja sonst komisch aus.«

»Alles klar. Du, noch eine Frage, ich erreich den Hanke nicht. Wo steckt er denn, unser Sunnyboy?«

»Im Reich der Schatten brauchst du keinen Sonnenschirm.«

»Du spricht in Rätseln.«

»Na ja, Hanke hat seinen neuen Maserati ausprobiert und sich ein bisschen überschätzt. Ein tragischer Unfall.«

»Du machst Scherze.«

»Keineswegs. Funky Hanky ist nicht mehr. Hat die letzte Kurve genommen.«

»Woher weißt du das?«

»Ich hab ihn beschatten lassen. Von den Rumänen. Ich wollte sichergehen, dass er keine Extradinger dreht.«

»Du hast doch nicht …«

»Nein, ich hab damit nichts zu tun. Ein Unfall, sonst nichts. Er ist abgetaucht, also sein Wagen. In einem Moorsee. Sehen wir's mal ganz pragmatisch. Dann hat sich unser Verdacht ja erledigt.«

»Hatte Hanke mit irgendjemand noch Kontakt wegen der Sache?«

»Er hat mal 'ne Andeutung gemacht. Dass ihn Sammer deswegen angesprochen hat.«

»Wer ist das?«

»So ein Schwätzer mit einer kleinen Praxis in Prien. Aber der weiß von nix.«

»Das Geschäft läuft also weiter?«

»Logisch. Nur ein kleines Problem: Ich war heute Vormittag bei Hankes Villa. Wollte sehen, ob man da was verschwinden lassen muss. Aber die Villa war leergeräumt. Komplett. Ich mein, mir persönlich ist das scheißegal. Ich schätze mal, das waren die Rumänen. Aber ich weiß nicht, was Hanke für Dateien auf dem Rechner und was er für Unterlagen im Schreibtisch hatte.«

»Was heißt das für uns?«

»Nichts, ich denke, wenn da was Interessantes dabei ist, melden sich die Jungs. Aber die hab ich im Griff. Du, ich muss jetzt Schluss machen, die Polizei tanzt gleich bei mir an.«

»Was?!«

»Kein Stress. Die kommen wegen irgendeiner toten Frau. Ich meld mich.«

CHARAKTERKOPF

Mader und Hummel saßen in cremefarbenen Klubsesseln, auf einem futuristischen Glastisch zwischen ihnen eine Orchidee in Rosé und zwei Tassen grüner Tee. Sehr feines Porzellan, fast durchsichtig.

Hummel betrachtete das abstrakte Bild an der Wand. »Sieht aus wie ein Rothko«, sagte er. Mader verzog keine Miene. Hummel kratzte sich am Kinn. Das Ambiente hier war zu edel für einen Kunstdruck. Es gab so vieles in München, wovon er keine Ahnung hatte. Wie heute Vormittag, als er mit Dosi bei *Winter Models* in der Leopoldstraße war, der Agentur der *Schönen Münchnerin*. Ein supermodernes Loft an der Münchner Freiheit. Sichtbeton, Stahl, Glas. Überall Kleider in grellen Farben, Unterwäsche, Bademode, Schuhe, dazwischen Schminkkoffer, Scheinwerfer, Kabelrollen. Kreatives Chaos.

Christiane Winter, die Agenturchefin, hatte die schlechte Nachricht schon am Telefon erfahren und war dementsprechend gefasst gewesen. Hummels erster Gedanke war: ›So eine schöne Frau!‹ Und nach ein paar Fragen, die sie kühl und sachlich beantwortet hatte, war sein zweiter Gedanke: ›Und eine beinharte Geschäftsfrau.‹ Musste sie wohl sein bei dem großen Laden. Viel Hilfreiches zu Veronika Saller hatten sie in der Agentur allerdings nicht erfahren.

Nun also ein weiterer Ort weit jenseits ihres täglichen Erfahrungshorizonts: die Praxis eines renommierten Beauty- und Anti-Aging-Arztes.

»Meine Herren, Dr. Grasser kann Sie jetzt empfangen«, teilte ihnen die Sprechstundenhilfe endlich mit. Die mittelalterliche Dame mit unverbindlichem Betonlächeln und strengem Kostüm in Dunkelgrün sah nicht wie eine Arzthelferin aus, eher wie eine Societylady, die ausschließlich in der Maximilianstraße einkauft. Miss Gucci führte sie in Dr. Grassers Büro. Büro? Nein, Kirchenschiff. Der weitläufige Raum hatte eine sakrale Atmosphäre, die späte Nachmittagssonne fiel in einem scharfen Block auf das glänzende Fischgrätparkett, den Mittelgang zum Altar, einem ausladenden Schreibtisch aus Wurzelholz. Dahinter: Dr. Jochen Grasser, dessen Haarkranz an gebräunter Glatze in der Sonne leuchtete wie ein Heiligenschein.

Er war bereit, mit ihnen die Kommunion zu feiern, und goss sich gerade ein Glas Wasser ein. Er stellte die Karaffe ab und lächelte gütigst: »Guten Tag, die Herren, darf ich Ihnen einen Schluck anbieten?«

»Danke, wir sind versorgt«, sagte Mader und hob die Teetasse.

Grasser hielt sein Wasserglas gegen das Sonnenlicht. »*Isar Aqua*. Grandioser Name, nicht wahr? Ein Bekannter von mir hat sich das ausgedacht. Fantastische Marketingidee. *Alster Aqua* in Hamburg, *Düssel Aqua* in …, na ja, das kann man sich ja denken. Ich bin nämlich fürs Regionale. Die Quelle für das Wässerchen hier ist bei Wolfratshausen. Bessere Werte als dieses französische Zeug. Ja, was bringt uns vulkansteingefiltertes Wasser, wenn es dann in Plastikflaschen abgefüllt wird? Die Weichmacher verkleben unsere Zellen, machen uns dumm, impotent, alt. Alles Dinge, die wir nicht wollen. Wasser ist das Geheimnis unserer Jugend. *In aqua veritas*. Aber jetzt setzen Sie sich doch! Sie wollen mit mir sicher nicht übers Wasser … äh, sprechen.« Er lächelte gütig. »Frau Raçak sagte, dass es um eine tote Frau geht?«

»So ist es«, sagte Mader. »Sie machen Schönheitsoperationen?«

»In der Tat. Aber warum dieser Unterton? Ja, ich mache auch plastische Chirurgie. Ab und zu. Aber ich helfe den Menschen vor allem, von innen jung zu bleiben – oder es wieder zu werden. Gesunde Ernährung, positive Lebenseinstellung, Sport, viel Wasser.« Er hob das Glas und trank einen großen Schluck.

»Was ist Ihr häufigster Eingriff?«, fragte Hummel.

»Falten, Gesichtshaut straffen, Ohren anlegen, bei Frauen natürlich oft die Brüste.«

»Nase nicht?«

»Früher einmal. Jetzt fast gar nicht mehr.«

»Warum?«

»Weil ich reifer bin.« Dr. Grasser lächelte breit und legte den rechten Zeigefinger an seine Nasenspitze. »Was sehen Sie?«

»Eine Nase?«, riet Hummel.

»Ja, eine Nase. Und keine kleine. Einen Zinken, wie man in Bayern sagt. Und wegen des Zinkens kommen die Frauen zu mir. Weil sie sehen: Das ist ein Charakterkopf! Dem geht es nicht um oberflächliche Schönheit, sondern um innere Schönheit, um Charakter.«

»Na ja, Sie sind ein Mann ...«

»Charakter ist keine Frage des Geschlechts! Es geht um die Aura. Wenn Ihr Inneres strahlt, dann sieht man das. Das Innere, der Charakter, überstrahlt das Äußere. Da ist eine Nase schnell nebensächlich. Oder sie ist gerade der Anker, das Ausrufezeichen, das auf das Innere verweist! Das dann wieder nach außen strahlt – ein ewiger Kreislauf, ein ästhetisches Referenzsystem. *A*usstrahlung *U*nd *R*eine *A*ttraktivität – AURA. Das ist ein erheblich komplexeres Betätigungsfeld als eine Nase.«

»Wir kommen wegen eines Todesfalls zu Ihnen«, erinnerte ihn Mader. »Haben Sie diese Frau schon mal gesehen?«

Er legte das Foto der Leiche aus Milbertshofen auf die Wurzelholzplatte.

Grasser nahm es und studierte es eingehend. »Hübsches Mädchen. Als ob sie schläft. Wie Schneewittchen. Nein, ich kenn sie nicht.«

Mader zog ein zweites Foto heraus. Schneewittchen als *Schöne Münchnerin*, vor dem Nasenumbau.

Grasser sezierte das Foto mit den Augen. »Ich kenne sie nicht, aber eine wunderbare Nase, lang, elegant, griechisch. Sehr apart.«

»Es ist dieselbe Frau«, erklärte Mader.

»So?«, sagte Grasser erstaunt und legte die beiden Fotos nebeneinander. »Also, wenn Sie mich fragen, in welchem Bild ich mehr Schönheit sehe …«

»Wo könnte sie hingegangen sein, zu welchem Kollegen?«

»Das weiß ich nicht. Darf ich fragen, woran sie gestorben ist?«

»Drogen«, erklärte Mader.

Grassers Miene verdüsterte sich. »Drogen! Lenken die Menschen vom echten Leben ab. Eine absolute Fehlinvestition. Aber was hat ihr Tod mit der Nase zu tun?«

»Nichts. Wir versuchen rauszubekommen, mit wem die Dame in letzter Zeit in Kontakt stand. Bei welchen Ärzten sie war.«

»Da kann ich Ihnen leider gar nicht weiterhelfen. War's das?«, fragte er erstaunlich kühl. Welch Temperaturunterschied zu seinem Haarkranz! Der stand jetzt in lodernden Flammen. Im letzten Abendlicht.

OANS, ZWOA …

Auf der Straße sahen sich vier Augen groß an.

»So ein Zipfel!«, entfuhr es Mader.

Vom *Hofbräuhaus* tönte die Blasmusik herüber.

Hummel runzelte die Stirn. »Wenn die Musik nicht wär.«

»Des is a scho wurscht«, sagte Mader. »Kommen Sie, ich geb eine Maß aus.«

ROH

Zankl hatte ein schlechtes Gewissen. Bei dem Beauty-doc in Schwabing hatte er zugelassen, dass sich der Typ über Dosis Kartoffelnäschen und ihre Körperfülle lustig machte. Und er, Zankl, hatte ihn nicht gebremst. Dosi war prompt zum nächsten Arzttermin allein gegangen. Konnte er ihr nicht verdenken. Zumindest zu seiner Frau wollte Zankl heute Abend nett sein. So war der Plan. Gewesen. Er hatte sie zum Abendessen überrascht mit sündteurem Parmaschinken und einem wunderbaren Büffelmozzarella. Ein voller Erfolg: Ob er denn nicht wisse, dass sie das nicht essen dürfe? Keine rohen Wurstwaren, keine Rohmilchprodukte! Sie ließ seine Fürsorglichkeit eiskalt abblitzen und verzog sich nach dem schwangerschaftsgerechten Abendessen (Vollkorn, probiotischer Joghurt, *Roh*kost – haha) mit einem Buch ins Wohnzimmer. Jetzt saß Zankl in der Küche und fühlte sich allein. Der Abend war ihm versalzen. Und das lag nicht an seinem übermäßigen Konsum von würzigem Parmaschinken. ›Ein bisschen Ablenkung wäre jetzt nicht schlecht‹, dachte er und probierte es bei Hummel. Aber der ging nicht ans Handy.

Dosi war aufs Äußerste gereizt. »Wie findest du meine Nase?«, schleuderte sie Fränki-Boy entgegen, als er in ihrer Wohnungstür stand. »Wun… wun… wunderbar, da-das weißt du doch, Dododosi-Mausi!«, stammelte Fränki.

»Gib's zu, du hättest auch lieber so ein Bohnenstangerl mit Riesenglocken und einem Bonsaistupsnaserl.«

»Ich bin nicht Ken, ich steh nicht auf Barbie«, entgegnete Fränki.

Dosi war verdutzt. Schlagfertig kannte sie Fränki gar nicht. Eigentlich war das ihr Job, das mit dem Reden. Jetzt zeigte sie auf den großen Topf, den er die ganze Zeit in Händen hielt. »Und was ist das?!«

»Fränki-Boy-Chili, schärfer, als die Polizei erlaubt.«

Dosi strahlte. Sie liebte sein Chili. Ein weiterer Pluspunkt für Fränkis kontinuierlich steigenden Aktienkurs. Sie gab ihm endlich einen Kuss, ließ ihn herein und schob ihn in die kleine Küche.

GUTE REISE

Professor Prodonsky war erst verblüfft, dann verärgert, als er kurz nach zweiundzwanzig Uhr das Kühlfach aufzog, dessen Nummer ihm Helmut und Ludwig genannt hatten. Es war leer. Verdammt, wo war die Leiche? Sein Plan, Dr. Weiß unauffällig in der Krankenhausmüllanlage verschwinden zu lassen, war hinfällig. Er fuhr mit dem Lift zurück in sein Büro und rief die beiden Jungs an. Die schworen Stein und Bein, dass sie den Herrn Doktor in besagtem Kühlfach geparkt hatten. Vielleicht hatte man ihn versehentlich schon entsorgt? Prodonsky war verwirrt. Er probierte es bei Grasser und erreichte nur die Mailbox. Um sich abzulenken, bis Grasser zurückrief, widmete er sich seinem Vortrag, den er an der Uni im Rahmen der Ringvorlesung zu Ästhetik halten sollte. Schon bald war er ganz von seiner geistigen Tätigkeit absorbiert und vergaß die Welt um sich herum. Er wollte den Studenten ein Verständnis von Ästhetik als Lehre von der sinnlichen Wahrnehmung vermitteln, die sich eben nicht auf eine Ästhetik des schönen Scheins reduzieren ließ. Letztere wollte er entlarven als Ausdruck materieller und kommerzieller Bedürfnisse, die auch die plastische Chirurgie in Verruf gebracht hätten. Sein Ziel als Wissenschaftler, Chirurg und Pathologe und auch als Mensch war es, die Patienten und Studenten an die grundsätzlichen Möglichkeiten und die potenzielle Tiefe sinnlichen Erlebens heranzuführen. Machte das Sinn? Nein. Aber es klang gut. Und darum ging es. Er liebte es, im Audimax zu sprechen.

Prodonsky wurde leichenblass, als plötzlich Dr. Weiß in seinem Büro stand und leise sang: »Ich möchte ein Eisbär sein, im kalten Polar...« Weiß lächelte. »Kennst du den noch, den Hit aus den Achtzigerjahren?«

»Was willst du, Hans?«

»Mitmachen, Harry. Bei deinem kleinen Nebenerwerb.«

Prodonsky musterte ihn. »Du siehst blass aus. Ist dir kalt?«

»Gestern war mir kalt. Heute bin ich heiß – auf das Geld! Keine Spielchen mehr. Sag deinen Gorillas, dass ich jetzt dabei bin. Ich hab eine Kopie der Liste. Aber ich will nichts umsonst. Du hättest mich doch einfach fragen können!«

»Wie bist du drauf gekommen?«

»Ein Journalist. Zufall. Eine Kneipenbekanntschaft. Hat mir eine wüste Story erzählt von einem schwunghaften Organhandel. Und dann hab ich mal die Kühlfächer aufgezogen. Ich muss schon sagen – ihr arbeitet auf Bestellung?«

Prodonsky zögerte.

»Ich höre«, sagte Weiß und holte seine Marlboros aus der Tasche seines Kittels.

»Hast du auch eine für mich?« Prodonsky kam hinter dem Schreibtisch hervor und öffnete das große Fenster. Weiß gab ihm Zigarette und Feuer und zündete sich auch eine an.

Ein paar Züge lang nur das leise Rauschen der Garmischer Autobahn, das rote Lichterband der Autos ins Zentrum, das Blinken und Glimmen der Stadt im nächtlichen Lichterdunst.

Prodonsky lächelte und rauchte gedankenverloren. Er sah hinab, dann nach oben. Sein Blick erstarrte. »Hey, hallo, Sie da!«

Weiß sah ebenfalls hinauf. »Was ist da?«

»Da turnt einer an der Fassade herum! He, Sie!«

»Ich seh nichts. Wo?« Blitzschnell griff Prodonsky die Beine von Weiß und kippte ihn über den Fenstersims. Judogriff. Weiß flog durch die Nacht und landete mit einem harten *Plong!* auf dem Dach eines Containers, der auf einem Sattelschlepper ruhte. »So was«, murmelte Prodonsky. Dort unten war die Anlieferrampe. Es brannte noch Licht. Jetzt kamen zwei Männer im Blaumann nach draußen und sahen sich um. Nichts. Sie steckten sich Zigaretten an, unterhielten sich. Dann gingen sie zurück in die Halle. Prodonsky hörte, wie Gabelstapler Paletten über den Betonboden schoben. Er sah noch einmal runter zu Weiß, um sich zu vergewissern, dass er sich auch wirklich nicht mehr bewegte. Tat er nicht. Prodonsky war erstaunt, dass er gar nicht geschrien hatte. Na ja, der Schock. Blieb nur zu hoffen, dass der Laster noch heute Nacht verschwinden würde, am besten in Richtung Hamburg, Berlin oder Stuttgart, wo immer die Spedition ihren Firmensitz hatte.

»Gute Reise!«, wünschte Prodonsky und schloss das Fenster. Als er sich an den Schreibtisch setzte, spürte er wieder das Stechen in der Herzgegend. Aufregung bekam ihm nicht. Er wählte Grassers Nummer.

SCHÖNE AUGEN

Nach drei Maß im *Hofbräuhaus* hatte Mader den Rückzug angetreten. Er musste Bajazzo noch bei Wallicek an der Pforte auslösen. Es war kurz vor Mitternacht, aber Hummel war noch nicht nach Heimgehen. Das Bier hatte ihn mutig gemacht. Oder verzweifelt. Er stolperte in angeregter Stimmung die Treppen der *Edelschweiß*-Bar in der Ledererstraße hinab. In der erstaunlich geräumigen Kellerbar mit ihren vielen Separeetischchen war gut was los. Vor allem Touristen, die den *Hofbräuhaus*-Besuch ausklingen ließen. Die Decke war mit blauer Lackfolie in Wellenhängung zugetackert und mit weißen Girlanden verziert, was die vage Illusion eines echt bayerischen Himmels erzeugte. Auf der kleinen Bühne ging es sehr *naturelle* zu. Drei Grazien beendeten gerade eine Performance mit Baströckchen in Gürtelbreite zu Madonnas *Holiday-y-y*. Danach kam eine Dame im schwarzen Regenmantel auf die Bühne, lehnte sich an eine Stange und tat so, als stünde sie unter einer Straßenlaterne im Pariser Regen. Ein trauriger französischer Schlager erklang, und schon bald hatte sie sich des Regenmantels entledigt. Sie rekelte sich selbstvergessen an der Stange, inklusive einiger tollkühner Einlagen mit dem Regenschirm. Die Haut der Dame glänzte weiß und ungesund im Scheinwerferlicht.

Hummel setzte sich endlich in eins der Separees.

»Was darf ich dir zu trinken bringen, Süßer?«, fragte eine Dame in einem Paillettenbikini und kniehohen roten Lackstiefeln.

Hummel glotzte sie an und krächzte: »Ein Bier, bitte.« Sie zwinkerte und zog von dannen.

Hummel wusste nicht recht, ob er sich entspannen sollte oder nicht. Eher Letzteres. Er war in Habachtstellung. Egal, wo man hinsah, hier schrie alles nach Sex. Er nahm einen großen Schluck Bier und sah den letzten Windungen der Pariserin zu. Jetzt kamen neue Gäste. Er zuckte zusammen. Der Beautyarzt von vorhin! Grasser! Mit drei Herren. Einer, wie die Kopie von Grasser mit mehr Haaren, die beiden anderen Herrschaften deutlich unterhalb Grassers Niveau. Ein Kleiner mit Schnauzbart und ein Großer mit Siebzigerjahrekoteletten.

Hummel drückte sich tief in sein Separee. Es half nichts. »Na, Süßer, spendierst du mir einen Sekt?« Hummel erkannte seine Tischdame als eine der drei Bastrockdamen und nickte ergeben. Sogleich stand ein klirrender Kübel auf dem Tisch. Die Flasche war schneller entkorkt, als Hummel Einspruch erheben konnte. »Bestellt ist bestellt«, sagte der Kellner mit einem Grinsen und verschwand. »Ich bin Simone«, sagte die Dame und goss zwei Gläser ein, »oder Ramona oder Petra – wenn es dir lieber ist.«

»Klaus«, sagte Hummel und stieß mit ihr an. Dabei sah er sie das erste Mal richtig an. Hey, sie war eigentlich ganz hübsch. Große braune Augen unter dem falschen Blond ihres Ponys. »Du hast schöne Augen«, sagte Hummel.

Irritierter Blick zurück.

»Äh, ich wollte dir nicht zu nahe treten.« Hummel deutete zu Grassers Tisch hinüber. »Kennst du die Typen da?«

»Bist du ein Bulle?!«

»Nein, also … ich, äh, ich bin Sachbearbeiter im KVR.«

»Was ist das denn?«

»Das Kreisverwaltungsreferat?«

»Und was willst du von den Typen?«

»Nichts. Sehen irgendwie interessant aus. Ich frag mich nur, was hier für Leute herkommen, in so ein … Nackt-tanzlokal.«

Sie lachte. »Na, du zum Beispiel! Und du heißt echt Klaus?«

Sie unterhielten sich ein bisschen. Simone oder Ramona oder Petra war so nett, keine zweite Flasche Sekt mehr zu bestellen, um sein kleines Beamtengehalt nicht komplett zu sprengen. Hummel sah, wie Grasser und sein Zwilling zahlten und gingen. Die beiden anderen Herren wechselten an die Bar. Als seine Tischdame sich einer gerade eingetroffenen Gruppe Japaner widmete, siedelte auch Hummel an die Bar um und machte große Ohren. Mist, es war einfach zu laut in dem Laden. Als die beiden Herren gingen, wollte Hummel ihnen folgen, aber der Kellner hielt ihn am Arm fest. »190 Euro!« Hummel schluckte. Er zog sein ganzes Bargeld aus der Börse – vier Fünfziger – und legte es auf den Tresen. »Stimmt so!«

Oben sah er, wie die beiden Männer gerade das Ende der Ledererstraße erreichten. Er rannte ihnen hinterher, durch die Gasse beim *Dürnbräu* bis ins Tal, weiter zum Isartor, dann die Stufen zur S-Bahn-Unterführung hin-

unter. Beim *Cinemaxx* wieder nach oben. Reichenbach-
straße. Dort verschwanden sie in einem Hinterhof. Er
blieb ihnen auf den Fersen.

Der Schlag in den Rücken kam aus dem Nichts. Hummel ging zu Boden und spürte den Stiefelabsatz im
Nacken.

»Du Sack, was willst du von uns?«

»Ich, nix ...«

Der Druck am Kopf nahm zu. Die Steine des Kies-
wegs drückten im Gesicht. Dann spürte er eine Hand an
seinem Hintern. Die seinen Geldbeutel aus der Arsch-
tasche zog.

»Scheiße, das ist ein Bulle!«

Der Fuß lockerte sich. »Hey, ich mach euch ein Angebot«, versuchte es Hummel. »Ihr geht jetzt einfach, und
wir vergessen das Ganze.«

Der Fuß gab seinen Nacken frei. Seine Geldbörse landete neben seinem Kopf. Er nahm sie und rappelte sich
auf, da traf ihn ein Tritt mit voller Wucht. Er flog auf
die Seite und hielt sich den Bauch. »Abschiedsgeschenk«,
knurrte einer der beiden. Die Schritte der beiden entfern-
ten sich.

»Wichser!«, zischte Hummel.

Das war ein Fehler.

Ein Messer blitzte im Mondlicht. »Hast du Wichser
gesagt?!«

Hummel schluckte. »Ich, ich ...« Er kniete noch und
schleuderte dem Messermann eine Handvoll Kiesel ins
Gesicht, sprang auf. Die Angst beflügelte ihn. Er zog
sich an einer Dachrinne auf ein Garagendach, kletterte
die Brandmauer an der Abwasserleitung hoch, um dann
auf dem Dach einer Remise in den Nachbarhof hinun-
terzurutschen. Er stürzte in die Mülltonnen, lief auf das

gelbe Viereck der Hofausfahrt zu, raus auf die Aventin-
straße. Da kamen die beiden schon angerannt. Hummel
hastete die Straße runter, bog in die Kohlstraße ein und
duckte sich ins Gebüsch der Parkanlage des Europäischen
Patentamts. Es stank nach Urin und Hundekot und er
selbst scharf nach Schweiß. Langsam beruhigte sich sein
Atem. Er spähte durch die Zweige, sah die beiden, wie
sie über die Wiese stiefelten, wohl wissend, dass er hier
irgendwo stecken musste. Er lauschte angestrengt. Die
Stahlseile der Fahnenmasten aller Herren Länder schlugen metallisch an die Stangen. Dünner Verkehr auf der
Erhardtstraße. Plötzlich bog ein Polizeiwagen in die Kohlstraße ein. Die beiden Männer verschwanden in Richtung
Museumsinsel.

DIE NUMMER EINS

Als Hummel aufwachte, fühlte er sich wie zerschlagen.
Er schaffte es trotzdem halbwegs pünktlich zur Teamsitzung und berichtete den anderen von seinem Nachtklubbesuch. Und in dezent untertriebener Form auch von
der nächtlichen Verfolgungsjagd.

»Sollen wir uns den Laden mal näher anschauen?«,
fragte Mader.

Hummel schüttelte den Kopf. »Das bringt nix. Aber
den Grasser sollten wir im Auge behalten, der ist nicht
koscher.«

Mader nickte. »Sehen Sie mal unsere Schönheitengalerie durch, ob die beiden Burschen dabei sind. Und Sie,
Doris und Zankl, haben Sie was?«

»Nicht viel«, meinte Dosi, »aber bei meinem letzten
Termin hab ich« – sie grinste Zankl triumphierend an –

»einen interessanten Namen erfahren.« Sie machte eine Pause und sagte dann mit tiefer Stimme: »Dr. No. Er heißt bürgerlich Dr. Schwarz. ›Dr. No‹ steht für Dr. Nose. Er ist in München die Nummer eins für Nasenoperationen. Mit einer Praxis am Isartor und einer Klinik bei Prien am Chiemsee. Ich hab's mir im Internet angeschaut. Das am Chiemsee ist so ein Luxusteil, wo die Ladys sich noch ein bisschen erholen können, bevor sie ihre runderneuerten Bodys in München ausführen.«

»Ob unsere Dame bei ihm Kundin war?«, fragte Mader.

»Das wird er uns kaum erzählen. Schon gar nicht, wenn da was illegal ist. Aber auch wenn er nichts damit zu tun hat: Der weiß doch sicher, was wie bei den Nasen dieser Stadt läuft.«

»Wann sprechen Sie mit ihm?«

»Morgen. Er ist gerade auf einem Kongress in Rom.«

»Gut, dann klappern Sie so lange die restlichen Adressen ab. Aber bitte dezent. Ich weiß genau, wer auf der Matte steht, wenn wir irgendwo die falschen Fragen stellen.«

Die anderen wusste es auch – ihr Chef Dr. Günther.

GEHALTSERHÖHUNG

Mittagszeit. Eine Hinterhofwerkstatt in Untergiesing. Der schwarze BMW stand auf der Hebebühne, und Ludwig drehte am Kotflügel eine Karosserieschraube rein. Helmut stand an der Werkbank und klackerte auf einem Laptop. »Du, Loki …?«

»Nenn mich nicht …!«

»Loki, der Hanke ist so was von blöd. Hat seinen Vornamen als Kennwort.«

»Und, was ist auf dem Rechner?«

Helmut pfiff durch die Zähne. »Loki, Geld ist auf dem Rechner. Informationen, die wir zu Geld machen können.«

»Das tun wir doch sowieso. Schließlich arbeiten wir für die Typen.«

»Kurier fahren ist das eine, Wissen ist was anderes. Eine kleine Gehaltserhöhung wäre schon mal angebracht. Dann kaufen wir uns mal 'ne normale Mühle.«

»Einen Audi R8!«

»Träum weiter, Loki.«

»Nenn mich nicht immer...!«

VOLL IM SAFT

Als Dosi, Zankl und Hummel in die Rathauskantine gingen – ihr Treffpunkt, wenn ihnen der Sinn nach etwas besserer Küche stand –, waren sie ziemlich erschöpft von ihren Terminen.

»Wahnsinn, was für Typen!«, entfuhr es Hummel.

Zankl nickte. »Ich hab drei abgeklappert. Der erste hatte so eine fette goldene Uhr« – er zeigte mit den Fingern den Durchmesser eines kleinen Apfels –, »der zweite ein Gesicht wie ein Siebzehnjähriger, obwohl der bestimmt sechzig war, und der dritte eine Hautfarbe wie ein Nutella-Brot. Das sind alles alte Beachboys, große Jungs, die nicht in Würde altern können. Widerlich.«

»Ach«, meinte Dosi, »vielleicht liegt das nur im Auge des Betrachters. Ich würde mir als Mann auch Gedanken machen, wenn ich die Typen sehe – so voll im Saft. Aber mal im Ernst: Dr. No ist unser Mann. Gesine meinte doch, dass sich jemand schon sehr gut auskennen muss, um eine Nase so hinzukriegen. Dr. No ist ganz oben auf der Liste!«

»Warum bist du dir da so sicher?«, fragte Zankl.

»Bauchgefühl. Und jetzt brauch ich erst mal einen guten Kaffee. Sonst kann ich nicht denken.«

CHEF VON DEM GANZEN

Prodonsky war panisch am Telefon: »Grasser, wir können die beiden nicht auch noch erledigen! Wir bieten ihnen Geld an.«

Grasser schenkte sein Wasserglas wieder voll. »Würde ich ja. Aber ich sitz nicht auf dem Geld. Das kommt vom Auftraggeber.«

»Und wer ist das?«

»Wenn ich's wüsste, ich würde es dir nicht sagen.«

»Na, komm.«

»Nein, im Ernst. Ich hab 'ne Mailadresse, das ist alles.«

»Ich glaub, du bist der Chef von dem Ganzen.«

»Da täuschst du dich.«

»Dann Dietmar. Er ist doch der mit den ganzen Chichikontakten.«

»Hab ich auch schon überlegt. Ich weiß es wirklich nicht. Ich schick eine Mail, dann sehen wir. Du hast ihnen die Box doch gegeben?«

»Ja, klar, wie vereinbart.«

HOBBYLITERATEN

Als sie im *Stadtcafé* auf einen der wenigen freien Tische zusteuerten, sah Hummel SIE. Nein, nicht Beate – seine

Literaturagentin! Oha. Er hatte ihr seit Ewigkeiten nichts geschickt. Und gemeldet hatte er sich bei ihr auch nicht mehr.

»Hey, Hummel, was ist?«, fragte Zankl, der schon saß.

»Nix, äh, nix, gar nix«, stammelte Hummel und setzte sich. Verstohlen sah er zu seiner Agentin hinüber, die mit einem nicht mehr ganz jungen Typen am Tisch saß. Den hatte er schon mal irgendwo gesehen. Vor ihnen lag ein Haufen Blätter.

»Hummel! Was kriegst du?«, fragte Zankl.

Jetzt nahm Hummel den Kellner wahr. »Einen Cappuccino und einen Schokomuffin, wenn ihr habt.«

»Also«, meinte Dosi. »Die Frau hatte eine komplett neue Nase. Zwei Fragen: Wer macht so was? Und vor allem: Wo kommt die Nase her?«

»Von einer Leiche?«, schlug Zankl vor. »Also nicht, dass dafür jemand umgebracht wurde, eher wie bei einer Organspende. Dass die Niere von einem knackigen Motorradfahrer nach der letzten Kurve weiterlebt, ist ja inzwischen ganz normal.«

»Ich frag mal Fränki«, meinte Dosi gereizt.

Hummel überlegte: »Wenn die Leiche schon mal da ist und nicht gerade aufgebahrt wird für die Verwandten – wo können wir noch ansetzen? Beerdigungsinstitute?«

Zankl schüttelte den Kopf. »Ich weiß nicht. Die Freundin von der Saller hat noch nicht zurückgerufen?«

»Nein«, sagte Dosi. »Ich hab's mehrfach probiert.«

Hummel betrachtete Sallers Foto mit der alten Nase. »Warum hat die das überhaupt gemacht? Wenn du eh schon auf der Sonnenseite bist, woher kommt der Druck, dass du an dir rumdoktern lässt?«

»Ja«, pflichtete Dosi ihm bei. »Das ist es. Das Mädel hat sich den Druck doch nicht selbst gemacht. Wir sollten bei *Winter Models* noch mal nachbohren. Dein Einsatz, Hummel!«

»Wieso mein Einsatz?«

»Hast du nicht gesehen, wie die Chefin von dem Laden dich gestern angeschaut hat?«

»Ach geh!«

»Ich schwöre.«

Hummel grinste. »Dann muss ich wohl.«

»Heute!«, bestimmte Dosi. »Der Tag ist noch jung. Zankl und ich machen nachher noch ein paar Arztbesuche.«

Hummel sah wieder Richtung Agentin, aber der Tisch war jetzt frei – gut so. Er zahlte am Tresen und ging. Draußen regnete es heftig. Er blieb unschlüssig unter dem Vordach des Cafés stehen und zündete sich eine Zigarette an.

»Am schlimmsten sind die Autoren, die nie liefern, diese Hobbyliteraten!«, sagte eine scharfe Stimme hinter ihm. »Aber bei Ihnen ist das ja ganz anders. Ein Traum. Kreativ und pünktlich. Ich werde Sie groß rausbringen, ganz groß. Mit dem zweiten Buch wird alles anders. Ach, und dieser kleine Verriss neulich, nehmen Sie das bitte nicht zu ernst …«

Hummel spürte die Hitze im Gesicht. Er ging los. Obwohl es aus Kübeln schüttete.

PACK DIE BADEHOSE EIN

»Wie schaun Sie denn aus?«, fragte Mader im Präsidium, als Hummel dort auftauchte.

»Wie ein begossener Dackel«, sagte Hummel. Bajazzo hob den Kopf und musterte ihn. Hummel suchte in den Unterlagen die Nummer der Modelagentur heraus und griff zum Telefon. Kurz darauf hatte er eine Verabredung.

Er solle doch heute Abend einfach zur Modenschau im *Bayerischen Hof* kommen. Zwanzig Uhr dreißig. Da wäre kurz Zeit für ein Gespräch. Ja, würde er machen.

»Dann packen Sie aber die Badehose ein«, meinte Mader, als er es ihm berichtete. »Die haben dieses tolle Schwimmbad unterm Dach.«

»Sie sind da öfters?«

»Nein, nicht meine Wellenlänge. Ich geh ins Müller'sche Volksbad.«

›Badehose! Sehr witzig‹, dachte Hummel, als er am Nachmittag endlich dazu kam, die Datenbank nach den zwei Typen zu durchkämmen, die ihn zusammengeschlagen hatten. Erfolglos. Diese Verbrecher sahen alle gleich aus. Unrasierte Gesichter mit bösem Blick im harten Licht.

BISSCHEN SCHWITZEN

Die Stimmung zwischen Helmut und Ludwig war angespannt.

»Und, gibt es schon eine Ansage?«, fragte Ludwig.

»Grasser sagt, dass er sich kümmert. Ich trau ihm nicht.«

»Grasser macht das schon. Bisher war alles cool mit ihm. Fahren wir das Zeug jetzt?«

»Nein, wir lassen ihn noch ein bisschen schwitzen.«

»Helmut, das Zeug wird doch schlecht!«

»Quatsch, diese Kühlboxen sind genau dafür gemacht.«

»Ich find's unheimlich, wenn das Zeug hier rumsteht.«

»Wir fahren erst morgen, damit sie sehen, dass es uns ernst ist.«

Ludwig sah sorgenvoll zu der Kühlbox, die neben dem Sofa auf dem Boden stand. Das grüne Kontrolllicht des

Kühlaggregats beruhigte ihn nicht wirklich. Er holte aus dem Gefrierfach des Kühlschranks zwei große Eiswürfelbehälter.

»Was hast du vor?«, fragte Helmut.

»Sicher ist sicher. Wenn die Dinger verschimmeln, kriegen wir richtig Stress.«

DÄR UNTÄRSCHIED

Hummel ging um siebzehn Uhr die Neuhauser Straße hinunter in Richtung Marienplatz. Er wollte zum *Wormland*. Er konnte ja schlecht in seinen krumpeligen Klamotten bei der Modenschau erscheinen. Letzte Woche hatte er dort einen Anzug im Schaufenster gesehen. Cappuccinobraun und am Revers ein feiner hellgrauer Paspelstreifen. Hatte das gewisse Etwas, bisschen Sixties, bisschen italienisch. Er war kein Anzugtyp, aber der hatte ihm gefallen. Als er jetzt vor dem Schaufenster stand, war der Anzug natürlich weg. Missmutig betrat er den gut besuchten Laden und fuhr gleich hinauf in den ersten Stock, wo es erheblich gediegener zuging als im von bunten Kleiderstapeln und scheußlicher Loungemusik verseuchten Casualwear-Erd- und -Untergeschoss.

»Hallöchän«, näselte ein sehr gut aussehender junger Mann in einem Anzug, der wie aufgebügelt saß: eine zweite Haut.

»Ich äh… habe letzte Woche einen Anzug im Fenster gesehen, so braun mit einem hellen Streifen am Kragen.«

Der Jüngling strahlte ihn an. »Där *Amazoni*, Sie Glückspilz, ich hab noch einän lätztän da. Und, da verwätt ich meinä Oma, gänau Ihrä Größä!«

Er eilte von dannen, kam kurz darauf mit dem Anzug zurück und drängte Hummel in eine der Kabinen.

Hummel zog das Jackett an. Bisschen knapp, aber nur ein Hauch. Die Hose ebenfalls. Er trat hinaus und besah sich im Spiegel. Nicht schlecht, aber er hatte sich das weit besser vorgestellt. Bekümmert guckte er auf seine strumpfsockigen Füße. Der Verkäufer schoss davon und war einen Wimpernschlag später mit einem Paar schwarzer Stiefeletten zurück. »Anziehn! Das macht dän Untärschied!«

Hummel tat, wie ihm geheißen. *Wow!* Ja, das machte den Unterschied! So konnte er sich definitiv auf der Modenschau sehen lassen. Der Verkäufer ließ seine Finger unters Revers gleiten, um das Sakko in Form zu bringen. Hummel schluckte und sah sich den eleganten Mann im Spiegel genau an. War das wirklich er, Hummel? Ja, ohne Zweifel. *Mondän.*

»Schnäppchen schreibt man anders«, murmelte er, als er wieder auf der Straße war. Aber er fühlte sich gut. Jeans und Lederjacke hatte er in einer Plastiktüte dabei. Ihn fröstelte. Ein Mantel war kohlemäßig nicht mehr drin gewesen. Er musste zurück ins Präsidium, um die Tüte loszuwerden.

Die Gehwegplatten der Fußgängerzone glänzten kalt, die Obststände hatten vorzeitig die Segel gestrichen, nur noch wenige Menschen strebten gesenkten Hauptes dem Marienplatz oder dem Stachus entgegen. Es war düster zu dieser frühen Abendstunde, doch die ufoförmigen Siebzigerjahrelaternen sparten sich ihre Energie für später. Hummel bog schneidigen Schrittes in die Ettstraße ein.

»Hey, Klaus, bist du das?«, fragte eine Frauenstimme hinter ihm im Treppenhaus. Gesine. Er lächelte verlegen. »Wie siehst du denn aus?«, fragte sie.

Er strahlte. »Ja, äh, gut, was?«

»Kannst du laut sagen. Hast du was vor?«

»Ich muss noch auf eine Modenschau.«

»Wie bitte?«

»Also äh, dienstlich. Vielleicht hast du ja Lust mitzukommen?«

»Äh… Aber ich kann unmöglich in diesen Klamotten…« Sie deutete auf ihre Jeansbeine, die in langen schwarzen Stiefeln steckten.

»Doch logo. Sieht super aus. Echt. Um acht!«

UNDANKBARES PACK

»Prodi, ich bin's, Grasser. In Salzburg ist nichts angekommen!«

»Die werden doch keinen Unfall gehabt haben?«

»Glaub ich nicht. Das Einzige, was die richtig gut können, ist Autofahren.«

»Warum rufst du sie nicht an?«

»Was, meinst du, mach ich die ganze Zeit? Undankbares Pack! Wird Zeit, dass wir die Zusammenarbeit beenden.«

»Was hast du vor?«

»Ich fahr jetzt zu denen raus. Und sorg dafür, dass die Lieferung sofort nach Salzburg geht. Dann sehen wir weiter.«

ELFEN

Hummel betrachtete sein Spiegelbild in dem getönten Glas der Lifttür. War das wirklich er? Ja, zweifellos.

Seine Frisur verriet ihn. Aber die konnte schon wieder als Absicht durchgehen. So Britpop. Seitenscheitel und leicht zerzaust. Gesines Haare hingegen klassisch, zeitlos: schwarzer Wasserfall. Sie bemerkte seinen Blick und lächelte.

Aus der stillen Intimität des Fahrstuhls ging es hinaus in die brausende Stratosphäre der Upper Class. Sie checkten bei einem ziemlich böse aussehenden Muskelpaket in einem sehr knapp sitzenden Anzug ein. Hummel glaubte, die Nähte knirschen zu hören, als der Typ sie mit Röntgenblick musterte.

Als sie das fantastische Schwimmbad des *Blue Spa* betraten, fielen Hummel fast die Augen raus — wie zwei Murmeln, die auf dem edel gefliesten Boden klackerten und ins kühle Nass des Pools plumpsten. Nicht wegen des luxuriösen Ambientes, sondern wegen der gazellenschlanken Ladys mit ihren endlosen Beinen und den wenigen Quadratzentimetern Stoff, die kaum verhüllten, was seine Fantasie längst entblößt hatte. Die Elfen stolzierten am Rand des türkisen Beckens auf und ab. Der Raum war erfüllt von zickigen New-Wave-Synthie-Gitarrenklängen. Als Hummel die Nummer erkannte, sang er leise mit: »*Hit me with your rhythmstick, hit me, hit me, hit me quick …*«

»Hallo, Herr Hummel«, begrüßte ihn jetzt die Agenturchefin und scannte zugleich Gesine von oben bis unten. »Wären Sie einen Hauch jünger, ich würde Sie sofort unter Vertrag nehmen«, erklärte sie ungefragt. Kompliment oder Unverschämtheit? Gesine überlegte noch. Frau Winter lachte. »Wir sprechen uns nach der Show«, sagte sie und verschwand.

Hummel grinste Gesine an, die immer noch perplex war. Sie ließen sich Champagner reichen und sahen dem Treiben zu. Das Bussi-Bussi-Publikum verfolgte die Show von zwei Stuhlreihen am Beckenrand aus. Als nun drei Elfen in weißen Badeanzügen durchs Wasser glitten und grazil das Ufer erklommen, blickte er verschämt zu Boden.

»Entspann dich, Klaus«, sagte Gesine.

Diese drei wunderbaren Frauen in ihren nassen, transparenten Badeanzügen. Am liebsten wäre er losgestürmt, um ihnen Handtücher oder Bademäntel zu reichen. Um sie zu schützen vor dem rauen Wind der Wirklichkeit. Er kippte den Rest Champagner hinunter.

KLEINE GEHEIMNISSE

»Darf ich vorstellen: Dr. Fleischer, unsere Pathologin.«

Gesine gab Christiane Winter die Hand. »Umwerfende Show, sehr schöne Mädchen, da könnte man glatt Komplexe bekommen. Ich frag mich immer, also entschuldigen Sie, aber ist alles echt, was wir da sehen?«

Frau Winter lächelte. »Ja, was soll ich sagen? Sie haben wohl alle ihre kleinen Geheimnisse, ihre kleinen Korrekturen. Beine und Hüften kriegt man mit Sport hin. Busen nicht, zumindest nicht größer.« Sie lachte.

»Und die Nase?«

»Ja, viele lassen sich die Nase machen.«

»Warum eigentlich?«

»Weil das so ist. In jeder Werbung sieht man kleine, zierliche Nasen.«

»Sagen Sie, Frau Winter«, meldete sich jetzt Hummel.

»Bitte, für Sie: Chris.«

»Ja, Chris… äh, ich… ich bin der Klaus. Also, welche Position hatte Veronika Saller bei Ihnen, in Ihrem…«

»Stall? Sagen Sie es ruhig, es sind ja meine Schäfchen. Also, Vroni war *Schöne Münchnerin*, bevor sie bei mir anfing. Der Wettbewerb ist ja nur für Amateure. Für uns war das schon eine gute Werbung, sie trifft den breiten Geschmack, das normale Publikum. Schon ein bisschen reifer mit ihren vierundzwanzig. Aber sehr mädchenhaft, sehr natürlich.« Sie lachte glockenhell. »Dafür, dass es an ihrem Körper kaum eine Stelle gab, an der kein Chirurg rumgefummelt hatte. Ich hab ihr gesagt, sie soll es langsam mal gut sein lassen. Aber sie wollte perfekt sein – und jetzt so was!«

»Hatte sie Feinde?«

»Vroni? Nein, sie war beliebt. Und intelligent. Hat sogar studiert!« Sie lächelte. »Nicht dass Sie denken, ich mach mich über sie lustig. Aber Intelligenz ist keine Schlüsselqualifikation für den Job.«

»Bei uns auch nicht«, sagte Hummel. Sie lachten.

Chris reichte ihnen zwei neue Gläser, beantwortete noch drei oder vier Fragen und verwies sie an Sallers momentan im Ausland weilende Freundin Andrea Meyer. Dann widmete sie sich ihren anderen Gästen.

Dass ihm Chris beim Abschied mit einem Zwinkern ihre Visitenkarte in die Hand gedrückt hatte, verursachte bei Hummel ein leichtes Bitzeln. Oder war das das zweite Glas Schampus?

»Die weiß mehr, als sie sagt«, meinte Gesine kühl. »Ihre Schäfchen… Das ist kein Familienbetrieb, das ist ein knallharter Job.« Sie deutete zur Treppe, die zu den Aufzügen führte. Eines der Mädchen verließ gerade mit verheulten Augen den Raum. »Klaus, komm, Tapetenwechsel. Ich brauch jetzt ein Bier.«

Helmut öffnete beim dritten Klingeln. Grasser stürmte herein. »Mann, Jungs, habt ihr den Arsch offen? Warum geht ihr nicht ans Telefon!«

»Was, äh, da haben wir tatsächlich unsere, äh, Handys nicht an?«, lallte Helmut.

Grasser lief rot an. »Ihr liefert die Ware nicht und sauft euch die Hucke voll. Wo ist Ludwig?«

»Hat sich hingelegt. Zu viel Atü, hehe …«

»Was soll die Scheiße? Ihr kriegt einen Haufen Geld für den Job und arbeitet nicht!«

»Wir haben hier 'ne neue Lage.«

»Ja, ich weiß, Hankes Laptop. Aus seinem Haus, nachdem ihr ihn von der Straße geschubst habt.«

»Wir haben ihn nicht mal berührt!«

»Seid ihr euch wirklich sicher, dass keiner von euren Spezln singt, wenn die Polizei fragt, wer sie beauftragt hat, Hankes Villa auszuräumen? Und was meint ihr, was die Polizei dazu sagt, wenn Hanke dann nicht zu finden ist? Ich glaube, da steht ihr ganz schön blöd da.«

»Du auch. Wir haben den Laptop.«

»Ja, das stimmt. Ich weiß ja nicht so wirklich, was da für Daten drauf sind, aber ich denke, für Organhandel gibt's ein bisschen weniger als für Mord. Also, ich war jedenfalls am Sonntag beim Golf. Und was habt ihr beiden Schönes gemacht? Durchs Voralpenland gegondelt, dem BMW mal ein bisschen die Sporen gegeben?«

»Du bist ein Riesenarsch!«

»Nein, ich bin Geschäftsmann. Und auf mich kann man sich verlassen. Ich kläre, was der Laptop wert ist, und ihr macht die verdammte Lieferung! Wenn unser Auftraggeber mitkriegt, dass wir unzuverlässig sind, dann ist das Geschäft ganz schnell vorbei. Ihr schlaft jetzt euren Rausch aus, ich ruf die Leute in Salzburg an, dass die Sachen erst morgen früh kommen. Verstanden?«

Helmut nickte ausdruckslos.

»Ihr haltet die Sachen gut gekühlt?«, fragte Grasser.

Helmut deutete zur Box. »Mit Extraeis.«

Grasser sah auf die Temperaturanzeige und nickte.

VOLLER ÜBERRASCHUNGEN

Hummel saß am Küchentisch und betrachtete Chris' Visitenkarte. Das Leben war voller Überraschungen. Er zückte seinen Füller.

Liebes Tagebuch,

ich werde heute in meinem neuen Anzug schlafen. Der bringt mir richtig Glück bei den Frauen. Jetzt hab ich ewig überlegt, ob ich Chris noch eine SMS schreibe, aber lieber nicht zu aufdringlich sein. So eine schöne Frau. Die langen braunen Haare und diese Augen. Fast silbern. Sehr apart.

Und mit Gesine in der Kneipe, das war ebenfalls interessant. Sie hat mit mir geflirtet und irgendwie auch nicht. Normalerweise bekomme ich bei so was ja Schweißausbrüche – bei Gesine nicht. Ist das jetzt ein gutes oder schlechtes Zeichen? Wir haben über alles Mögliche gesprochen, nur über die Arbeit nicht. Aber nicht so buddymäßig wie mit Zankl, sondern eher kulturell und übers Kochen und so. Ich glaube, ich mag Frauen lieber als Männer.

Nach diesen Zeilen schlief er am Küchentisch ein. Mit dem Kopf auf dem aufgeschlagenen Tagebuch.

Sein Handy klingelte. Er fischte es mechanisch aus der Hosentasche.

»Hummel, ich bin's, Dosi!«

»Dosi…«, stöhnte er. »Was ist los? Es ist mitten in der Nacht.«

»Ich brauch deine Hilfe. Wir sind hier bei diesem Dr. No in der Praxis. Fränki und ich.«

»Was macht ihr da!?«

»Frag nicht und hol uns hier raus. Lueg ins Land 4. Direkt am Isartor. Neben dem Hotel. Ich bin oben am Fenster im vierten Stock.« Sie legte auf.

Hummel kratzte sich am Kopf. Fing Dosi jetzt an zu spinnen? In eine Praxis einbrechen! Er stand auf und fühlte sich unsicher. Drei Bier mit Gesine und vorher das Blubberwasser.

SPIDERMAN

Kurz darauf saß er auf dem Rad und fror sich den Arsch ab, als er den Rosenheimer Berg hinunterfuhr. Am Isartor bog er rechts vor dem *Altstadthotel* in die kleine Gasse ein. Mit klammen Fingern griff er zum Handy. Irgendwo hoch oben öffnete sich ein Fenster, und Dosis Gesicht tauchte im gelben Gassenlicht auf. Sie winkte und sprach ins Handy: »Bitte leise. Die Reinigungsleute sind in der Praxis. Du musst uns rausholen.«

»Und wie soll ich das machen? Mit einem Sprungtuch?«

Sie deutete auf den Sims unter dem Fenster. »Versuch es von nebenan, vom Hotel.«

»Bin ich Spiderman?«, fluchte Hummel und ging zur Frontseite des Hotels. Gedämpftes Licht, ein paar Leute an der Bar. Der Nachtportier sah ihn misstrauisch an. »Sie müssen mir helfen!«, sagte Hummel.

»Ich muss gar nichts«, kam es übellaunig zurück.

»Kri…«, wollte er schon sagen. »Krieg ich bei Ihnen noch was zu trinken?«

Der Portier musterte ihn noch mal, dann nickte er zur Bar hinüber. Dort bestellte Hummel sich einen Whisky und wartete kurz, bevor er zur Toilette ging. Er bog zum Lift ab und fuhr in den vierten Stock. Langer Flur, am Ende ein Fenster. Er öffnete es. »Dosi?«, rief er leise in die Nacht hinaus. Dosis Kopf tauchte auf. Hummel wollte gerade auf den Fenstersims klettern, da flog die Tür neben ihm auf. »Du Dreckskerl!!!«, ertönte eine Frauenstimme, und ein Mann stürzte aus dem Zimmer, bekleidet nur mit den Flüchen seiner Angebeteten. Die Hummel auf dem Doppelbett erspähte, kampfbereit wie Jeanne d'Arc oder wie eine griechische Göttin beim Diskuswurf. Denn im nächsten Moment donnerte eine Obstschale an den Türstock, inklusive Früchten. Adam zog die Tür zu. Hummel starrte ihn an.

»Hallo, guten Abend«, begrüßte ihn der Nackte.

»Hummel, was ist jetzt?!«, rief Dosi von draußen. Hummel war überfordert.

»Kann ich helfen?«, fragte der Mann.

»Ja, halten Sie mich fest.« Hummel reichte ihm die Hand und stieg nach draußen auf den Sims. Ihn schauderte, als Dosi zu ihm herübertippelte. Fränki folgte ihr. Der nackte Mann hielt Hummel, und Hummel ergriff Dosis Hand. Kurz darauf waren sie alle im Flur. »Hummel, du bist ein Goldschatz!«, bedankte sich Dosi.

»Dank ihm«, sagte Hummel und deutete auf seine neue Bekanntschaft.

Der Mann hatte ein Bild von der Wand genommen und

hielt es sich vors Gemächt. Das Bild zeigte eine Oktober-festbedienung mit zehn Maßkrügen an üppigem Dirndl-dekolleté.

»Sehr eindrucksvoll«, meinte Dosi. »Vielen Dank!«

Fränki funkelte den lächelnden Adonis misstrausch an.

Sie verabschiedeten sich vom Oktoberfestmann, fuhren mit dem Lift nach unten und beschlossen, bei einem letzten Whisky an der Bar die Ereignisse zusammenzufassen.

Dosis Blick blieb in Hummels Gesicht hängen, sie überlegte und grinste dann.

»Is was?«, fragte er gereizt.

»Nein, was soll sein? Ich freu mich nur, dich zu sehen.«

»Du schaust so komisch.«

»Ja, das Gesicht ist der Spiegel der Seele.«

Er sah sie irritiert an. »Lenk nicht ab! Was läuft hier für eine Scheißaktion?«

»Nicht so laut«, sagte sie verschwörerisch und beugte sich zu ihm. »Wir wollten uns nur mal bei Nose umschauen. Ist ja auf dem Kongress in Rom. Aber plötzlich kam der Putztrupp.«

»Ihr hättet doch warten können, bis die wieder weg sind.«

»Klar, ein paar Stunden. Und wenn sie uns erwischt hätten?«

»Ihr habt echt einen Knall.« Er nippte an seinem Whisky. »Und, irgendwelche Ergebnisse?«

»Die Daten waren erstaunlich gut geschützt«, sagte Fränki, »ich kenn mich mit Computern aus.«

Hummel war fassungslos. »Mannomann. Ihr brecht da ein und knackt Computer, Wahnsinn ...«

An der Bar erschien jetzt der nackte Typ von eben. Diesmal nicht mit Dirndldekolleté, sondern mit Morgenmantel, den er mit einer Grandezza trug, als würde er in Landestracht zu einem Staatsbankett erscheinen. In der Hand ein Whiskyglas. Cool.

Dosi trank aus. »Komm, Fränki, ich muss jetzt ins Bett. Die Jungs wollen bestimmt noch ein bisschen unter sich sein.« Sie zwinkerte Hummel zu und stand auf.

Hummel hob müde sein Whiskyglas in Richtung Morgenmantel, der sich als Thomas, »für Freunde Tom«, vorstellte. »Danke wegen eben.«

»Kein Thema.«

»Du fragst gar nicht, was das für eine Aktion war?«

»Nein, wieso?«

Dann sah er Hummel ins Gesicht, hing einem Gedanken nach und hob lächelnd sein Glas. »Auf die Frauen!« Sie tranken.

Hummel nahm das Stichwort auf: »Du hattest Streit mit deiner Frau?«

»Nichts Ernstes. Wir haben das eigentlich jeden Tag. Sie ist wie eins dieser hochgezüchteten Rennpferde. Extrem empfindlich. Wie das mit Topmodels so ist.«

»Sie ist Model?«

»Zeitschriften, Mode, Werbung, der ganze Klimbim. Heute Abend war sie auf einer Bademodenschau. In diesem Edelhotel.«

»Dann ist sie in der Agentur von Chris Winter!«

»Du kennst dich ja gut aus!«

»Und ihr habt gestritten, weil sie sich die Nase machen lassen will?«

Tom starrte ihn an. »Hey, hast du an der Tür gelauscht?«

»Nein, ich bin Polizist. Wir haben ein Auge auf Dr. No, also Dr. Schwarz. Und der hat seine Praxis gleich nebenan.«

Tom wollte etwas sagen, aber sie wurden unterbrochen. Beziehungsweise abgelenkt: Eine Frau von überirdischer Schönheit betrat die Bar. Auch sie war nur mit einem Morgenmantel bekleidet. Hummel griff zu seinem Whiskyglas und nahm einen großen Schluck. Und bekam einen Hustenanfall. Tom klopfte ihm auf den Rücken.

»Tommi, komm jetzt endlich ins Bett!«, hauchte die Schönheit.

Tom strich sich die blonden Strubbelhaare aus der Stirn und lächelte Hummel entschuldigend an.

Weg waren sie. ›Wenn die eine neue Nase braucht, dann brauch ich einen neuen Kopf‹, sinnierte Hummel und trank aus.

Als er zu seinem Rad ging, dachte er noch mal an die Badenixen. An die Dame von eben konnte er sich nicht erinnern. Na ja, er hatte nicht gerade auf die Gesichter geachtet. Wahnsinn, was für ein Abend. Und so viele schöne Frauen! Nur Dosi drückte den Schnitt ein bisschen, das verrückte Huhn. Aber Dosi war Dosi.

Am Rosenheimer Platz wurde er unsanft von einer Polizeistreife aus seinen Träumen gerissen und musste blasen. Für seinen Dienstausweis interessierten sich die beiden Cops nicht die Bohne. Warum auch – um halb vier im Anzug mit dem Radl unterwegs. 0,5 Promille. Hummel staunte selbst, dass es nicht mehr war, und kam mit einer Ermahnung davon.

Warum hatten ihn die Polizisten so merkwürdig angesehen? Machten alle heute. Hatte er einen fetten Pickel auf der Nase? Als er zu Hause im Bad in den Spiegel schaute, staunte er. Da stand etwas in seinem Gesicht, in seiner Handschrift: *mag Frauen*. Bestens lesbar, jetzt im Spiegel. Er erinnerte sich, dass er auf seinem Tagebuch eingeschlafen war. Das Gesicht, der Spiegel der Seele. Dosi hatte ja so recht.

Morgensitzung im Präsidium. Die nächtliche Fensterl-aktion behielten Hummel und Dosi natürlich für sich.

Zankl hatte sich noch ein bisschen schlau gemacht: »Nose ist tatsächlich die Nummer eins bei den Münchner Nasen. Nicht unumstritten. Aber klar, die lieben Kollegen wollen alle was vom großen Kuchen abhaben. Ein grauenhaftes Gewerbe«, ereiferte er sich.

»Angebot und Nachfrage«, meinte Mader. »Es zwingt die Damen ja niemand, so was zu machen. Unsere *Schöne Münchnerin* hat Touristik studiert. Glänzende Noten. Ich glaube, die Damen entscheiden ganz bewusst, was sie tun und was nicht. Und solche Leute wie Dr. No wird es immer geben. Schönheitschirurgie ist nicht illegal.«

»Wenn man gestohlene Nasen verbaut, dann schon«, erwiderte Zankl.

»Wenn man ihm das beweisen kann, ja. Aber das ist nicht unser Job. Wir sind von der Mordkommission.«

»Aber der Typ ist bestimmt der Schlüssel ...«

»Langsam! Bitte ermitteln Sie mit Fingerspitzengefühl. Ich will nicht, dass der Chef gleich einen Herzinfarkt kriegt.«

Dosi schnaufte auf. »Ach, der Günther. Dem seine Frau hat sich bei Dr. No bestimmt auch den Zinken richten lassen.«

Alle sahen sie erstaunt an.

»Das sagt mir mein niederbayerischer Instinkt«, erklärte Dosi.

Mader lachte. »Trotzdem. Gehen Sie bitte subtil an die Sache ran. Sie und Zankl befragen heute Dr. No. Und, Hummel, was hat die Modenschau ergeben?«

»Ganz eigene Welt. Ich würde gern noch ein bisschen das Arbeitsumfeld unserer Leiche durchleuchten, ihre Kolleginnen, die Agenturchefin.«

HUNDEFUTTER

Helmut und Ludwig fuhren am frühen Vormittag auf der Autobahn in Richtung Salzburg. Föhn. Die Alpenkette stand in ihrer ganzen Schönheit am Horizont. Ludwig saß am Steuer. Helmut hatte die Kühlbox auf dem Schoß.

»Ich weiß nicht«, sagte Ludwig, »ob das so gut war mit dem Rechner. Ich mein, der Grasser und der Prof, das lief doch immer fair. Jetzt ist der Grasser enttäuscht.«

»Buh, enttäuscht! Der Arme! Na und, sind wir das nicht auch? Die machen den großen Reibach, und wir haben das ganze Risiko. Ich hab ja nicht Wunder was verlangt. Nur ein paar Euro mehr. Ganz einfach.«

Ludwig schüttelte den Kopf. »Einfach ist anders. Grasser ist nicht dumm. Der ist ein knallharter Geschäftsmann.«

»Das glaubst auch bloß du. Der ist so was von nervös. Der scheißt sich vor dem Auftraggeber in die Hose. Würde mich echt interessieren, wer das ist. Jedenfalls darf der nicht wissen, dass wir erst jetzt liefern. Sonst kriegt Grasser Stress.«

Ludwig fegte den Irschenberg hoch. »Fahr langsamer!«, sagte Helmut. »Loki!«

»Nenn mich nicht Loki.« Er drückte noch mehr aufs Gas. »Hörst du den Motor? Wie ein Uhrwerk.« Der Wagen beschleunigte schwungvoll trotz der Steigung.

Als sie über die Kuppe schossen, schrie Helmut auf: »Brems! Da unten ist Stau!!«

»Alter, ganz cool bleiben. Der BMW hat eins a Bremsen.«

»Jetzt brems endlich!«

»Ich brems ja!« Hektisch pumpte Ludwigs Fuß auf dem Pedal. Die Wirkung war minimal. Er schaltete runter, der Wagen war viel zu schnell, der Motor heulte auf. Hundert Meter. Ohne Kupplung knallte Ludwig den dritten Gang rein. Das Getriebe schrie auf. Fünfzig Meter. »Scheiße, Scheiße, Scheiße!!!«, brüllte Ludwig. Der Seitenstreifen war versperrt durch ein Wohnmobil mit Warnblinklicht. Zwanzig Meter. Ludwig lenkte auf das Wohnmobil zu. Nur nicht auf den Sattelschlepper daneben! Zehn Meter. Weit aufgerissene Augen. *BUMMMMM!!!!* Sie krachten in das Wohnmobil, das sich in einer Wolke aus Plastik und Sperrholz dematerialisierte. Fahrzeugteile flogen durch die Luft, Glas spritzte.

Stillstand. Ludwig sagte nichts. Helmut ebenfalls. Der Verkehr auf der Gegenspur rauschte.

Bei dem Aufprall war die Kühlbox durch die Windschutzscheibe geschleudert worden. Zerborsten. Eiswürfel auf dem Asphalt. Und zwei wohlgeformte Damenohren. Sogleich war alles voller Schaulustiger. Die Ohren hatte niemand gesehen, außer einem Mädchen. Und einem Golden Retriever, der sich von seinem Herrchen losriss und sich die Ohren als Snack einverleibte. Das Mädchen sah zu, wie der Hund auf den knorpeligen Muscheln kaute. »Papa, Fridolin frisst gerade Ohren...«

»Pssst, Benita, schau, der Typ in dem Auto, der ist garantiert tot!«

Nein, Helmut war noch am Leben. Ludwig ebenfalls. Das stellten die Sanitäter eine halbe Stunde später fest, nachdem die Feuerwehr das Auto aufgeschnitten hatte. Aber es ging beiden nicht gut. Ihre Gesichter waren vom Platzregen der Metall- und Glassplitter übel zugerichtet worden. Frisch gepflügte Äcker. Die Feuerwehrleute zogen die beiden aus den Resten des demolierten BMW. Kurz darauf war der Krankenwagen unterwegs nach München. Beide delirierten: »Helmut? – Loki? Helmut! – Loki! – Helmutlokihelmutloki...«

Die Reise endete in der Anfahrtszone der Notaufnahme des Klinikums Großhadern. Zufall. Eine Frage der Kapazitäten. Ein bisschen wie Heimkommen.

RUSTIKALDUNKEL

Mader machte es heute ganz spartanisch. Oder authentisch, was auf dasselbe rauskam. Er fuhr öffentlich. Um ein besseres Gefühl für die Gegend zu bekommen, für die Heimat von Veronika Saller. Am Verkehrskrebsgeschwür Harras war er der U-Bahn entstiegen, um dann mit fahlgesichtigen Senioren gemeinsam auf den Bus zu warten. Er selbst senkte den Altersschnitt nur geringfügig. Durch das Busfenster betrachtete er nun das lange graue Band der Straße, gesäumt von altersschwachen Automobilen und vernarbten Mietskasernen geringer Bauhöhe. *Tristesse oblige*. Bewohnte Schallschutzwände. Dagegen war sein Neuperlach eine bunte Zukunftsvision voller Verheißungen von Wohlstand und Glück. Mader stieg an der nächsten Haltestelle aus. Er hatte Hunger und kaufte in einem Lottogeschäft zwei Leberkässemmeln und einen Kaffee. Nicht nur Bajazzo fand den Leberkäs ausgezeichnet. Aber der Kaffee war aus der Hölle – ein giftiges, schwarzbitteres Konzentrat, Magengeschwür frei Haus. Mader nippte nur einmal daran und ließ den vollen Plastikbecher sogleich in einem Mülleimer verschwinden.

›Eine Gegend der Extreme‹, dachte er, als er seine Schritte zu dem Eternitsilo lenkte, in dem die Eltern der *Schönen Münchnerin* wohnten. Er hatte sich vorhin telefonisch angekündigt, was mit wenig Begeisterung aufgenommen worden war. Klar, er hatte ja keine Ergebnisse vorzuweisen.

Als er nun in dem dunklen Hausflur stand und ihm die schneidenden Gerüche der Mittagszeit die Luft zum Atmen nahmen, beschlichen ihn neue Ängste. Was, wenn die ihn jetzt nötigten, an ihrem kargen Mittagsmahl teilzunehmen?

Die Tür öffnete sich, und er blickte in das vom Weinen gerötete Gesicht von Frau Saller. »Ich hoffe, ich störe nicht?«, sagte Mader.

Sie ignorierte seine rhetorische Frage und trat zurück. »Mein Mann ist in der Küche.«

Die Küche sah er zum ersten Mal. Und irgendwie auch nicht, denn so ähnlich hatte es bei seiner Mutter ausgesehen. Das rustikaldunkle Furnier der Einbauschränke, die karierte Plastiktischdecke und die jodelnde Kiefernholzeckbank mit den Polstern in Hellbraun. Nur waren die bei seiner Mutter moosgrün gewesen. Ähnlich war vor allem die Enge, in der jeder Handgriff maximal eine Armlänge entfernt war. Und auch das gelbe Licht vom kupfergefassten Riffelglas der Deckenlampe kam ihm vertraut vor. Auf dem Herd simmerte etwas in einem großen Topf. Herr Saller saß mit einer Flasche Löwenbräu (voll) am Küchentisch und sah ihn (leer) an. Erwartung war nicht in seinem Blick. Er nickte fast unmerklich.

»Setzen Sie sich doch«, sagte Frau Saller und deutete auf einen Stuhl. »Geben Sie mir Ihren Mantel.«

Zurück in der Küche, öffnete Frau Saller den Kühlschrank. Ein Wienerle für Bajazzo, ein Bier für Mader.

Ablehnen war nicht angesagt, und Mader war froh, den Leberkäs neutralisieren zu können. Denn der konnte den ersten positiven Eindruck so gar nicht halten. In seinem Bauch rumorte es gefährlich. Saller hielt ihm die Flasche hin. Glas klirrte leise. Sie tranken.

Saller sah ihn direkt an. »Gibt's was Neues?«

»Nein, aber wir gehen davon aus, dass sie die Drogen nicht freiwillig genommen hat an diesem Abend. Ich muss mehr über Ihre Tochter wissen. Wir haben noch keine Anhaltspunkte für mögliche Tatmotive. Erzählen Sie mir von ihr, von der Schule, vom Studium, ihrer Arbeit, ihren Freunden …«

GEBOT DER STUNDE

Zankl hatte sich vorgenommen, mit Dr. No ein ganz sachliches Gespräch zu führen, aber jetzt hatte Dosi es in wahrlich sonderbare Bahnen gelenkt. Dosi ließ sich eine detaillierte Beratung geben, welche Körperstellen bei ihr noch zu optimieren wären. Noch! Die Worte flogen hin und her wie die Stahlkugel in einem Flipperautomaten. Zankl tauchte ab in ferne Jugenderinnerungen, in die vormittäglichen Spielhallen am Hauptbahnhof beim Schulschwänzen, er dachte an die kleinen Tricks, mit denen er einen Extraball nach dem anderen aus dem Flipper geholt hatte. Seine geistige Absenz störte nicht, denn er hatte nur eine unbedeutende Nebenrolle in der grotesken Sitcom *Schönheit kennt keine Grenzen*.

»Und kommen wir zu meiner Nase«, sagte Dosi, »was raten Sie mir da?«

»Nur kleinste Korrekturen, Verehrteste. Sehen Sie, die Nase ist die Vorhut des Charakters. Sie kommt an, bevor Sie da sind. Es würde keinen Sinn machen, Ihnen eine niedliche kleine Stupsnase zu modellieren, sondern Sie brauchen Kraft, Ausdruck und Eleganz. Die ersten beiden Punkte erfüllt Ihre Nase nachdrücklich, bei der Eleganz haben wir vielleicht noch ein paar kleine Defizite. Kleinste Defizite. Ich würde ein wenig Knorpel wegnehmen, also die Breite etwas reduzieren, und das wär's dann schon. Wissen Sie, Persönlichkeit ist das Gebot der Stunde. Viele glauben ja, dass die plastische Chirurgie nur standardisierte Formen kennt. Das Gegenteil ist der Fall! Standard, Uniformität, Konformität gibt es an jeder Ecke. Es geht darum, die Persönlichkeit zu betonen, und Persönlichkeit ist immer einzigartig.«

Dosi nickte begeistert, Zankl schwanden die Sinne. »Was sagen Sie zu dieser Nase?«, fragte Dosi und legte das Agenturfoto von Veronika Saller auf den Tisch. Nose betrachtete es in aller Seelenruhe.

»Kommt Ihnen die Frau bekannt vor?«

»Nein, ich kenne meine Gesichter.«

»Wie finden Sie die Nase?«

»Sehr hübsch. Aber irgendwas stimmt nicht. Sie passt nicht. Der Übergang zur Stirn ist zu harmonisch. Ich weiß, das sehen Sie jetzt nicht, aber da fehlt etwas. Der Übergang ist zu glatt. Die Nase passt nicht ganz zum Rest des Gesichts.«

Dosi legt ihm ein zweites Bild hin. Das Zeitungsfoto als *Schöne Münchnerin* mit der alten Nase.

»Sehr schön. Perfekt«, urteilte Dr. No. »Fast perfekt. Aber das macht sie gerade perfekt. Verstehen Sie? Ägyptisch, so wie Kleopatra, lang, elegant. Sehen Sie, wie wunderbar der Übergang zur Stirn ist, die kleine Wölbung hier zwischen den Augen.« Seine Finger strichen über das Fotogesicht. »Das ist dieselbe Frau?«

Dosi nickte. »Aber es sind unterschiedliche Nasen. Auf dem neuen Foto sehen Sie die Nase einer anderen Frau. Wir haben die DNA untersucht.«

Zankl legte das Foto der toten Veronika daneben. »Die Frau ist jetzt tot. Wir ermitteln in einem Mordfall.«

»Das sagten Sie eingangs schon. Wie kann ich Ihnen da helfen?«

»Wir glauben, dass die neue Nase etwas mit dem Tod der Frau zu tun hat. Wer macht solche Operationen?«

Nose schüttelte den Kopf. »Ich jedenfalls nicht.«

»Aber? Können Sie uns einen Tipp geben?«

»Vielleicht bekommt man so was in Fernost, USA, Osteuropa. Aber da kenn ich mich leider gar nicht aus. Hier in München gibt's so was nicht.«

»Wo waren Sie am Sonntagabend?«, fragte Zankl.

»Im Golfklub, wie fast jeden Sonntag. Warum?«

EIN SCHRITT ZU WEIT

Mader war gründlich bedient. Er hatte den besten Eintopf seines Lebens gegessen – sich sogar das Rezept aufschreiben lassen! –, nach dem ersten noch zwei Bier getrunken und viel über Veronika erfahren. Nichts Sachdienliches für den Fall, aber er hatte jetzt ein genaues Bild vor Augen: Das war kein dummes Mädchen, das aus kleinen Verhältnissen in die Modelszene hineingerutscht war, sondern eine zielstrebige junge Frau, die genau wusste, was sie tat und was sie wollte. Schon früh hatte sie als Messehostess eigenes Geld verdient und ihr Studium selbst finanziert. Dass das Apartment in Milbertshofen ihr Eigentum war, hatte er ihren Eltern nicht gesagt. Das würden sie schon noch erfahren. Die 100 000, die man selbst dort für vierzig Quadratmeter hinblätterte, wären mit ihrem Modelgehalt schwer zu erklären gewesen. Und die Wohnung war bezahlt. Vielleicht hatte Veronika Saller ihre Kenntnisse über illegale Schönheitsoperationen zu Geld gemacht und war beim letzten Mal einen Schritt zu weit gegangen. Quittung prompt.

Jetzt stand Mader, vom Bierdunst zart umflort, an der Bushaltestelle und spürte, wie der Herbst seinen schweren, feuchten, dunklen Mantel über das Viertel und seine Schultern legte. »Was soll der Geiz«, sagte er zu Bajazzo und ging zum Taxistand. Es war nicht einmal siebzehn Uhr, aber für ihn war der Tag gelaufen.

NICHT ALLE TAGE

Für Hummel war der Tag noch nicht vorbei. Er durchkämmte die Datenbanken nach vermissten jungen Frauen. Irgendwo musste die Nase der *Schönen Münchnerin* ja her sein. Sein Handy klingelte. Keine Nummer. »Ja, Hummel?«

»Hallo, Klaus, ich bin's, Chris Winter von *WinterModels*.«

»Oh, Frau Winter, äh, Chris, hallo …«

»Ich wollte mich nur entschuldigen, dass ich gestern so kurz angebunden war. Aber wissen Sie, so große Modenschauen fordern ihren Tribut. Hat es Ihnen und Ihrer Partnerin denn gefallen?«

»Dr. Fleischer ist meine Kollegin.«

»Ah, ja, schön.«

»Ja, es war sehr schön. Sehr schöne Frauen. Das, äh… die sieht man nicht alle Tage.«

Sie lachte. »Das können Sie laut sagen. Jedenfalls war gestern gestern, und heute ist heute. Falls Sie noch Fragen haben?«

»Ich, äh, nein …«

»Sagen Sie, Klaus, was halten Sie davon, wenn wir zusammen was essen gehen? Heute Abend vielleicht, ganz spontan?«

Hummel schluckte.

»Hallo, sind Sie noch dran?«

»Ja, ich, äh …«

»Außer Sie haben keine Zeit …«

»Doch, natürlich, ich, äh …«

»Ihre Frau fände das nicht so gut?«

»Ich hab keine Frau.«

»Wunderbar. Um zwanzig Uhr im *Fraunhofer*?«

»Ja, gerne.

»Dann bis nachher.«

Es klickte. Stille. Was war das denn?! Hatte er Halluzinationen? Akustische? Seit wann erfüllte das Universum Wünsche? Ein Date mit Chris Winter. Nachher gleich. Ob er sich noch umziehen sollte? Ach, er würde genau so hingehen, wie er war – Jeans, Pulli, Lederjacke. Das reichte fürs *Fraunhofer*. ›Was hat so eine Frau im *Fraunhofer* verloren?‹, dachte er jetzt. ›Aber wer weiß, vielleicht ist sie privat ganz anders.‹ Beate würden die Augen rausfallen, wenn sie sähe, mit was für einer tollen Frau er ausging. Vielleicht sollte er später mit Chris noch in der *Blackbox* auf einen Absacker aufkreuzen? Nein! Das konnte er nicht bringen. Aber je nachdem, wie lange sein Abendtermin dauern würde, könnte er ja später noch auf ein Bier zu Beate gehen. Um zu sehen, wie sich das anfühlt. Auf seine Datenbankrecherche konnte sich Hummel jetzt nicht mehr konzentrieren.

»Hallo, Herr Tisano, können Sie mich hören, Herr Tisano?«, fragte Prodonsky.

Helmut blinzelte. So sah also die Hölle aus. Wie ein billiges Pensionszimmer. Oder sprach da Gott mit ihm? »Können Sie mich hören?«, fragte Gott.

»Ja, ich kann. Wo bin ich?«

»Im Krankenhaus. Sie hatten einen Unfall.«

»Wo ist Loki?«

»Welche Loki?«

»Mein Partner.«

»Liegt ein Zimmer weiter. Sie haben großes Glück gehabt.«

»Was ist mit meinem Gesicht?«, fragte Helmut und betastete vorsichtig den Verband.

»Sie beide haben schwere Schnittverletzungen im Gesicht. Aber wir kümmern uns. Herr Tisano, wo sind die Ohren?«

Helmut griff sich an die Seite des Kopfes.

»Nicht Ihre Ohren! Die Ware.«

»Ich weiß es nicht.«

KÜHLER HAUCH

Maders Wohnzimmercouch in Neuperlach, darauf der Besitzer – horizontal. Der Eintopf lag Mader jetzt doch recht schwer im Magen. Das Löwenbräu blubberte dort ebenfalls ungut. Nicht nur dort, auch in seinem Kopf. Absolut nicht seine Marke. Und immer wieder meldete sich der Leberkäs. *Puh!* Bajazzo winselte. Mader rieb sich die Augen. Auf dem Couchtisch sah er die *Abendzeitung*, die hatte er vorhin mitgenommen. Ein kurzer Artikel über den Abgang der *Schönen Münchnerin*. Standardnachruf. Die offizielle Version der Polizei lautete auf Herzversagen. Sonst hätten sie jetzt die Journalisten auf dem Hals. Er schloss wieder die Augen, doch Bajazzo ignorierte Maders Ruhebedürfnis. Gassi!

»Ist ja schon gut«, sagte Mader und wälzte sich vom Sofa. Er schlüpfte in Mantel und Stiefel und ging mit Bajazzo hinaus in den kühlen Herbstabend. Es war Viertel vor acht. Stockfinster. Im Park keine Menschenseele. Maders Schritte schlurpsten auf dem feuchten Laub. Bajazzo verschwand geschäftlich in den Untiefen des Parks. Mader sog die schneidende Luft ein. Langsam wurden seine Gedanken klar. ›Da kämpft sich ein Mädchen aus kleinen Verhältnissen hoch, kommt auf den Geschmack des Geldes und hat kein Gefühl für die Grenzen. Und schon ist das Spiel vorbei. Aber würde man denjenigen erpressen, der einem eine neue Nase beschert hat? Oder war das gegen ihren Willen geschehen? War sie ein Versuchskaninchen? Hat sie Geld dafür bekommen?‹ Morgen erfuhren sie vielleicht mehr, denn da würde Veronika Sallers Freundin aus den USA heimkehren. In die Plettstraße 4. Nur ein paar Minuten von hier. Heimspiel. Er sah in den Nachthimmel. Ein glitzerndes Sternenzelt über Neuperlach. Er spürte die Energie, die Konzentration. Er schloss die Augen und empfing kosmische Strahlen. Erleuchtung. Seit Langem mal wieder. Der kühle Hauch der Finsternis – eine schwarze Ahnung, eine Berührung mit dem Jenseits, ein Atemzug des Schicksals! Oder bloß ein frisches Abendlüftchen? Mader drehte sich um. Wo blieb bloß Bajazzo?

Hummel lief wie auf Schienen. Er war eine Trambahn-
station zu weit gefahren. Jetzt musste er die halbe Mül-
lerstraße zurück bis zur Fraunhoferstraße. Eine Frage
bohrte nachhaltig in ihm: ›Warum will diese Klassefrau
mit mir essen gehen? Ausgerechnet mit mir?‹ Eine kalte
Windbö fuhr ihm ins Genick. Er schlug den Kragen seiner Lederjacke hoch und bog in die Fraunhoferstraße
ein.

Die großen Fenster des *Fraunhofer* leuchteten. Wohlige
Wärme schlug ihm entgegen, als er den Gastraum betrat.
Das Gewirr der Stimmen, die Luft erfüllt von Braten-
sauce und Bier. ›Fehlt nur der Zigarettenrauch‹, dachte er
wehmütig. Chris war schon da, winkte ihm.

Er trat an den Tisch und gab artig die Hand. »Hallo
Chris, schön, Sie zu sehen.«

»Ganz meinerseits. Aber sagen wir doch ruhig ›du‹
zueinander.«

»Gerne, Chris, äh, hallo, du …«

Sie lachte. Und deutete auf ihr Weißbier. »Ich war
schon mal so frei. Auf diesen Fashion-Shows gibt es
immer nur das klebrige Zeugs.«

Sie lächelten sich an. Sagten nichts. Hummel stieg die
Hitze ins Gesicht. Als sein Bier kam, stießen sie an. Er
nahm einen großen Schluck und stöhnte leise.

»Harten Tag gehabt?«, fragte Chris.

»Der Fall nimmt uns ziemlich mit. Klar, in München
passiert viel, aber bei so jungen Menschen fällt man dann
doch vom Glauben ab. Die haben noch alles vor sich, und
dann zieht jemand den Stecker.«

»Ihr glaubt nicht an eine Überdosis?«

»Wir ermitteln in alle Richtungen.«

»Vroni wäre gestern bei der Show dabei gewesen. Sie ist perfekt für … Sie war …« Chris' Blick trübte sich, sie nahm schnell einen Schluck von ihrem Bier. Als sie sich gefangen hatte, sagte sie: »Eigentlich wollte ich gestern alles abblasen, aber das geht bei so großen Kunden nicht. Die interessieren sich nicht für die menschliche Seite des Geschäfts. Der Job der Mädels ist es, die Sachen zu zeigen und die Einkäufer scharfzumachen. Echte Emotionen sind da nicht gefragt. Alles eine große Show.«

Hummel nickte und dachte an das verheulte Mädchen von gestern. »Hast du eine Ahnung, ob jemand Veronika schaden wollte? Wie ist denn die Stimmung in deiner Agentur unter den Mädchen?«

»Bisschen Zickenalarm. Wer ist die Schönste? Wer kriegt die attraktivsten Werbeaufträge? Aber keine Feindschaft. Da hab ich als Agenturchefin schon den Finger drauf.«

»Und mit dieser Andrea Meyer war sie befreundet?«

»Ja. Blacky & Blondy. Vroni schwarz, Andy blond.«

»Und Veronika hatte wirklich keinen Freund?«

»Soviel ich weiß, nicht. Weißt du, Models können ziemlich anstrengend sein.«

Hummel dachte an den Typen vom *Altstadthotel* und nickte. »Und das mit dem Koksen hast du nicht gewusst?«

»Wie gesagt, was die Mädels privat machen, weiß ich nicht. Aber Vroni und Koks? Das glaub ich nicht. Der Job ist sehr anstrengend. Diese Werbekampagnen kosten irre viel Geld. Studio, Fotografen, Assistenten. Da musst du voll präsent sein. Vroni war immer hellwach, hatte viel Ausdauer. Hm, so hab ich das noch nie gesehen … Wenn es stimmt, dann hat sie es gut verheimlicht.«

»Verdient man als Model so viel, dass man sich das leisten kann?«

»Hey, ist das jetzt ein Verhör?«

»Nein, entschuldige. Ich bin nicht bei der Drogen-fahndung.«

»Aber noch im Dienst.«

»Nein, ja, äh … Tut mir leid. Polizisten sind immer im Dienst. Irgendwie. Entschuldige. Wollen wir was essen?«

»Ja, Schweinsbraten.« Sie strahlte.

Hummels Handy klingelte. Er ignorierte es.

»Geh ruhig dran«, sagte Chris.

Hummel sah auf die Nummer und runzelte die Stirn. »Ja, Hummel, was gibt's?« Chris ließ ihre Augen nicht von ihm. Hummel wich ihrem Blick aus. Denn er wusste bereits, dass der Abend gelaufen war. »Ja, bis gleich«, sagte er und beendete das Gespräch. Er sah Chris ernst an. »Es tut mir leid, aber ich, äh …. Wir holen das nach.«

»Versprochen?«

»Aber klar doch.«

»Ja, das wäre schön.«

Er stand auf, streckte ihr die Hand hin.

Sie ignorierte die Hand, stand ebenfalls auf, und er spürte ihre Lippen an seiner Wange. Ein Stromstoß schoss durch seinen Körper. »Ruf mich an, sobald du Zeit hast«, hauchte sie.

Hummel schluckte, nickte und ging.

»Scheiße!«, fluchte er und widerstand der Versuchung, noch mal durchs Fenster ins Lokal zu schauen. Nicht mal gezahlt hatte er.

FRANZ KLAMMER

Ostpark im Mondschein. Mystisch. Abgezirkelte Flächen in verschiedenen Schwarzgrautönen, riesige Laubberge wie Dinokackhaufen und glänzende Teerwege – Maori-

Tattoos auf dem nassen Faserpelz des Parks. Und der betongerahmte Zierteichspiegel bei dem trostlosen Biergarten, wo sich Regenwasser in vergessenen Maßkrügen sammelte.

Auf einem der Parkwege eine kleine Fahrzeugkolonne, scharfe Lichtkanten, Männer und Frauen in weißen Overalls, matt glänzende Aluminiumkoffer, Absperrbänder. Keine Presse, keine Schaulustigen. Aber Mader mit Zankl und Dosi. Und Bajazzo. Der sie gefunden hatte, mit seinem feinen Näschen. Unter einem der runden Gullydeckel, die über den ganzen Park verteilt waren, auf den Gehwegen oder – wie hier – mitten auf der grünen Wiese, nahe dem Kinderspielplatz. Der Inhalt des Kanalschachts war jedoch nichts für Kinderaugen: eine blonde Frau in einem schwarzen Trainingsanzug, zusammengefaltet. Nur mit großer Mühe konnten die Polizisten die steife Leiche aus der engen Betonröhre bergen. Gesine dirigierte die Arbeiten.

Jetzt traf Hummel ein. Wahrlich eine Achterbahn der Gefühle heute. Seine amouröse Hochstimmung vom *Fraunhofer* war verpufft.

»Franz-Klammer-Abfahrtshocke«, sagte Zankl.

»Franz-was?«, fragte Hummel verwirrt.

»Früher gab's mal so eine Sendung mit Skigymnastik. Da haben wir uns als Kinder vor dem Fernseher auch so zusammengefaltet. Wie Franz Klammer.«

Hummel ging zu Mader rüber, der mit den Kollegen sprach: »Huber, am Gullydeckel ist nichts?«

»Prüft die Spusi. Auch den Laubkorb. Der lag drüben im Gebüsch.«

»Bitte durchsuchen Sie das Gebüsch genau. Abfall, Kippen, das Übliche. Ach, Hummel, auch schon hier?«

»So schnell es ging. Wer hat denn die Leiche gefunden?«

»Bajazzo. Reiner Zufall. Und wir kennen sie!«

Hummel sah ihn irritiert an.

»Die Frau war auf einem Foto in Veronika Sallers Wohnzimmer«, erklärte Mader. »Sie wohnt hier ums Eck. Plettstraße 4. Andrea Meyer.«

»Aber die ist doch in den USA!«

»Leider nicht mehr. Kommen Sie, wir hören mal, was Frau Doktor meint.«

»Erwürgt«, sagte Gesine und deutete auf die Blutergüsse am Hals. »Keine offensichtlichen Fingerkratzspuren, wahrscheinlich Handschuhe.«

»Wie lange schon tot?«, fragte Mader.

»Etwa zwei Tage. So über den Daumen.«

»Ein Sexualdelikt? Jemand, der ihr beim Joggen aufgelauert hat?«

»Ich weiß es nicht. Noch nicht.«

»Warum der Kanalschacht als Versteck?«, fragte Hummel.

»Klaus, woher soll ich das wissen?«

Dosi kratzte sich am Damenbart. »Wenn das die Freundin der *Schönen Münchnerin* ist, dann frag ich mich, ob sie vielleicht aus demselben Grund sterben musste.«

»Okay, Leute«, sagte Mader nach einer kurzen Denkpause, »sehen wir uns mal in ihrer Wohnung um. Sind ja nur ein paar Minuten zu Fuß.« Mader fuhr mit seinen Gummihandschuhhänden geschickt in die Taschen des Trainingsanzugs der Leiche. Vergebens. Kein Schlüssel.

Ein riesiger Betonquader. ›Kenn ich‹, dachte Hummel und meinte damit Maders Wohnbunker. Nein, der hier war noch ein gutes Stück größer. Monumental und furchteinflößend. Eine Drohung in der Nacht. Vor der Trutzburg jedoch kein Heckenwildwuchs, keine gesprungenen Gehsteigplatten, keine Graffiti am Waschbetonmüllhäuschen und kein ausrangierter Hausrat wie bei Mader. Alles quadratisch, praktisch, gut. Die Klingelplatte mit gut hundert Knöpfen und Namen war hochglanzpoliert.

»Halten sich wohl für was Besseres«, murmelte Mader und suchte die Klingel des Hausmeisters. Er hieß Swobodnik, wie eine Tafel mit Anweisungen zur korrekten Verhaltensweise hinsichtlich der Grünanlagennichtbenutzung und der gefälligst zu unterlassenden Dezibelabsonderung in und rund ums Haus verkündete.

»Was is?«, kam es blechern aus der Sprechanlage, nachdem Mader nur einmal, aber nachdrücklich geklingelt hatte.

»Kriminalpolizei, lassen Sie uns bitte rein.«

»Des kann jeder…«

»Machen Sie gefälligst auf, sonst werd ich ungemütlich«, raunzte Mader. Der Türöffner summte. »Welcher Stock?«, bellte Mader. Keine Antwort. Mader zählte die Stockwerke am Klingelbrett ab.

Als sie im zweiten Stock aus dem Lift stiegen, fiel ihnen zuerst der Geruch auf.

»Was ist das? Noch eine Leiche?«, fragte Zankl.

»Meister Lampe«, sagte Hummel. »Kaninchenkacke. Erst denkt man: stinkt gar nicht so schlimm. Aber dann schält sich der wahre Kern heraus: hinterhältig, mufflig.«

»Altes Mufflon«, lachte Dosi. »Woher weißt das so genau?«

»Ich hatte als Kind ein Kaninchen, einen Albino, er hieß Gino.«

»Gino Ginelli...«, trällerte Zankl eine alte Eiswerbung.

Mader ging voraus und studierte die Klingelschilder in der langen Gangflucht. Aber es war einfach. Immer dem Geruch nach. Am Gangende stand eine Tür einen Spalt offen. Zwei Augenpaare. Eins oben. Eins unten. »Ausweis«, kam es von unten.

Mader zog seinen Dienstausweis, zögerte kurz, dann präsentierte er ihn dem unteren Augenpaar. Die Tür schloss sich, die Kette wurde zurückgezogen, die Tür geöffnet. Zwei Männer. Dieselben Gesichter. Aber in unterschiedlichen Höhen. Einmal eins fünfzig, einmal zwei Meter. Irritierte Blicke der Polizisten.

»Swobodnik«, sagte der Kleine, »Heinz Swobodnik. Der da«, er deutete nach oben, »ist mein Bruder Dieter Swobodnik.«

»Ihr kleiner Bruder, nehm ich an«, sagte Mader.

»Mein jüngerer Bruder, so ist es«, sagte der Kleine mit einem gefährlichen Funkeln in den Augen. Der Große sagte nichts. Sein Blick war matt.

»Wie geht's den Kaninchen?«, fragte Mader lächelnd.

Die Miene des Großen hellte sich auf. »Sehr gut, Gertrud wird in den nächsten Tagen werfen, und wir haben...«

»Dieter!«, zischte Heinz und sah Mader an. »Sie wollen kaum über Kaninchen mit uns sprechen.«

»Kennen Sie Andrea Meyer, hier aus dem Haus?«

»Das Haus hat einhundertzwölf Mietparteien«, schnarrte Heinz.

»Ist was mit der Schnepfe?«, fragte der Große.

»Sie hatten Ärger mit ihr?«

Heinz' Augen funkelten. »Des Flitscherl. Hält sich für was Besseres. Hat sich über den Geruch beschwert. Welcher Geruch? Das ist ein sauberes Haus. Riechen Sie vielleicht was?«

»Ich darf Sie beruhigen. Der Quell des Ärgers ist versiegt. Frau Meyer ist einem Gewaltverbrechen zum Opfer gefallen. Sie ist tot.«

Heinz' Gesichtsausdruck sagte gar nichts. Dieter hingegen grinste breit. Als Dosi ihn irritiert ansah, fiel sein Grinsen in sich zusammen.

»Und jetzt verdächtigen wir Sie«, sagte Mader.

Morgenröte knallte Heinz und Dieter ins Gesicht.

»Kleiner Scherz«, meinte Mader. »Wir müssen in Frau Meyers Wohnung. Sie haben sicher einen Generalschlüssel.«

Mit starrer Miene ging Heinz ans Schlüsselbrett und reichte ihm den Schlüssel.

Mader winkte ab. »Danke, wir folgen Ihnen unauffällig.«

Heinz trat in Filzpantoffeln ins Treppenhaus. Dieter zog sich eine Strickjacke über. »Du bleibst hier!«, sagte Heinz scharf und ließ einen enttäuschten Dieter zurück.

Im Lift musterte Dosi Heinz eingehend. Endlich mal ein Mann, der kleiner war als sie. Aber das machte ihn auch nicht attraktiver. Das glatzköpfige Männchen mit Schmerbauch unter dem grauen Polyesterpulli war alterslos. Positiv ausgedrückt. Konnte dreißig oder sechzig sein. Ein bisschen die Unterschichtversion von Louis de Funès. In unlustig.

Sie fuhren nur ein Stockwerk höher. Meyers Wohnung lag ebenfalls am Ende des Gangs. Heinz öffnete und wollte eintreten.

Mader hielt ihn zurück. »Danke, das war's erst mal. Einen schönen Abend noch.«

Beleidigt zog Heinz ab.

Mader verteilte die Rollen: »Doris und Zankl, Sie klingeln bei den Nachbarn. Das Übliche. Hummel und ich sehen uns schon mal die Wohnung an.«

Mader machte das Licht an. Vom Schnitt her erinnerte ihn das an seine eigene Wohnung, die nur eine Straße weiter lag. Aber erstaunlich, was man aus so einer Wohnung machen konnte. Edles italienisches Design, teure, schlichte Stoffe auf Polstermöbeln und Stühlen, eine verchromte Bogenlampe, ein cremefarbener Teppich mit irisierender Struktur. »Nicht schlecht«, murmelte Mader. »Sehr geschmackvoll.«

»Mein Stil ist das nicht«, befand Hummel, »zu kühl.«

»Wir sehen uns ein bisschen um, die Feinarbeit macht die Spurensicherung.« Mader zog sich die Latexhandschuhe an, Hummel tat es ihm gleich. Sie öffneten Schränke, Schubladen, öffneten den Kühlschrank und den Nachtkasten, warfen einen Blick in den Mülleimer und unters Bett. Mader betrachtete eingehend ein Foto an der Wand, auf dem Andrea Meyer und Veronika Saller zu sehen waren. »Blacky und Blondy«, erklärte Hummel. Daneben hing ein Bild mit lauter Bikiniladys. Hummel deutete auf die Dame in der Mitte: »Das ist die Chefin, Chris Winter. Die ohne Bikini. Also, die mit der Buse, äh Bluse, mit dem Hemd.«

Mader nickte nachdenklich. »Ob die Meyer die Letzte ist?«

»Meinen Sie?«, fragte Hummel erschrocken.

»Ich weiß es nicht.«

Sie setzten die Suche fort. Hummel inspizierte schließlich den Balkon. Na ja, er wollte eine rauchen. Er

dachte nach. War das tatsächlich der Beginn einer Mordserie? War Chris ebenfalls in Gefahr? Zankl trat zu ihm
raus. »Die Nachbarn haben nichts gesehen, nichts gehört.
Klar, in so 'nem Schuppen. Und, Hummel, was denkst
du?«

Hummel nahm einen letzten Zug aus seiner Zigarette.
Wie eine Sternschnuppe entschwand sie ins Gebüsch der
Grünanlage. »Hier stinkt was.« Er beugte sich über die
Brüstung und sah hinab auf den Balkon der Brüder. Ka-
ninchenställe. »Die beiden da unten sind höchst verdäch-
tig. Die züchten Kampfkaninchen. Wie die von Monty
Python. Die lauern ihren Opfern im Park auf und gehen
ihnen an die Gurgel! Erwürgen ist ihre Spezialität. Nur
bei dem Kanaldeckel brauchen sie Hilfe.«

Mader steckte den Kopf durch die Balkontür, Dosi im
Schlepptau. »Die Spusi ist gleich da. Hier war vor uns je-
mand in der Wohnung. Kein Handy, kein Computer. Wie
bei Veronika Saller. Das wär's für heute erst mal. Ab ins
Bett und morgen früh pünktlich um neun im Präsidium.
Dr. Günther hat sich angekündigt. Hummel, Sie gehen
bitte auf dem Heimweg noch mal bei den Kollegen im
Park vorbei.«

KALTES LICHT

Hummel war hundemüde, als er die Plettstraße entlang-
trabte. Und er musste noch mal in den Scheißpark. Was
für ein Tag! Das wunderschöne Gesicht von Chris Winter im goldgelben Kneipenlicht hatte sich in sein Ge-
dächtnis eingebrannt. Die Meyer war ja eine ihrer An-
gestellten. Auch eine der unangenehmen Seiten seines
Jobs: schlechte Nachrichten überbringen. Ob das der Be-

ginn einer Mordserie war? An schönen Frauen? Er würde Chris beschützen! Plötzlich tauchte Beate hinter einer scharfen Kurve seiner Gehirnwindungen auf. Beate – die war ja auch noch eine Option für heute Abend gewesen. Er sah auf die Uhr. Kurz vor zwölf. Wenn er jetzt ganz schnell war, dann … Bullshit!

Es hatte aufgeklart. Der Mond war fast voll und warf sein kaltes Licht auf den Park. Hummel sah, dass die Kollegen gerade ihr Besteck einpackten und der erste Wagen schon im Schritttempo davonrollte. »Und«, fragte Hummel, »habt ihr noch was gefunden?«

»Alles Mögliche«, sagte Huber. »Flaschen, Scherben, Kondome, Silvesterraketen, Plastiktüten, eine Spritze. Was man so alles findet. Aber keine verwertbaren Fußspuren. Der Regen gestern.«

Hummel nickte zum Gruß und ging in Richtung U-Bahn. Er nahm eine Abkürzung quer durch den Park.

SENSIBLER BEREICH

Sie zerrten ihn ins Gebüsch. »Du kleiner Scheißer, dir polieren wir jetzt richtig die Fresse!« Erbarmungslos schlugen die beiden auf ihn ein, traten ihm in den Magen, in den Rücken, ins Gesicht. Hummels Nasenbein knackte. »Aufhören!«, flehte er, doch sie hörten nicht auf. Schläge und Tritte prasselten auf ihn nieder. Plötzlich stoppte es. Er hob den Kopf und sah die beiden mit verschwollenen Augen an. »Seid ihr fertig?«, stöhnte er.

Der Kleine schüttelte den Kopf. Beide griffen in Zeitlupe in ihre Jacken und förderten silberglänzende Schusswaffen zutage. Zwei Pistolenläufe starrten ihn wie schwarze Pupillen an. Der Mond ließ die Waffen in voller

Pracht erstrahlen. Sie luden durch. Hummel versuchte zu schreien. Und dann gab es einen Knall.

Hummel war aus dem Bett gefallen und hatte sich am Nachtkasten den Kopf angehauen. »Oh, Mann«, fluchte er, zugleich unendlich erleichtert, dass alles nur ein Traum war. Sein Blick fiel auf die Uhr. Verdammt, schon halb neun. Er schlang in der Küche eine Schale Cornflakes hinunter und schwang sich aufs Fahrrad.

Punkt neun stürmte er ins Präsidium. Er warf die Jacke über seinen Stuhl und ging in Maders Büro rüber, wo sich die anderen schon um den Besprechungstisch versammelt hatten.

Dosi stieß einen Pfiff aus. »Wie siehst du denn aus?«

»Häusliche Gewalt«, erklärte Hummel. Er grinste. »Ich bin aus dem Bett gefallen. Schlecht geträumt.«

Dr. Günther betrat den Raum. »Guten Morgen die Dame, die Herren. Ich will mir ein Bild von unserem neuen Fall machen. Wenn das die Freundin von Frau Saller ist, würden mich vor allem zwei Dinge interessieren: Wie hängen die beiden Todesfälle zusammen? Und: Spielt dabei die Spur mit der falschen Nase noch eine Rolle?«

»Die Nase war nicht falsch«, bemerkte Dosi.

»Sie wissen, was ich meine. Mir ist zu Ohren gekommen, dass Sie bei einigen Ärzten waren und Fragen gestellt haben.«

»Das ist unser Job«, sagte Mader.

»Da haben Sie nicht unrecht. Aber haben die Fragen darauf abgezielt, dass einer der Ärzte möglicherweise etwas mit dem Tod des ersten Mädchens zu tun hat?«

»Wir fragen immer ergebnisoffen.«

»Ergebnisoffen? Mader, diese Leute haben Kundinnen aus der obersten Liga, das ist ein sehr sensibler Bereich!«

»Die Nase des ersten Opfers wurde von einem Profi gemacht. Und da sollen wir nicht die Profis fragen?«

»Fragen Sie. Aber bitte subtil.«

»Subtilität ist nicht gerade die Stärke unserer Mörder.«

»Werden Sie nicht zynisch, Mader. Glauben Sie denn wirklich, dass einer dieser Ärzte etwas damit zu tun hat?«

»Ich glaube gar nichts. Ich weiß es nicht. Und solange ich es nicht weiß, fragen wir. Wir müssen alle Möglichkeiten in Betracht ziehen.«

»Und? Gibt es noch andere Möglichkeiten?«, fragte Günther spitz und sah in die Runde. Die Gesichter waren bestenfalls ergebnisoffen. Günther nickte. »Ermitteln Sie bitte nicht nur in diese eine Richtung. Und wirbeln Sie nicht zu viel Staub auf. Jetzt zu diesem Fall, bitte in Kurzform: Wie wurde sie ermordet, welche Spuren gibt es, wer kommt für die Tat infrage? Bericht bis vierzehn Uhr an mich. Und kein Wort an die Presse! Einen schönen Tag noch.« Er stand auf und ging.

»Immer nimmt er diese Hochglanzdeppen in Schutz«, zischte Dosi.

»Trotzdem. In einem Punkt hat Günther recht. Wir sollten uns nicht allein auf die eine Möglichkeit konzentrieren. Hat die Spusi noch was gefunden?«, fragte Mader.

»Nein«, sagte Hummel. »Zumindest gestern nicht.«

»Ich hab schon einen ersten Finanzcheck gemacht«, sagte Zankl. »Andrea Meyer hat die Wohnung nur gemietet. Na ja, wer würde in dem Viertel schon was kaufen? Aber ihre Kontostände sind durchaus beeindruckend. Ein Festgeldkonto mit über 100 000 Euro. Ich glaube kaum, dass man als Model so viel auf die Seite legen kann. Und in der Tiefgarage steht laut Kollegen ein 911er-Cabrio. So ein Teil kostet gut 80 000. Wie schon bei der Saller gibt es auf dem Giro hohe Bareinzahlungen. Die letzte am Mon-

tag. Vierzehn Uhr zwölf, 5000 Euro in der Sparkassen-
filiale im Tal. An ihrem Todestag!«

»Die wusste irgendwas über die Organmafia«, sagte
Hummel, »Erpressung mit Todesfolge.«

ROBERT DE NIRO

»So, die Herren, dann sehen wir uns das mal an.« Vorsichtig entfernte Nose die Verbände von den Gesichtern. Die
assistierende Schwester konnte ihren Schock nicht verbergen, als sie Helmuts zerfurchtes Gesicht sah. Eine Kra-
terlandschaft mit tiefen Schnitten, unguten Eitereinlage-
rungen und blauschwarzen Flecken. Ludwig sagte nichts,
er betrachtete mit starrem Blick das ehemalige Gesicht
seines Kumpels.

»Warum macht Grasser das nicht selbst?«, fragte Helmut.

»Er wird seine Gründe haben.«

»Können Sie das überhaupt?«

»Ich liebe die Herausforderung«, sagte Nose, der mit
seinem Gesicht sehr nahe an Helmuts war. »Nun, da müssen wir uns wenigstens nicht mit Details aufhalten. Was
haben Sie sich denn vorgestellt?«

»Wie meinen Sie das?«, fragte Helmut.

»Wie es aussehen soll, Ihr Gesicht?«

»Wie das von Robert De Niro. Mann Doc, wie soll es
schon aussehen? Verdammte Scheiße! Wie früher! Ist das
klar?«

Nose lächelte. »Ich kann nur schön, aber ich tu mein
Bestes.«

Helmut wollte noch etwas fauchen, aber Nose hob
warnend den Finger. »Ein Wort, und Sie behalten genau

diesen Gesichtsausdruck. Für immer. Sie lassen sich jetzt bitte von Schwester Annika das Gesicht desinfizieren, und dann kommt der Anästhesist. Machen Sie einfach, was man Ihnen sagt.«

Helmut nickte und sank ins Bett zurück.

»Schwester Annika, sagen Sie dem OP-Team, wir arbeiten in OP I und II und beide gleich nacheinander. Die Studenten können in zwanzig Minuten dazukommen.«

Nose ging zu Ludwig hinüber. »Bei Ihnen alles gut?«

Ludwig nickte. »Entschuldigung, mein Kumpel ist manchmal etwas aufbrausend. Danke für Ihre Hilfe.«

»Sie kommen nach Ihrem Kollegen dran. Wir nehmen aber auch schon mal den Verband ab. Die Schwester macht sie ein bisschen frisch, und dann ruhen Sie sich noch ein wenig aus. Wenn wir Glück haben, kriegen wir auch die Lippenspalte hin.«

Loki lächelte dankbar.

NEULAND

»So, die Dame, die Herren«, sagte Gesine fröhlich, als sie den Raum betrat. »Ist Dr. Günther schon entfleucht?«

»Nur schnell auf der Toilette«, sagte Mader und freute sich über Gesines erschrockenes Gesicht. »Nein, kommen Sie, setzen Sie sich. Der böse Geist ist fort. Haben Sie was für uns? Todeszeit?«

Gesine fächerte einen Stapel großformatiger Fotos auf dem Tisch aus. »Sie wissen ja, wie wir die Zeit messen. Rektaltemperatur im Vergleich zur Umgebungstemperatur. Bei Regen nicht ganz einfach. Dann die Totenflecken. Was wir hier an blauroten Stellen an Rumpf und Beinen sehen, sind großteils keine Hämatome. Das sind Anzeichen für den postmortalen Sauerstoffverbrauch. Wichtig für die Todeszeit. Meine Schätzung: Todeszeitpunkt etwa achtundvierzig Stunden vor Leichenfund. Interessant sind die Blessuren.« Sie deutete auf einige ausgeprägte Blutergüsse am Oberkörper und im Gesicht. »Spuren eines Kampfes. Präzise Schläge, dahin, wo's wehtut. Eventuell Kampfsporterfahrung. Dann die Würgemale. Deutliche Hämatome, aber keine Fingerkratzspuren, keine Fasern, vermutlich Lederhandschuhe. Ansonsten die typischen Unterblutungen der Halsweichteile, starke Blutungen in der Kehlkopfschleimhaut und eine massive Quetschung des Kehlkopfes sowie eine Fraktur des Zungenbeins. Da hat jemand mit großer Kraft gewürgt.«

»Mann oder Frau?«, fragte Zankl.

»Die Würgemale sind nicht so, dass man sicher sagen könnte, wie groß die Hände waren. Eher nicht so groß. Weitere Auffälligkeiten: die Operationen. Auch diese Frau ist eine einzige Baustelle. Ebenfalls hervorragend gemacht, wie bei unserer *Schönen Münchnerin*. Kleine Kissen, sehr dezent, sehr natürlich.« Sie deutete auf das Foto mit den perfekt geformten Brüsten und legte ein Röntgenbild daneben. Die Einlagen waren deutlich zu sehen. »An der Nase nur eine minimale Korrektur. Ein bisschen Knorpel abgeschält. Hier hat ein Minimalist gearbeitet.«

Mader nickte. »Noch etwas?«

»Ja. Der Genitalbereich. Mach ich ja routinemäßig. Aber das hier ist Neuland. Die Dame hatte ein Vaginallifting. Das liegt voll im Trend, sagt die Deutsche Gesellschaft für Gynäkologie und Geburtshilfe.« Sie las von einem Ausdruck ab: »Die Zahlen der Schönheitsoperationen am weiblichen Genital ohne medizinische Notwendigkeit haben sich in den letzten Jahren dramatisch erhöht. Gründe für diese OPs sind überwiegend ästhetischer Art. Mögliche Folgen sind Entzündungen, Narben-bildungen, Nervenstörungen mit verringerter sexueller Sensibilität…«

Betretene Stille.

»Warum macht man denn so was?«, fragte Mader schließlich. »Die Frau war doch kein Pornostar.«

»Na ja, bei Penisvergrößerungen denken Sie ja auch nicht automatisch an Pornostars. Es werden sehr persön-liche ästhetische Gründe sein. Die nicht zwingend etwas mit dem Modelberuf zu tun haben. Außer dass man da vermutlich ein recht unverkrampftes Verhältnis zu Schönheits-OPs hat und die richtigen Ärzte kennt. Was aber noch viel interessanter ist, und da bleiben wir im Thema: Die Dame hatte kurz vor ihrem Ableben noch Verkehr.«

»Lässt sich sagen, wie lange vorher?«, fragte Mader.

»Nein. Das Sperma war mausetot. Aber sie hatte feine Risse in der Vagina. Also nicht lange vorher.«

Mader überlegte kurz, dann gab er klare Anweisun-gen: »Die Spusi soll prüfen, ob der Verkehr bei ihr in der Wohnung stattgefunden hat«, sagte Mader. »Zankl, Sie hören sich noch mal bei den Nachbarn und den beiden Karnickelzüchtern wegen der Mordnacht um. Hummel, Sie gehen zu der Agentur von der Meyer. Und prüfen Sie Meyers Rückflugdaten. Sie sollte ja eigentlich erst heute wieder hier sein. Doris, Sie interviewen nochmal Dr. No. Wenn die Nase ein minimalistisches Meisterwerk ist, könnte er ihr Schöpfer sein. Aber bitte…«

»Dezent. Ich weiß schon.«

Zankl fühlte sich alles andere als wohl, als er nach erfolglo-
ser Nachbarschaftsbefragung in dem mit Erzgebirgsschnit-
zereien, Kuckucksuhren und Häkeldeckchen vollgestopf-
ten Wohnzimmer der beiden brüderlichen Junggesellen
Swobodnik bei Filterkaffee mit Sprühsahne und kleinen
Leckereien auf dem Sofa saß. Mit einem *Poff!* hatte sich
gerade eine Bröselexplosion ereignet, die Käse und Blät-
terteig weiträumig auf dem goldbortengefassten Couch-
tischdeckchen verteilt hatte. Dabei hatte er nur versucht,
eine der ihm dargebotenen Käsestangen halbwegs auf das
Format des rustikalen kleinen Zinnuntersetzers zu bringen, den man ihm zwecks Krümelvermeidung anvertraut
hatte.

Mit professioneller Gelassenheit versuchte Zankl seine
Unsicherheit zu überspielen und legte los: »Sagen Sie,
hatte Andrea Meyer einen Partner, Heinz-Dieter?«, fragte
er den Kleineren der beiden. Ja, er hatte sich für das ver-
bindliche Sie samt Vornamen entschieden, um Vertrauen
zu schaffen. Doch leider verschwand seine Frage im gur-
gelnden Lachen von Heinz und Dieter, die offenbar voll
auf ihre Kosten kamen.

»Entschuldigen Sie, Herr Swobodnik«, sagte er zu dem
Kleinen, um die Vornamenshürde zu umschiffen, »ich
bin heute ein wenig konfus.«

Aber dann wurde es doch noch ein reizender Nachmittag. Nachdem das Eis ge- und eine Flasche *Eckes Edel-
kirsch* erbrochen waren, landete man beim Du, und Zankl
konnte sich merken, dass Heinz der Kleinere und Ältere
war und Dieter der Größere und Jüngere. Schließlich
wurde zur Feier des Tages die erste von zwei Flaschen
Oppenheimer Krötenbrunnen, zimmerwarm, geköpft,

und Zankls Blutzuckerspiegel schnellte in ungeahnte Höhen.

Als er um sechzehn Uhr reichlich benebelt vor das Hochhaus trat, wusste er etwas mehr über Andrea Meyer. Die beiden Jungs hatten das Haus tatsächlich im Griff. Oder besser: im Blick. Zum Mordabend fiel den beiden leider nichts Besonderes ein. War ja immer viel los in dem großen Haus. Ein ständiges Kommen und Gehen. Aber die Beschreibung des Mannes, der wiederholt zu Gast bei der Meyer gewesen war und zu später Stunde für rhythmische Geräusche und Vibrationen in der Wohnung darunter gesorgt hatte, passte ziemlich gut auf Dr. No. Von dem musste er sich ein Foto besorgen und es den Jungs mailen. »Ein Herr mit dem gewissen Etwas«, hatten die Brüder gesagt. Könnte passen. Dass sie ihm dann gleich – offenbar thematisch stimuliert – einen Vortrag über den »Zwergwidder« und sein Paarungsverhalten gehalten und ihm im »Kinderzimmer« auch ein Prachtexemplar dieser Gattung (»Zwerg« traf es bei diesem Monsterkaninchen nicht ganz) gezeigt hatten, hatte ihn nicht mehr in Panik versetzt, sondern eher erheitert.

Ja, das gehörte zu den guten Seiten seines Jobs. Dass man in ferne Welten eintauchen und nach getaner Arbeit einfach die Tür wieder hinter sich schließen konnte. ›Kann man das wirklich?‹, fragte er sich auf dem Weg zur U-Bahn. Hatte er nicht zugesagt, dass er zu Dieters Geburtstagsparty am Samstag kommen werde? Und hatten sie nicht Telefonnummern ausgetauscht? Schöner Mist. Der süße Wein und die Kaninchenabgase mussten seinen Verstand böse angegriffen haben. Heilige Scheiße! Aber zumindest hatte er jetzt eine steile These: Dr. No war Andrea Meyers Lover. Nose – das war der Mann, auf den sich ihre Ermittlungen konzentrieren sollten. Zankl war gespannt, was Dosi aus ihm herausgekriegt hatte. Sicher nichts, so aalglatt, wie der war. Und dann würde er mit seiner These auftrumpfen! Aber das musste bis morgen warten. In seinem angeschossenen Zustand konnte er unmöglich noch im Büro aufkreuzen. Und auf Connys Frage »Schatz, wie war dein Tag?« hatte er jetzt ebenfalls noch keinen Bock. Der süßliche Stinkolettigeschmack des Nachmittags verlangte nach Vergeltung. Mit der U-Bahn zur Fraunhoferstraße und in den *Bergwolf*. Eine Currywurst superscharf mit Pommes Schranke und Extrazwiebeln. Dazu ein, zwei Bier. Dann würde Conny auch bestimmt darauf verzichten, von ihm fantasievolle Liebesschwüre ins Ohr geflötet zu bekommen. Nähe hatte er heute schon genug gehabt. Ob der *Bergwolf* überhaupt schon offen hatte? Egal. Dann würde er vorher noch was im *Fraunhofer* trinken.

LOCKER, ABER INTIM

So steil war Zankls These mit Dr. No nicht, denn Dosi hatte nachmittags ein kurzes, aber anregendes Gespräch mit Dr. No, der sehr schockiert war, als er von Andrea Meyers Ableben erfuhr. Denn sie war nicht nur seine Patientin, sondern auch seine »Teilzeitpartnerin« – wie er es nannte. »Intellektuell nicht ganz meine Wellenlänge«, sagte er, »aber ein himmlischer Körper. Wenn wir uns liebten, harmonierten wir wunderbar.«

Dosi, die eine Freundin des offenen Wortes war, nickte verständnisvoll. »Sagen Sie, die Operationen gehen alle auf Ihr Konto?«

»Durchaus, sie war meine Muse. Sie war sehr ehrgeizig, was ihren Körper betraf. Von manchen Dingen habe ich ihr abgeraten, aber am Ende hat sie immer bekommen, was sie wollte. Sie konnte da sehr rigoros werden.«

»Auch das Vaginallifting?«

Nose sah sie erstaunt an und atmete tief durch. »Ich muss sagen, Sie haben gute Ärzte. Es war nur ein ganz kleiner kosmetischer Eingriff. Minimal. Ich hätte nicht gedacht, dass man es sieht.«

»Wir sehen alles. Wie würden Sie denn Ihre Beziehung bezeichnen?«

»Locker, aber intim.«

»Und wann haben Sie sich das letzte Mal gesehen?«

»Vor etwa zwei Wochen. Vor ihrer USA-Reise. In ihrer Wohnung. Ich habe ihr gesagt, dass wir uns nicht mehr treffen können.«

»Warum, wenn ich fragen darf?«

»Ich entferne mich ein wenig von den körperlichen Verlockungen, suche meine Kraft im Denken, in der Literatur, in Dingen, die bleiben. Da lenkt alles andere ab. Ich meine das ganz ernst.« Er lächelte, zum ersten Mal einen Tick unsicher. Nur eine ausgebuffte Geste? Dosi traute ihm alles zu. »Wenn man seine Mitte neu bestimmt, dann ist das wie bei einer neuen Beziehung: Man fängt bei null an. Andrea fand das nicht so gut.«

»Verständlich. Sie wissen nicht, ob Frau Meyer Feinde hatte?«

»Nein. Aber jetzt, wo wir über sie sprechen, merke ich, dass ich erstaunlich wenig über sie weiß. Meine Kenntnisse sind recht einseitig.«

»Können Sie morgen zu uns in die Rechtsmedizin kommen? Letztlich muss sie ja jemand identifizieren. Sie hatte keine näheren Verwandten.«

»Ja, ihre Eltern sind tot. Zumindest das weiß ich. Natürlich komme ich.«

»Sagen Sie, wissen Sie eigentlich, dass Andrea Meyer mit Veronika Saller eng befreundet war?«

»Nein, wer ist das?«

»Die Dame mit der falschen Nase, wegen der wir bei Ihnen waren.«

»Ja, ich erinnere mich. Erstaunliche Nase.«

WEGGEBLASEN

Mader musste nachdenken. Nicht im stickigen Büro. Er stieg mit Bajazzo in die 19er-Tram und fuhr an die Isar. Haltestelle Max-II-Denkmal. Ein wunderbarer herbstlicher Spätnachmittag. Bäume teils entblättert, teils in flammenden Farben. Nur wenige Menschen. Die kalte Sonne stand tief am lichtblauen Himmel, die frische Luft schmeckte schon fast nach Schnee. Mader grübelte. All das Hässliche seines Berufsalltags und auf der anderen Seite all das Schöne: der wilde Fluss mitten in der Stadt, das Jugendstilschwimmbad, die weiß-blaue Tram, die soeben über die Museumsbrücke zischte. Vielleicht hätte er lieber einen Beruf ergreifen sollen, der auf der schönen Seite spielte? Aber irgendjemand musste sich ja auch um den Schmutz kümmern. Die würzige Abluft aus der Sauna des Müller'schen Volksbads riss ihn aus seinen Gedanken. Wo war Bajazzo? Der verschwand gerade in der dunkelspeckigen Unterführung am Rosenheimer Berg. Mader folgte ihm und blieb nach der Unterführung an der Plastik von Martin Mayer stehen. Hatte er mal nachgeschlagen: die *Bukolika.* Er betrachtete sie genau: eine bäuerliche Frau, sitzend, die Ellenbogen aufgestützt, das Gesicht in den Händen. Die grobe und doch elegante Bronzeplastik hatte er immer schon gemocht. Die Dame hatte ihren Rock aufgespannt wie eine Obstschale. Und man konnte ihr unter den Rock sehen. Auf den glatten Bronzeguss hatte jemand mit leuchtend roter Farbe ein Schamdreieck gesprüht, das sie gelassen zur Schau trug. Jetzt fielen ihm Dr. Fleischers Bemerkungen zu den Vaginaloperationen ein. Ja, es gab Dinge jenseits seines Horizonts.

Bajazzo hatte auf dem Grünstreifen gerade sein Geschäft beendet, und Mader sah sich um, ob jemand Zeuge dieser Machenschaften geworden war. Nein. Also ließ er den knisternden schwarzen Plastikbeutel in der Manteltasche. Halt! Was war das? Wer war das? Sein Blick hatte gerade jemanden gestreift. Eine Frau. Im Unterbewusstsein hatte er sie registriert. Er kannte sie. Und auf der anderen Straßenseite sah er sie: Catherine! Im Schaukasten der *Museum Lichtspiele*. Inmitten anderer schöner Frauen. Aber sie stach heraus. Wie immer. Mader klickte Bajazzos Leine an, überquerte die Straße und betrachtete das Plakat: *8 Frauen* von François Ozon. Sein Herz schlug höher. Catherine Deneuve, Isabelle Huppert, Emmanuelle Béart, Fanny Ardant ... *Heute 17.30 Uhr. Französisches Original.* Ein Lächeln verzauberte Maders Gesicht. All die wirren Gedanken waren wie weggeblasen. Er sah auf die Uhr. Eine knappe Stunde. »Ich werde hier sein«, versprach er ihr.

VISAGEN

»Dietmar, wie geht's den Burschen?«, fragte Grasser am Telefon.

»Wunderbar, frisch operiert, ist ganz gut geworden. Besser als vor dem Unfall. Die Studenten haben gestaunt.«

»Wie meinst du das?«

»Ich hab doch einen Lehrauftrag an der Uni. Die beiden sind perfekt zu Demonstrationszwecken.«

»Bist du wahnsinnig, die beiden…«

»Grasser, wie stellst du dir das vor? Alles ohne Krankenkasse und ohne Rechnung, ich hab das Finanzamt auf den Hacken. Ist doch wunderbar. Soziales Engagement für mittellose Patienten, ich tu dir einen Gefallen und der Wissenschaft auch noch.«

Grasser lachte. »Dietmar, du bist verrückt! Ich bin dir zu großem Dank verpflichtet.«

»Warum hast du sie eigentlich nicht selbst operiert?«

»Ach, mit einer Sehnenscheidenentzündung fasst man besser kein Skalpell an.«

»Soso. Du, wenn ich mal deine Hilfe brauche…«

»… kannst du auf mich zählen. Hundert Prozent. Worum geht's denn, um Geld?«

»Nein. Nur ein Gefallen. Treffen wir uns doch morgen Mittag, dann sprechen wir.«

»Aber gerne. Beim Italiener wie immer?«

»Ja, bestens. Und hol bitte die Jungs ab. Ich kann sie nicht hierbehalten. Meine Kundinnen flippen aus, wenn sie die Visagen sehen. Die Nachsorge mach ich ambulant.«

SUPERGAU

Hummel war erschöpft. Das Schöne und das Unangenehme lagen in seinem Leben oft nah beieinander. Wobei in seinem Job eindeutig das Zweite dominierte.

Liebes Tagebuch,
dieser Tag war das pure Grauen. Anders kann man das nicht nennen. Der Besuch bei Chris war der Supergau. Sie

war schon am Telefon so komisch. Als hätte sie geahnt, dass ich mit schlechten Nachrichten komme. Und dann hat sie mir in ihrem Büro eine Riesenszene gemacht. Warum ich gestern nicht mehr angerufen hätte? Wo ich doch wusste, dass Andrea bei ihr unter Vertrag war. Das hätte ich ihr doch sagen müssen! Hätte ich das? Und als ich sie gefragt hab, warum die Meyer schon vorzeitig aus den USA zurückgekehrt war, ist sie komplett ausgeflippt. Woher soll sie denn das wissen?, hat sie mich angeschrien. Und ob das jetzt ein Verhör ist? Als sie sich endlich beruhigt hatte, hat sie mir ihren Outlook-Kalender mit allen ihren Terminen und denen ihrer Models gezeigt. Bei der Meyer war bis heute Urlaub eingetragen. Passt doch. Woher sollte sie denn wissen, dass die Meyer umgebucht hatte und schon am Sonntag wieder in München war? Wahrscheinlich war Chris so empfindlich, weil sie sich Vorwürfe macht. Ich hätte sie gern getröstet. Aber Berufliches und Privates sollte man trennen. Na ja, jedenfalls war die Aktion kein Hit. All die Leichtigkeit von gestern Abend – futsch. Hoffentlich wird das wieder! Ist halt blöd als Polizist. Bist du immer der Depp, der die schlechten Nachrichten überbringt.

HÖHERE WESEN

Mader stand am Wohnzimmerfenster, sah in die Nacht hinaus und lutschte nachdenklich einen Brühwürfel. Nach so viel zarten Frauen ein erdiger Geschmack. Was für ein wunderbarer Film, was für wunderbare Frauen – eine schöner als die andere! Und Catherine – da konnten die anderen sieben glatt einpacken. Klar, Emmanuelle Béart war auch toll, aber hatte die sich nicht die Lippen aufspritzen lassen? Warum das denn? Ach, was wusste er schon über Frauen? Das waren höhere Wesen! Seine Exfrau Leonore hatte er auch nie verstanden. Er dachte an das Energische, Herbe, den wunderbar ironischen Zug um ihren Mundwinkel. Intellektuell war sie ihm weit überlegen, aber das Feingefühl fehlte ihr, das Gespür für die Menschen. Ohne das er seinen Job nicht machen könnte. Er musste lachen. Leonore – wie kam er jetzt auf sie? Klar, sie war auch extrem auf ihr Äußeres bedacht gewesen. Wenn sie ausgegangen waren, hatte es immer ewig gedauert, bis sie ihr Make-up aufgelegt und die richtige Garderobe gewählt hatte. Für ihre grauenvollen gesellschaftlichen Verpflichtungen: Societypartys und dieser Mist. Ob sie jetzt endlich einen adäquaten Partner hatte, der sie bei solchen Geselligkeiten nicht blamierte?

Geschichten aus einer anderen Zeit. Er spülte die salzigen Reste des Würfels mit lauwarmem Bier runter und zog die Vorhänge zu. Vielleicht sollte er Leonore einfach mal anrufen. Die Idee, ihre gesellschaftlichen Kontakte wegen dieser Ärztegeschichte anzuzapfen, ließ ihn nicht los.

EINE ART GESCHÄFTSBEZIEHUNG

Gesine machte das Licht an. Die Neonröhren flackerten ein paarmal, dann tauchten sie ihr Reich in gleichmäßig kaltes weißes Licht. Die Kollegen waren noch nicht da. Sie befüllte die Kaffeemaschine, rauchte an der offenen Feuertür eine Zigarette und begann mit der Arbeit. Sie holte Andrea Meyer aus dem Kühlfach und begutachtete den schlanken Körper. Trotz der Leichenblässe war die Haut erstaunlich braun. Strandurlaub. Oder Solarium. Winzige Bikiniflecken. Sie fuhr mit ihrem Latex-finger sanft vom blonden Haupt über die rechte Schulter bis zum Oberschenkel. Wer stopft eine tote Frau in einen Gully? Sie schüttelte den Kopf.

»Darf ich stören?«, ertönte eine sonore Stimme hinter ihr. Sie drehte sich um, kniff die Augen zusammen. Er stand im Gegenlicht. »Schwarz, Dr. Dietmar Schwarz. Einer ihrer Kollegen hat mich reingelassen.«

Sie sah auf die Uhr. Sieben Uhr dreißig. »Sie sind sehr pünktlich, Dr. Schwarz. Auf die Minute.«

»Ich muss um acht Uhr in meiner Praxis sein.«

Sie reichte ihm die Hand. »Gesine Fleischer.«

Er trat an den Tisch. »Wunderschön, nicht?«

Gesine nickte. Sie deutete auf den Hals, wo die Blutergüsse in bunten Farben schillerten.

»Letal, nehme ich an«, sagte er.

»Ja, nach einem Kampf.« Gesine deutete auf die vielen anderen blauen Flecken und Abschürfungen.

Dr. No nickte traurig. »So ein Ende. So jung.«

»Wer tut so was? Haben Sie eine Idee, Dr. Schwarz?«

»Sie fragen mich als Arzt?«

»Nein. Frau Rossmeier sagte mir, Sie standen sich sehr nahe.« Gesine sah ihn erwartungsvoll an.

Er fuhr fort: »Nun ja, wir hatten eine rein erotische Beziehung. Sehr fordernd, sehr befriedigend, eine Art Geschäftsbeziehung. Ein Deal zwischen Erwachsenen.«

»Die Eingriffe haben Sie durchgeführt?«

»Ja. Denke ich zumindest.«

»Auch das?« Sie zeigte auf die Scham der Toten.

»Auch das. Andrea überließ kein Detail dem Zufall.«

»Wann haben Sie sich das letzte Mal gesehen?«

Nose sah sie belustigt an. »Sie sind Ärztin!«

»Äh.« Mehr fiel Gesine darauf nicht ein.

Nose lachte. »Vor zwei Wochen. Das habe ich Ihrer Kollegin schon gesagt. Ein trauriger Anlass. Na ja, nicht wirklich. Denn: Auseinandergehen heißt nicht gleich untergehen.«

Gesine breitete wieder das Tuch über die Leiche. »Sie rauchen?«

»Sieht man mir das an?«

Sie lächelte und öffnete die Feuertür, holte ihre *Gauloises* heraus. Er tastete nach seinen Zigaretten, fand sie aber nicht. Sie bot ihm eine an.

»Mögen Sie Ihren Job?«, fragte Nose, nachdem er den Rauch des ersten Zuges genussvoll ausgestoßen hatte.

»Man lernt viel. Über den Tod, das Leben, über das Hässliche, die Schönheit.«

Er lächelte versonnen. »Ja, deshalb wird man Arzt. Was sagt Ihr Mann dazu?«

»Nichts, da ist kein Mann.«

Er lächelte. Ihre Blicke trafen sich. Er drückte die Zigarette an der Betonwand des Lichtschachts aus, sie bot ihm einen Aschenbecher an. Doch er hatte die Kippe bereits auf den Gitterrost geschnippt.

FRÜHJAHRSPUTZ

»Hey, Gesine, was machst du da?«, fragte Dosi, als sie kurz nach acht Uhr in die Rechtsmedizin kam. Gesine mühte sich mit dem Bodengitter bei der Feuertür.

»Dosi, komm mal her, halt das Gitter.« Dosi tat, wie ihr geheißen, und Gesine stieg mit einer Kehrschaufel und einer Tüte nach unten in den Lichtschacht. »Frühjahrsputz«, erklärte sie und schaufelte die Kippen in den Plastikbeutel.

Kurz darauf waren sie an Gesines Schreibtisch. Gesine fuhr den Rechner hoch und öffnete ein Dokument. Der Drucker surrte. Sie nahm die Blätter heraus, sah sie flüchtig durch, unterzeichnete sie und legte sie in eine Klemmmappe. »Da habt ihr den Abschlussbericht. Sind aber keine Überraschungen drin.«

»Und, war Nose hier?«

»Ja. Interessanter Mann.«

»Meinst du, er hat was damit zu tun?«

»Ich weiß es nicht. Noch nicht.« Sie hob den Beutel mit den Kippen hoch.

SCHOKORÖLLCHEN

In Dr. Günthers Vorzimmer blickte Hermine Kesselbach von der Tastatur auf. »Mader, na servus. Dicke Luft. Kaffee?«

»Nein danke. Ich geh mal rein.«

»Er telefoniert.« Sie goss ihm eine Tasse Kaffee ein und legte zwei Schokowaffelröllchen auf die Untertasse. Die Schokolade zerfloss sogleich an der heißen Tassenwand. Mader trank im Stehen. »Jetzt setzen Sie sich halt«, forderte ihn Frau Kesselbach auf.

»Das lohnt nicht mehr«, rief Günther durch den Spalt seiner Bürotür. »Mader, nehmen Sie Ihren Kaffee mit.«

Der Kaffee schwappte auf die Untertasse. Mader stöhnte leise. War das ein Test? Wenn ja, dann würde er ihn nicht bestehen. Er stellte den Kaffee auf Dr. Günthers Schreibtisch. Eines der klebrigen Röllchen rollte von der Untertasse und hinterließ einen Rallyestreifen auf einem Untersuchungsbericht.

»Sie sind mir eine Erklärung schuldig, Mader«, sagte Günther und starrte aus dem Fenster zum Parkplatz hinunter. »Wieso war Dr. Schwarz hier? Oder Dr. No, wie Sie und Ihre respektlosen Kollegen zu sagen pflegen. Ich hab ihn auf dem Parkplatz getroffen. Er sagte mir, er war bei Dr. Fleischer. Dr. Schwarz hat mit dem Fall nichts zu tun!«

»Mit welchem Fall?«

»Mit den zwei toten Models.«

»Ist das *ein* Fall?«

»Sie wissen schon, was ich meine. Mader, ich habe Sie ganz konkret gebeten, subtil vorzugehen. Also, warum war er hier?«

»Dr. Fleischer hatte eine Fachfrage«, versuchte es Mader.

Günther sah ihn müde an. »Sicher hilft er gerne, wenn es Fachfragen gibt. Aber Sie wissen ja, wie schnell sich das rumspricht, Kontakt mit der Polizei. Gestern war die Rossmeier bei ihm, heute ist er hier, Dr. Schwarz steht im Licht der Öffentlichkeit. Ich will Ihnen nicht reinreden, tun Sie, was Sie tun müssen, aber bitte so diskret wie möglich.«

»Ach, ich mag's gern …«

»… rustikal, ich weiß. Und jetzt raus!«

»Konkret« war das Wort, das Mader sagen wollte. Sei's drum. Günther war einfach ein aufgeblasener Depp. Schön, dass Mader das mal wieder amtlich hatte.

ZU VIEL DRUCK

Nachdem Zankl morgens gleich das Bild von Nose an seine neuen Neuperlacher Freunde gemailt und diese ihn tatsächlich als Meyers Lover erkannt hatten, erfuhr er nun leider, dass Nose mit Dosi ganz offen über seine Beziehung mit Andrea Meyer gesprochen und ihn gleich für die Identifizierung einbestellt hatte. Punkt für Dosi.

»Glaubt ihr, dass das Sperma von Dr. No ist?«, fragte Mader, als er mit den Kollegen die Eckpunkte von Gesines Obduktionsbericht durchgegangen war.

»Na ja«, sagte Dosi, »laut Nose ist da seit zwei Wochen Ruhe im Karton. Nix mehr Amore. Er hat Schluss gemacht. Aber ich hab so ein Gefühl, er hat sie noch kurz vor ihrem Ableben getroffen.«

»Warum verschweigt er es uns dann?«

»Weil er nicht mit ihrem Tod in Zusammenhang gebracht werden will.«

Mader wandte sich an Zankl: »Was sagen unsere Kaninchenzüchter?«

»Sie haben Nose öfter gesehen. Aber seit ein paar Wochen nicht mehr.«

»Der Beischlaf könnte woanders passiert sein. Vielleicht in der Praxis.«

Hummel dachte laut: »Sie kommt zu ihm. Überraschend. Früher als geplant aus den USA zurück. Sie weiß, dass er etwas mit dem Tod von der Saller zu tun hat, selbst wenn er beim Golf war und es nicht eigenhändig getan hatte. Sie will, dass er die Beziehung mit ihr wiederaufnimmt. Er lässt sie abblitzen. Sie sagt, dass sie ihn wegen Sallers Tod und seiner Organgeschäfte hochgehen lässt, er wird nervös, will sie in Sicherheit wiegen, schläft mit ihr. Vielleicht in seinem Büro. Sie glaubt, ihr Plan geht auf. Sie fahren zu ihr, um sich einen gemütlichen Abend machen. Er schlägt vor, schon beim Michaelibad aus der U-Bahn zu steigen, um noch ein bisschen die Herbstluft im Park zu genießen. Da tut er es.«

»So ein Typ fährt doch nicht U-Bahn«, warf Zankl ein.

Auch Dosi hatte Einwände: »Die Meyer hatte einen Jogginganzug an! In Laufklamotten war sie sicher nicht in der Stadt. Die war noch mal zu Hause.«

»Abgesehen davon klingt Hummels Theorie doch nicht schlecht«, fand Mader. »Kann ja sein, dass sie heimgefahren ist und er wusste, dass sie abends immer ihre Runden im Park dreht. Todeszeitpunkt ist laut Bericht Montag circa neunzehn bis einundzwanzig Uhr. Doris, fragen Sie ihn, was er am Montag gemacht hat. Aber bauen Sie nicht zu viel Druck auf!«

BISSCHEN BLÖD

Dr. No hatte ein lupenreines Alibi für die Todeszeit von Andrea Meyer. Klang ein bisschen blöd, fand Dosi, aber er war offenbar tatsächlich ein Feingeist und hatte den Montagabend auf einem Lyrikabend seines Literaturzirkels verbracht. Und für den Nachmittag hatte er ebenfalls eine wunderbare Ausrede. Er war mit Dr. Grasser beim Mittagessen, und dann hatten die beiden gemeinsam in Grassers Praxis an Dr. Nos Vortrag über neue Richtlinien zur Qualitätssicherung in der plastischen Chirurgie gearbeitet, den er am Dienstag auf dem Kongress in Rom halten wollte. Grasser und seine Vorzimmerdame bezeugten das. Bis um siebzehn Uhr, denn dann hatte Grasser ja einen Termin mit zwei Herren von der Münchner Mordkommission. Nach dieser kleinen Unterbrechung hatte Grasser Nose abgeholt, um mit ihm gemeinsam zum Lyrikabend in der Seidl-Villa aufzubrechen. Dort befanden sich viele andere Lyrikfans beziehungsweise

Zeugen, die erlesenen Gedichten lauschten, während die Meyer im Ostpark ihre letzten Meter joggte.

Dass Hummel Dr. Nos Alibispezl Grasser später mit anderen Herren in einem Stripschuppen gesehen hatte, focht Nose nicht an. Das war nach Mitternacht gewesen, da steckte Meyer schon ein paar Stunden in dem Kanalrohr. Hummel wollte sich noch eine gute Gelegenheit aufheben, um Grasser mit dem Nachtklubbesuch zu konfrontieren, denn er hatte es im Urin, dass diese schillernde Vierergang noch interessant für sie werden könnte.

Gesines Zigarettenaktion hatte leider auch nichts ergeben. Etliche Überstunden umsonst. Warum rauchten hier noch andere *Gauloises*? Warum hatte Nose nicht den Aschenbecher benutzt? Jedenfalls wies keine der vielen *Gauloises*-Kippen die gleiche DNA auf wie das Sperma in Meyers Körper. Die Spur von Dr. No war kalt. Zumindest im Moment. Wie unprofessionell, sich auf eine einzige Theorie festzulegen – um einmal Dr. Günther zu zitieren. Jetzt standen sie mit nichts da. Aber *nichts* war immer noch mehr als *gar nichts* – wie Hummel sagen würde.

AB ZU MAMA

Die Wohnung von Helmut und Ludwig in Untergiesing sah aus wie eine Schutthalde. Überall Chipstüten, Pizzakartons und Bierflaschen. Helmut war schlecht gelaunt. Was kein Wunder war, waren sie doch ans Haus gefesselt mit ihren vermummten Gesichtern.

»Jetzt sitzen wir hier blöd rum«, murrte Helmut.

»Na und, wir werden doch gut versorgt. Die vom Supermarkt stellen uns die Sachen vor die Tür, wir können fernglotzen und Bier trinken. Ist doch astrein.« Ludwig rauchte durch die kleine Lücke im Verband. Helmut steckte sich auch eine an.

»Ich muss mit den *Rabbits* reden«, sagt Ludwig plötzlich.

»Was willst du denn von denen?«

»Die Bremse, hast du das vergessen? Die hat jemand manipuliert. Seit sie das letzte Rennen verloren haben, sind die echt ekelhaft.«

»Ach komm, Loki, du siehst Gespenster.«

»Glaubst du, die Bremsen gehen einfach so nicht? Ich hab den Wagen am Vorabend noch auf der Hebebühne gehabt.«

»Eben, Loki!«

»Nenn mich nicht Loki!«

»Ludwig, hör zu. Das war ein Scheißunfall. Ich mach dir nicht mal 'nen Vorwurf. Die Bremsen gingen halt nicht. Ist ja auch kein Wunder, wenn du ständig an der Karre rumschraubst.«

»Die Bremsen waren eins a. Weißt du noch, als wir am Walchensee waren ...«

»... hast du diesen Hanke ins Jenseits gedrängt. Was willst du mir erzählen?«

»Die Bremsen waren eins a.«

»Sie waren es. Das Auto ist Schrott, wir sind Schrott. Wir machen jetzt langsam und konzentrieren uns auf die Dateien auf dem Laptop. Grasser hat ja gesagt, da geht was. Er spricht noch mal mit dem Auftraggeber. Und das mit den Ohren regelt er. Wenn wir wissen, um wie viel es geht, verlangen wir unseren gerechten Anteil, und dann sind wir raus.«

»Oh, der Herr will aufhören mit den dunklen Geschäften?«

»Ja, Loki, ich will aufhören. Was ist das für ein Job, bei dem ich froh sein muss, wenn nur meine Fresse zerstört wird. Wir machen Kasse, und dann geht's heimwärts.«

»Zu Mama, nach Transsylvanien?«

»Nach Alba Iulia. Du kannst mit deinem Teil der Kohle machen, was du willst.«

»Ich kauf mir einen Porsche.«

»Du lernst es nie.«

VENEDIG, PARIS, LONDON, PASSAU

Mader freute sich aufs Wochenende. Mit Bajazzo raus in die Natur. Und vielleicht würde er seine Exfrau anrufen, ein kurzes Treffen vorschlagen. Natürlich nicht ohne Hintergedanken.

Hummel hatte den Freitagabend in Trance verbracht. Kein dem Bierkonsum geschuldeter Zustand, sondern pures Glück. Er hatte sich mal was getraut. Er hatte Chris Winter angerufen. Einfach so. Nach seinem Waterloo in der Agentur. Er hatte sie gefragt, ob sie am Samstag das Essen im *Fraunhofer* mit ihm nachholen will. Er würde auch sein Handy zu Hause lassen. Irgendwann musste ja schließlich Dienstschluss sein. Und sie hatte zugesagt. Aus lauter Übermut ging er abends endlich mal wieder in die *Blackbox*. Beate war nicht da. ›Wahrscheinlich ein Romantikweekend mit ihrem Zukünftigen‹, war sein erster Gedanke. Beim zweiten Bier fragte er die Bedienung, eine rothaarige Studentin. Und, o Wunder: nix Venedig, Paris, London. Beate war bei ihren Eltern, weil ihre Mutter mit Oberschenkelhalsbruch im Krankenhaus lag. Was für eine gute Nachricht! Noch gab es in Beates Leben wichtigere Dinge als diesen Affen. Und morgen würde er

Chris sehen! Ja, er konnte doch noch was bewegen in der Welt der Frauen.

Dosi war unterwegs zu einem Familienfest in Passau. Ihre Vorfreude hielt sich in Grenzen. Die Hochzeit einer Cousine in Hauzenberg. Dirndlzwang. Im wahrsten Sinne des Wortes. Als sie sich bei *Loden Frey* in das dritte Dirndl reingezwängt hatte, das zwar ein fulminantes Dekolleté zauberte, aber kaum Luft zum Atmen ließ, hatte die Verkäuferin endlich ein Erbarmen und sie darauf hingewiesen, dass sie es einfach mal mit zwei Nummern größer probieren sollte. Tja, Größe 38, das war einmal. Dank fachkundiger Beratung fand sie aber doch noch was Schönes. Ganz klassisch in Dunkelblau mit hellblauer Schürze und weißer Bluse. »Wie der bayerische Himmel«, hatte die Verkäuferin gescherzt.

Fränki war ganz hin und weg, als er Dosi im Dirndl sah. ›Aber der findet mich auch noch in einem Kartoffelsack schön‹, dachte Dosi und war sich nicht sicher, ob das gut oder schlecht war. Manchmal war ihr das mit Fränki einen Tick zu kuschelig. Zum Glück hatte er am Wochenende keine Zeit, um mitzukommen. Jetzt freute sie sich erst mal auf ein paar gescheite Rosswürste aus der Metzgerei ihres Vaters.

BAYERISCHE WURZELN

Samstagabend. Mader hatte einen herrlichen Tag mit Bajazzo verbracht. Mit der S-Bahn bis Tutzing und dann ein langer Spaziergang zu den Osterseen, wo jetzt im Herbst eine wahrlich zauberhafte Stimmung herrschte. Knorrige Baumwurzeln am Ufer, die ihre langen gichtigen Finger ins dunkle Wasser krümmten. ›Wenn man lange genug auf den schwarzen Spiegel sieht, tauchen bestimmt Elfen und Wassermänner auf‹, hatte Mader gedacht.

Jetzt waren sie wieder im rechteckigen Neuperlach. Und der Tag war noch nicht vorüber. Mader zog sich um. Wann hatte er das letzte Mal einen Anzug getragen? »Zieh dir bitte was Ordentliches an«, hatte Leonore am Telefon gesagt, »keine Cordhose, keine Lederjacke!« Er betrachtete sein Spiegelbild. Er sah aus wie ein Totengräber. Er setzte eine demütig-betroffene Miene auf und musste grinsen. Nein. Ging gar nicht. Er holte den Trachtenanzug aus dem Schrank. Passte noch wie angegossen. Der Spiegel im Flur überraschte ihn ebenfalls: kein Faschingskaschperl, kein Oktoberfestdimpfl, sondern ein stattlicher Mann mit bayerischen Wurzeln. Dazu die guten Schuhe aus Italien – espressoschwarz statt haferlbraun. Er nickte zufrieden, als er den Mantel anzog. Bajazzo war die perfekte Ergänzung. Zeitlose Münchner Eleganz. Bajazzo – verdammt! Das hatte er ganz vergessen. Er griff zum Telefon. Bei Hummel sprang nur die Mailbox an. Er legte auf und wählte Hummels Festnetznummer. Beim zweiten Klingeln hob Hummel ab.

»Hallo, Hummel, ich bin's, Mader.«

»O nein!«

»O ja! Warum ist Ihr Handy aus?«

»Weil Wochenende ist. Weil ich auch mal Pause mach.«

»Hummel, ich brauch dringend Ihre Hilfe. Ich hab heute Abend einen wichtigen Termin.«

»Ich auch.«

»Dienstlich?«

»Äh, ich, also, nein, privat.«

»Ich schon. Tun Sie mir bitte einen Gefallen: Übernehmen Sie Bajazzo heute Abend. Wo ich hingehe, kann er unmöglich mitkommen.«

»Ich...«

»... komme in einer halben Stunde bei Ihnen vorbei. Danke!« Mader legte auf. Durchaus mit schlechtem Gewissen. Nicht wegen Hummel. Wegen Bajazzo. Der sah ihn nämlich erwartungsvoll an. »Ja ja, Bajazzo, wir gehen gleich. Du darfst deinen Freund Hummel besuchen.«

O VANITAS!

Eine knappe Stunde später stand Mader auf dem Salvatorplatz vor dem Literaturhaus. Fünf Minuten zu früh. Er wollte Leonore nicht gleich Anlass zur Blutdruckerhöhung geben. Punkt Viertel vor acht entstieg sie einem Taxi – ihr beim Aussteigen freigelegtes Feinstrumpfbein wirkte irritierend attraktiv auf ihn. Öha.

»Charly, grüß dich«, hauchte sie nach dem Begrüßungsbussi.

Sie hakte sich unter und dirigierte ihn zum Seiteneingang des Literaturhauses. Sie nahmen den Lift und fuhren zur Bibliothek. An der Garderobe brach Leonore in herzhaftes Lachen aus. »Der Trachtenanzug vom Tegernsee!«

»Tja, Leo, Qualität ist nie aus der Mode.«

Sie musterte ihn von oben bis unten. Er war auf alles gefasst. Nur darauf nicht: Sie strich ihm über die Schultern der Jacke. »Ich weiß noch genau, wie wir ihn gekauft haben. Ein verregneter Tag. Du hattest überhaupt keine Lust, in den Laden zu gehen. Aber mir zuliebe hast du es getan.«

Er lächelte unsicher. In lebhafter Erinnerung an diesen Horrortrip. Er inmitten eines Trachteninfernos in grellem Neonlicht. Die Verkäuferin im gackerlgelben Dirndl hatte immer wieder gegluckst: »Mei, schaut des fesch aus …«

Trotz seines ungewöhnlichen Looks fiel Mader nicht auf, aber kein Wunder, denn der Künstler, ein sehr femininer, sehr blasser, sehr junger Mann mit sehr schlimmer Akne, hatte sich bereits auf der Bühne eingefunden und sortierte nervös seine Blätter. Das Publikum hing schon jetzt vorfreudig an seinen Lippen.

Kaum hatten Leonore und Mader in der letzten Reihe Platz genommen, erlosch die Saalbeleuchtung. Nur ein Punktstrahler auf den Dichter. Mader streckte den Rücken durch und hoffte nur eins: dass es möglichst schnell vorbei sein mochte.

Der Jüngling begann:

> *Bricht herein die Dunkelheit*
> *Sirenenklang aus ferner Zeit*
> *Hinter all den Fenstern*
> *Geschichten von Gespenstern*
> *Zombies sind wir, leere Hüllen*
> *Können keinen Traum erfüllen*
> *Schwarze Leere ohne Unterlass*
> *O Vanitas, o Vanitas …*

Der Wunsch nach »möglichst schnell« erfüllte sich für Mader tatsächlich. Er nickte sofort ein. Kein Wunder bei der schläfrigen Trübnis, die die vakuumisierten Worte bei ihm auslösten. Mader erwachte von dem donnernden Applaus, in den er sogleich lebhaft mit einstimmte.

Leonore hatte nicht gemerkt, dass er geschlafen hatte, so sehr hatte sie der lyrische Erguss des blassen Pickelhandtuchs in den Bann gezogen. »Großartig, großartig!« Sie kriegte sich gar nicht mehr ein.

»Ja, wirklich«, bemerkte Mader. »Das musste endlich mal gesagt werden.«

Leonore nickte heftig. »Ja, keiner sagt es so wie er, bringt sie so treffend zum Ausdruck, die triste Melancholie des modernen Menschen, gefangen in seiner unerfüllten Sehnsucht, in seiner ganzen Verzweiflung, jemals wirklich das Sonnenlicht zu erblicken.«

›Braucht er nur mal morgens aufzustehen und aus dem Fenster zu schauen‹, dachte Mader. Sagte er natürlich nicht. Stattdessen: »Ein profunder Blick auf die Nachtseite des Lebens.«

Leonore sah ihn erstaunt an. »Charly, seit wann hast du so viel Einfühlungsvermögen? Komm, wir trinken ein Gläschen.« Sie stand auf und steuerte auf die Menge zu, die sich in kleinen Grüppchen zuprostete.

Mader folgte Leonore und schluckte. Dr. Günther auch. »Mader, Sie hier?«

»Grüß Gott, Dr. Günther. Ja, ich musste mal, äh, unter Leute. Und Lyrik, das ist meine geheime Leidenschaft.«

Günther legte die Stirn in Falten. Dann lächelte er. »Ja, Geronimo ist eins der ganz großen Talente dieser Stadt.«

»Ein profunder Blick auf die Nachtseite des Lebens«, wiederholte sich Mader mit Kennermiene. Und setzte noch eins drauf: »Eine Ausweglosigkeit, wie man sie seit Beckett in solch schwarzen Tönen nicht mehr gehört hat – Entropie.«

Dr. Günther nickte irritiert. »Sauber, Mader. Entropie, ja, Entropie ...«

»Ich muss mich jetzt um meinen Flüssigkeitshaushalt kümmern«, sagte Mader und ließ einen verdutzten Günther zurück. Mader schnappte sich ein Glas Sekt und stürzte es hinunter. Er nahm ein zweites und ließ den Blick schweifen. Seine Exfrau tänzelte von einem Grüppchen zum anderen – *bussibussi* –, tauschte hier ein paar Wörtchen aus, lachte dort glockenhell und war ganz in ihrem Element. Jetzt erblickte er auch Dr. Grasser, den Beautydoc mit dem erleuchteten Haarkranz. Und dann erklomm ein weiterer Mann das Podium. Mader sah einen Hauch Michel Piccoli, aber mit mehr Haaren auf dem Kopf. Bekleidet mit einem hellbraunen Leinenanzug und schwarzem Hemd, das einen großzügigen Blick freigab auf loderndes Brusthaar an sonnengebräunter Haut.

»Das ist unser Vorsitzender, Dietmar«, erklärte Leonore, die wieder bei ihm angebrandet war. »Dietmar Schwarz.«

»Oh, das ist Dr. No?«

Leonore lachte auf und hielt sich den Zeigefinger vor die Lippen. Mader wollte sie noch etwas fragen, aber Leonore flatterte schon wieder davon. ›Gibt der jetzt auch ein paar gereimte Zeilen zum Besten?‹, überlegte Mader. ›Vielleicht Verse aus dem *Kamasutra*?‹ Er lächelte zufrieden. Volltreffer. ›Hier sind die richtigen Leute versammelt.‹ Hoffentlich musste er dafür keinen zu hohen Einsatz zahlen. Der Pickelknabe war schon eine außergewöhnliche Belastung gewesen.

Dr. Nos kräftiges Organ ertönte: »Liebe Freunde des gesprochenen und geschriebenen Wortes, ich danke euch allen noch mal herzlich für euer Kommen und für die großzügige Unterstützung – ideell und materiell. Wie ich sehe, haben wir heute unter uns auch einige Neuanwärter auf die Klubmitgliedschaft. Daher ein paar erklärende Worte. Wir verstehen uns als gemeinnütziger Verein zur Förderung der schönen Literatur in München. Wer sich auf den Schwingen der Literatur über die Profanität des Alltags erhebt, der muss unabhängig bleiben von der harten Realität des Broterwerbs. Ihr alle seid Mäzene dieser großen Künstler wie Geronimo. Meine Botschaft lautet: Öffnet Euro Herz und Geldbeutel. Die Aufnahmeanträge zu unserem illustren Kreis finden sich an der Garderobe. Für Rückfragen stehe ich gerne zur Verfügung. Und nun wünsche ich uns allen noch gute Gespräche.«

Als Dr. Nos sonore Stimme verhallt und der Applaus verebbt war, kippte Mader den Rest seines zweiten Glases in sich hinein.

»Und, was sagst du?«, fragte Leonore, die wieder zu ihm zurückgeflattert war.

»Beeindruckend für einen Schönheitschirurgen. Kennst du ihn näher?«

»Dietmar. Durchaus.« Sie lächelte vielsagend.

»Du hast doch nicht …?«

»Wohl kaum!«

»Entschuldige. Sag mal, duzt ihr euch hier alle?«

»Klar. Der *Münchner Literaturzirkel* ist ja ein exklusiver Klub.«

»Mein Chef ist auch da.« Er deutete zu Günther.

»Wenn du Mitglied wirst, darfst du Hans auch duzen.«

»Ich sag eh schon Günther.«

Leonore lachte herzhaft. »Deinen Humor hab ich echt vermisst. Was machen wir jetzt mit dem angerissenen Abend?«

»Hast du hier keine gesellschaftlichen Verpflichtungen mehr?«

»Ich bin eine freie Frau. Sag an, ich folge dir.«

Einem Gedankenblitz folgend sagte er: »*Trader Vic's.*«

Mit der Wahl der antiquierten Südseebar im *Bayerischen Hof* überraschte er sie ein weiteres Mal. »Toll, da war ich seit Ewigkeiten nicht mehr.«

Zankl räumte sein Bettzeug im Wohnzimmer auf die Couch. Er hatte den Streit nicht vom Zaun gebrochen. Nein, er war heute eigentlich der große Held gewesen. Er hatte sich morgens schon auf die Strategie festgelegt, seiner Frau ohne Murren jeden Wunsch zu erfüllen, den sie bei der Auswahl der Babyausstattung hatte. Vielleicht gelegentlich beratend eine Empfehlung aus den Zeitschriften *Eltern* oder *Nido* oder eines Internetforums einfließen lassen, mehr aber auch nicht. So weit die Theorie.

Die Praxis sah anders aus. Als sie schließlich am frühen Samstagabend nach ausgeführtem Manöver vor Babyausstattung *Schlichting* gestanden waren, hatte er still gelächelt. Nein, es war kein Lächeln, es war ein gemeißeltes Grinsen, während Conny immer noch die Stirn in Sorgenfalten gelegt hatte und sich nicht sicher war, ob sie wirklich alles richtig entschieden hatten. Nein, er hatte nicht mit der Wimper gezuckt, als seine Frau sich in dem hoffnungslos überfüllten Geschäft das gesamte Programm an Kinderwagen, Kinderbetten, Wickelkommoden, Stillkissen und Babytragesystemen hatte vorführen lassen. Er wusste jetzt alles über *Hesba*, *Boogaboo* oder *Urban Jungle*, alles über Schadstoffwerte und Härtegrade von Matratzen. Worte wie *Glückskäfer* und *Didymoss* gellten noch in seinen Ohren. Zwischen Kuschellyrik und Dada. Nein, er hatte nicht gemurrt, als Conny nach endlosen Debatten mit der verständnisvollsten Verkäuferin der Welt sich stets für das teuerste Produkt entschieden hatte. Natürlich! Nur das Beste für das Kind! Und: nur das Beste für die Mama! Denn er hatte Conny hinterher auch noch zum Essen ausgeführt. Zu einem der besten Italiener der Stadt, ins *Centrale* in der Schellingstraße, weil Geld ja gerade sowieso keine Rolle spielte. Conny hatte die halbe Speisekarte verschlungen. Um diese dann nach der Panna cotta in einem plötzlichen Anfall von Übelkeit in das italienische Klo zu erbrechen. Auch das hatte er mit einem verständnisvollen Lächeln ritterlich ertragen.

Und was war der Dank für den ganzen Aufwand? Dass Conny ihm abends zu Hause vorgeworfen hatte, er hätte sich bei der Auswahl der Babyausstattung nicht genug eingebracht. Ja, er sei merkwürdig gleichgültig gewesen. Ob sie und das gemeinsame Kind ihm denn gar nichts bedeuteten? Das war doch der Gipfel! Klar, die Hormone, die für Übellaunigkeit und Übelkeit sorgten. Aber irgendwann riss auch ihm die Hutschnur.

»Das kotzt mich alles an«, hatte er zwar nur in sich hineingebrummelt. Aber Connys Sensoren waren fein. Mit dieser aus seiner Sicht völlig korrekten Lagebewertung hatte er bei ihr komplett verschissen. Verdammt, auf den letzten Metern!

Nicht, dass sie ihn aus dem Schlafzimmer rausgeschmissen hätte. Er war selbst gegangen, hatte sich ein Bier aus dem Kühlschrank geholt und saß jetzt mit seinem Bettzeug auf dem Sofa. Den Fernseher anzumachen wagte er nicht. Connys empfindliche Ohren hätten das sofort vernommen, und sie hätte das nur als weiteren Beleg für seinen Mangel an Sensibilität gegenüber ihrer speziellen Situation gewertet.

Scheißtag! Er nahm einen tiefen Schluck Bier. Zweiundzwanzig Uhr. Samstagabend war früher mal anders. Aber warum sollte der auch besser aussehen als Freitagabend? Tote Hose. Ihm fiel ein, dass er eigentlich Heinz und Dieter für heute Abend zugesagt hatte. Die Geburtstagsparty. Jetzt erschien ihm das als eine vergleichsweise attraktive Option für den Restabend. Nein, undenkbar.

GLÜCKSBRINGER

Wenn Zankl schon die Arschkarte gezogen hatte, war es nur gerecht, dass Hummel mal das Glück hold war. Ausgleichende Gerechtigkeit.

Liebes Tagebuch,

was für ein Abend, was für eine Nacht! Erst dachte ich ja, den Abend versaut mir Mader auch noch, als er Bajazzo vorbeibrachte. Ich habe ihn dann einfach mitgenommen zu meinem Date im Fraunhofer. Und was für eine Überraschung – es ist wie im Park: Hunde öffnen dir die Herzen der Frauen! Ich hätte nie gedacht, dass Chris auf Dackel steht. Wie rührend sie sich um Bajazzo gekümmert hat! Sie hat ihm gleich eine Schüssel Wasser organisiert. Bajazzo war ja zuerst nicht so angetan von ihr und hat immer wieder misstrauisch geknurrt. Aber das war bestimmt die Eifersucht. Außerdem ist er von Mader wohl kaum den Umgang mit Frauen gewohnt. Als Chris ihm die Schwarte von ihrem Schweinsbraten gegeben hat, hat er sich erst noch ein bisschen geziert, aber dann war das Eis gebrochen. Den Rest des Abends hat Bajazzo an der Heizung unterm Fenster verdöst. Und wir haben uns unterhalten. Chris wollte so viel von mir wissen. Wie ich lebe, was meine Hobbys sind, warum ich Polizist bin, wie ich in den Modelfällen vorankomme. Normalerweise bin ich ja derjenige, der die Fragen stellt. Die Zeit verging wie im Flug. Wir waren fast die letzten Gäste, als wir aufbrachen. Und an der U-Bahn haben wir uns dann geküsst. Also nicht so richtig, wieder so Abschiedsbussi rechts und links. Aber ich hab gespürt, dass da mehr dahinter ist.

Mann, was ich alles erzählt habe –

dass ich nicht nur Polizist bin, sondern auch ein sensibler Künstler. Und dass es mit dem Schreiben und meiner Agen-

tin nicht so richtig klappt. Sie hat gemeint, dass ich sicher
noch nicht die richtige Agentur habe. Sie muss es ja wissen.
Gleich morgen werde ich googeln … Hach, wenn Bajazzo
dabei ist, dann klappt das mit den Frauen.

AUS DER ÜBUNG

Mader rieb sich die Augen. Sein Schädel dröhnte. Irgendwas war komisch, sah komisch aus, war anders. Verdammt, er war nicht zu Hause! Er schloss die Augen. Konnte es ein, dass…? Er drehte sich zur Seite. Die andere Hälfte des Doppelbetts war leer. Aber nicht unbenutzt. Nervös hob er die Bettdecke. Er trug seine Schießer-Unterwäsche. Noch. Oder wieder. Geschirrklappern aus der Küche. Kaffee und Schinkenspeck wetteiferten beim Angriff auf seine Geruchsnerven. Die heute sehr leicht erregbar waren. Er wusste, dass Leonore immer Kopfschmerztabletten in ihrem Nachtkasten hatte, und wälzte sich hinüber.

Zehn Minuten später ging es ihm etwas besser, und er zog sich an. Den Trachtenanzug! Welcher Teufel hatte ihn da geritten? Was war gestern nach dem Lyrikabend geschehen? Er erinnerte sich nur noch, dass der Barkeeper im *Trader Vic's* irgendwelche Schnäpse vor ihren Nasen angezündet hatte.

Als er – reichlich wacklig – die Küche betrat, grinste Leonore ihn breit an.

»Das ist nicht komisch«, sagte er.

»Du bist ein bisschen aus der Übung, scheint mir.«

»Meinst du Alkohol oder Sex?«

»Beides. Komm, setz dich.«

Er gehorchte und trank seinen Kaffee. Langsam kehrte

das Leben in seinen geschundenen Körper zurück. »War ich schlimm, gestern?«

»Ssssehr schlimm. Ich hab seit Ewigkeiten nicht mehr so viel gelacht. Wie du dem Japaner auf Englisch von Ludwig II. erzählt hast, dass der wegen seiner schlechten Zähne nur noch weiche Semmeln und Brei gegessen hat…«

»Mein Englisch ist grausam. Und sonst? Da drüben?« Er nickte in Richtung Schlafzimmer.

»Ach das. Nicht der Rede wert.«

LE FUCHS

»Die wollen nix zahlen?«, fauchte Ludwig.

Helmut schlug mit der Faust auf den Küchentisch. »Dann verscheuern wir die Infos an den Journalisten, von dem uns der Krankenhausheini erzählt hat. Was, meinst du, zahlt so ein Journalist?«

»Keine Ahnung. Fünfzig Riesen?«

»Im Leben nicht.«

»Dann machen wir zwanzig. Ist doch besser als nichts.«

»Jetzt brauchen wir noch seinen Namen und seine Telefonnummer.«

»Irgendwas mit Wein… Weinmeier, oder was hat er gesagt?«

Helmut zog die Schublade der Kommode auf und zeigte Ludwig ein Notizbuch. »Von Mr. Weiß. Da schaun wir doch mal nach.«

Ludwig lachte. »Du Fuchs!«

»Mal sehen, was so ein Journalist lockermacht. Und dann fragen wir Grasser noch mal.«

Hummel nutzte die Abendstunden der folgenden Tage, um sich auf sein Krimiexposé zu konzentrieren. Das Gespräch mit Chris hatte seiner Kreativität ordentlich Aufwind verliehen. Und er machte es offenbar ziemlich gut – gemessen am Erfolg. Die von ihm ausgewählte Agentur *Carta Dura* reagierte fast postwendend, als er sein Exposé eingereicht hatte. »Ja, man könne sich vorstellen, ihn zu vertreten«, hatte die Agenturchefin am Telefon gesagt. Hummel flippte fast aus vor Glück. *Yes!!!* Jetzt musste er noch seiner bisherigen Agentin absagen. Schriftlich. Er nahm sich Donnerstag und Freitag frei, um sich ganz seinen persönlichen Angelegenheiten zu widmen.

Liebe Valerie,

jetzt hast Du lange nichts gehört von mir. Das tut mir leid [...] Deshalb ist es sicher das Beste, von nun an getrennte Wege zu gehen. Ich danke Dir sehr herzlich für Dein Engagement, für Dein aufmerksames Lesen und Deine ehrliche Kritik.

Dein Klaus

Hätte er erwähnen müssen, dass er bei einer anderen Agentur unterschreiben wollte? Egal. Er schrieb die Adresse auf den Umschlag, klebte eine Marke drauf und ging zum Briefkasten. Bereits heute Nachmittag hatte er seinen Termin bei *Carta Dura* am Rotkreuzplatz. Ein bisschen nervös war er schon.

OCHSENFROSCH

Nachdem er den Brief eingeworfen hatte, trabte er den Rosenheimer Berg hinunter. Er wollte zur Drogerie *Müller* im Tal, ein bisschen in den CDs stöbern. Als er am *Altstadthotel* vorbeiging, sah er in das Fenster zur Bar. Da saß der Typ von neulich Nacht! Der Nackte, jetzt allerdings in einem eleganten grauen Anzug. Vor sich ein bernsteinfarbenes Getränk. Whisky. So früh schon? Ihre Blicke trafen sich. Der Mann sprang auf und trat an die Scheibe. Winkte Hummel herein. Hummel gab sich einen Ruck.

»Hey, Klaus, was machst du hier?«, begrüßte ihn der Mann, als wären sie beste Freunde. Hummel wollte sein Name partout nicht einfallen. Erledigte sich aber von selbst: »Hey, gerade dachte ich mir, Tom, vertreib dir die Zeit mit einem Glas Whisky, und da kommt der Klaus am Fenster vorbei. Wenn das kein Zufall ist! Na komm, Alter, setz dich. War 'ne abgefahrene Nacht neulich mit dir und Pummelchen auf dem Sims da draußen.«

Hummel musste unwillkürlich lachen.

Tom winkte dem Barmann. »Dasselbe für meinen Freund.« Und schon rollte der Whisky an.

Tom war in Plauderlaune. »Und, was macht die Verbrecherjagd?«

»Pause. Ich hab heute frei. Und du, musst du nicht arbeiten?«

»Gott bewahre, Giselle verdient genug für zwei. Jetzt warte ich mal wieder auf sie. Hat einen Termin beim Doc nebenan.«

»Im Klub der schönen Nasen.«

Tom lachte. »So ist es.«

»Und du hältst hier die Stellung – als Anstandswauwau?«

»Weißte, zu Hause in Düsseldorf muss ich bei so was nicht mitgehn. Da kenn ich meinen Kiez. Aber wenn die Agentur einen Job in München hat, dann komm ich mit. Besonders, wenn Giselle ein Date mit dem Doc hat. Ich trau dem Typen keinen Zentimeter über den Weg. Was glaubst du, warum der seine Praxis direkt neben einem Hotel hat? Ich sag dir, als wir das letzte Mal hier waren, gab es nachmittags nebenan einen tierischen Lärm. Ochsenfrosch gegen Hyäne. Giselle meinte: ›Der Ochsenfrosch klingt wie Dr. Schwarz.‹ Ich hab sie natürlich gefragt, woher sie das denn wissen will. Aber egal – jedenfalls hat es sich angehört, als ob die Tapeten runterkommen. Und dann hab ich sie später auf dem Flur gesehen. Ein bildhübsches Mädel. Braungebrannt, lange blonde Haare.«

Hummel sah ihn ungläubig an. Könnte es sein? Verdammt, warum hatte er kein Foto von Andrea Meyer dabei? Er griff zu seinem Handy und wählte Dosis Nummer. Er bat sie, ihm ein Foto von Andrea Meyer aufs Handy zu schicken.

»War das die Frau?«, fragte Hummel, als er das Bild hatte.

Tom studierte das Bild. »Klar, das ist sie.«

»Das war sie. Sie ist tot, ermordet.«

Tom schluckte. »Du meinst, der Doc ...?«

»Nein, er hat für die Tatzeit ein Alibi. Also für den Mord. Wasserdicht. Weißt du noch den genauen Tag, als die Tapete runterkam?«

»Als wir das letzte Mal in München waren. Wegen dieser Bademodenschau im *Bayerischen Hof*. Die war am Dienstag. Das mit dem Ochsenfrosch war am Vortag, also Montagnachmittag.«

Hummel nickte nachdenklich. Montag. Der Nachmittag vor der Mordnacht. Nun ja, Tom war sicher nicht der glaubwürdigste Zeuge, aber das war doch schon mal was. Nose hatte definitiv gelogen, als er gesagt hatte, er hätte seit längerer Zeit keinen Kontakt mehr mit Andrea Meyer. Und sein schönes Alibi mit Grasser löste sich gerade in heiße Luft auf.

»Was hatte die Frau an?«, fragte Hummel.

»Pff, sportlich...«

»Trainingsanzug?!«

»Nein, so Jeans, T-Shirt, Windjacke.«

»Kommst du für eine Aussage mit aufs Präsidium?«

»Du, das ist jetzt ganz schlecht. Du weißt schon, ich kann hier nicht weg. Stell dir vor...«

Sie tauschten Handynummern, und Hummel eilte schnurstracks ins Präsidium. An seinem freien Tag! Aber ein guter Polizist war immer im Dienst. Er trommelte alle zusammen, inklusive Gesine. Mader und die anderen fanden Hummels Bericht ausgesprochen interessant. Hummel hatte Tom als Zufallsbekanntschaft ausgegeben, dessen Freundin auch bei *Winter Models* arbeitete. Bisschen dünn, aber Mader hatte nicht nachgehakt. Hummel fragte Gesine: »Lässt sich denn jetzt noch nachweisen, ob die beiden in einem Hotelzimmer das Bett geteilt haben?«

»Schwierig. Hotelzimmer sind ein Schrottplatz für DNA-Spuren. Und dann wird ständig die Bettwäsche gewechselt, gesaugt. Ganz schwierig. Aber die Kollegen von der KTU finden viel. Vor allem, wenn sie wissen, wo und nach was sie suchen sollen.«

Mader schüttelte den Kopf. Hummels These war ihm zu vage für den Aufwand.

»Ich dachte ja, ich hätte bereits einen Nachweis«, meinte Gesine, »also zumindest eine DNA-Probe von Nose, die wir mit dem Sperma vergleichen könnten. Ich hatte mit ihm eine geraucht. Er hat seine Kippe bei uns in den Lichtschacht geworfen. Ich hab alle untersucht – leider keine DNA-Spur, die sich mit dem Sperma deckt. Schade.«

»Jetzt gibt es einen Zeugen!«, sagte Hummel mit Nachdruck.

Mader war sich nicht sicher, ob sie Dr. No wirklich mit dem Stelldichein im Hotel konfrontieren sollten. »Selbst wenn das mit dem Schäferstündchen stimmt und er es uns nicht gesagt hat, kann der Grund dafür ganz einfach sein. Für einen Arzt ist es nicht vorteilhaft, wenn jeder weiß, dass er mit seinen Patientinnen ins Bett geht.«

»Wir sind nicht jeder«, meinte Dosi. »Er hat uns schlichtweg angelogen.«

»Und Grasser ebenfalls«, fügte Hummel hinzu.

Mader nickte. »Okay, Hummel, bringen Sie diesen Tom für eine Aussage hierher. Dann sehen wir weiter.«

OMAS VANILLEKIPFERL

Hummel hatte ein schlechtes Gewissen. Jetzt hatte er im Präsidium wegen Tom so viel Wind gemacht und musste vorher zur Agentur *Carta Dura*. Das konnte er nicht verschieben. »Ich muss noch schnell zu einem dringenden Arzttermin«, hatte er zu Mader gesagt. »Dauert nur ein Stündchen, dann kümmer ich mich um die Zeugenaussage.« Und war losgehastet zur U-Bahn.

Rotkreuzplatz. Gründerzeithaus. Vierter Stock. Eine riesige Altbauwohnung. Sehr repräsentativ. Auf dem langen Gang zum Büro der Agenturchefin durchschritt er ein Defilee von Assistentinnen, sechs an der Zahl, die mit Headsets vor Computerbildschirmen zwitscherten wie die Vögelchen auf der Stange. Seine Reise endete in dem mit Bücherregalen zugewachsenen Büro von Dr. Gerlinde von Kaltern, einer fünfschrötigen Frau von großer Distinguiertheit und mit gefährlich scharfer Habichtnase, die den Marktwert ihrer Autoren beziehungsweise die Belastbarkeit der Portemonnaies ihrer Verlagskunden genauestens erschnüffeln konnte. Die Dame mochte wohl erst Mitte vierzig sein, hatte aber eine vom ausdauernden Zigarettenkonsum eindrucksvoll gegerbte Reibeisenstimme. Süßholzraspeln war ihre Tonart jedenfalls nicht. Trotz Kaffee und Keksen. Sie ging gleich in die Vollen: »Ich will ganz ehrlich mit Ihnen sein, Herr Hummel, ein großes Talent sind Sie nicht. Aber Sie haben einen interessanten Job. Ein romantischer Bulle mit Humor. Ihr Text hat mich wirklich zum Lachen gebracht.«

Hummel bebte innerlich. Wofür hielt sich die Tante?! In seinem Text war nichts Lustiges. Wahrlich nicht! Aber er hielt den Mund, er wollte es nicht vermasseln. Vielleicht brauchte er gerade jemanden, der oder die ihn mal ein bisschen härter anfasste, ihm die rosige Wange ans raue Sandpapier der Wirklichkeit hielt. Er nickte stumm.

»Ich werde Sie vertreten«, sagte Gerlinde von Kaltern, »auch wenn ich mir noch genau überlegen muss, wie ich Sie marktgerecht anbiete.«

»Was, äh, meinen Sie damit?«

»Nun ja, wir werden sehen, wohin der Trend Sie weht. Meine Spezialität sind *early follower*.«

Hummel sah sie groß an. Gerlinde von Kaltern lächelte scharf. »Wir sehen, womit andere auf dem Buchmarkt Erfolg haben, und machen es besser.«

Hummel schluckte. Sie schenkte von dem sehr starken Kaffee nach und schob ihm die Schale mit den Keksen hin. »Greifen Sie zu. Wunderbares Gebäck. Und ich hab die Kekse nicht nach meinem oder Omas Geheimrezept gebacken. Ich habe sie in einem Laden hier um die Ecke gekauft. Verstehen Sie, was ich meine?«

Hummel verstand es nicht, nickte aber – bereit, weitere Demütigungen einzustecken.

Sie lächelte. »Den einsamen Dichter in seiner Dachstube, den gibt es nicht. Nicht mehr. Genauso wenig wie Omas Vanillekipferl. Und wenn, dann interessiert sich niemand mehr dafür. Die Masse macht's. Um zu wissen, was die Leute wollen, dafür brauchen Sie mich. Und Sie schreiben dann, was die Verlage verkaufen können. Sicher keinen sozialkritischen Krimiquatsch! Herr Hummel, wir haben viele Bestsellerautoren unter Vertrag. Und ich gebe Ihnen eine Chance. Darum geht es. Eine Win-Win-Win-Situation: die Agentur, der Verlag, der Autor. Sie verstehen?«

Hummel nickte wieder betreten. Die Reihenfolge war klar.

Gerlinde von Kaltern stieß auf frivole Art den Rauch aus und zerdrückte den Zigarettenstummel in ihrem tablettgroßen Porzellanaschenbecher. »Lesen Sie unseren Agenturvertrag in Ruhe durch, und geben Sie mir bald Bescheid! Ich freu mich auf unsere Zusammenarbeit. Sie sind ein guter Typ.«

Als Hummel auf der Straße stand, war er ganz benommen. Der Plastikschnellhefter in seiner Hand war schweißnass. Er kam sich vor, als hätte Gesine ihn auf dem OP-Tisch seziert, ihn aufgeschnitten und entdeckt, dass er innen hohl war.

DEN UMSTÄNDEN ENTSPRECHEND

Vorsichtig wickelte Nose den Verband ab. »Na, das ist doch schon was«, sagte er, als er Helmuts vernarbtes Gesicht freigelegt hatte. »Der Schorf fällt irgendwann von selbst ab, bitte nicht kratzen, und dann haben Sie bald ein neues Gesicht.«

Helmut sah sich seine Visage im Spiegel an und war den Umständen entsprechend zufrieden.

Ludwig war sogar richtig glücklich. Der Doc hatte seine Hasenscharte fast gänzlich unsichtbar gemacht. »Sie verstehen echt was von Ihrem Job«, sagte er ehrfurchtsvoll.

AUS DER RESERVE

»Und, was sagt der Arzt?«, fragte Mader mitfühlend, als Hummel ins Büro kam.

»Tödlich. Mittelfristig«, sagte Hummel. »Ich soll mit dem Rauchen aufhören.«

»Tun Sie das. Ich war vorhin bei Günther. Und hab ihm erzählt, dass Dr. No entgegen seiner Aussage am Nachmittag vor dem Mord noch mit der Meyer zusammen war.«

»Und, was sagt er?«

»Er war alles andere als begeistert. Aber wenn die Aussage hieb- und stichfest ist, wird er einer DNA-Probe zustimmen. Das Ganze hat natürlich nur Sinn, wenn das Ableben der Frau in einem Zusammenhang mit dem Geschlechtsakt steht.«

»Sie meinen«, fragte Hummel leicht entsetzt, »dass er sie zu Tode ge…?«

»Quatsch! Sie war doch danach noch zu Hause. Zankl hat das Video von der Sparkasse im Tal organisiert.«

»Ich versteh nur Bahnhof«, sagt Hummel.

Zankl erklärte es ihm: »Wenn man an einem Bankomaten Geld abhebt oder einzahlt, wird man gefilmt. So auch die Meyer. Sie hat am Montag um vierzehn Uhr zwölf einen Betrag von 5000 Euro bar eingezahlt. Auf dem Video trägt sie Jeans und Jacke. Als wir sie gefunden haben, hatte sie einen Trainingsanzug an. Also war sie nach dem Schäferstündchen mit Nose noch zu Hause.«

»Aber Mader, wie meinen Sie das dann mit dem Geschlechtsakt, also dem Zusammenhang mit ihrem Tod?«, fragte Hummel.

Mader stöhnte. »Ganz einfach nur, dass es eine Beziehungstat sein könnte. Genauso, wie Sie es das letzte Mal gesagt haben. Sie erpresst ihn mit der toten Saller und seinen Geschäften, weil sie wieder mit ihm zusammen sein will. Er schläft noch mal mit ihr, gibt ihr fünf Mille als Schweigegeld, als Anzahlung. Sie ist ein ordentliches Mädel und will nicht so viel Bargeld rumschleppen und zahlt es am Automaten ein. Fährt nach Hause. Nose überlegt. Und kommt zu dem Schluss, dass sie nicht aufhören wird, ihn zu erpressen. Er weiß, dass sie abends im Park joggt.«

»Aber wie geht das mit dem Timing zusammen, mit dem Todeszeitpunkt?«, fragte Hummel. »Er war auf dem Lyrikabend.«

»Na ja, für das Praktische kann er ja jemanden engagiert haben. Merkwürdig ist nur die Sache mit dem Gully. Das macht kein Auftragskiller, da ist auch was Persönliches im Spiel. Schwierig. Vielleicht können wir ihn aus der Reserve locken, wenn wir ihn mit dem Schäferstündchen konfrontieren. Erst muss die Zeugenaussage her.«

LIKE A SEXMACHINE

Kurz darauf war Hummel mit Dosi unterwegs, um die Aussage aufzunehmen. Eigentlich wollte Zankl mitkommen, aber Dosi grätschte ihm rein. Klar, sie hatte kein Interesse daran, dass Zankl von Tom über ihre nächtliche Aktion am Fenstersims erfuhr.

Tom hatte inzwischen noch ein paar Whiskys getrunken, war aber ansprechbar. Trotzdem war seine Aussage nicht so ganz das, was sie sich erhofft hatten: »Ne, ich habdennich persönlich gesehn. Aber, hey, dietussiwarnestunde vorher inerpraxis. Hingam Empfangrum. Unddann sehichdie Lady ins Zimmernebenunsermgehn undhör...«

»... wie die Tapeten runterkommen«, ergänzte Hummel.

»*Like a sexmachine*... Duweissschon. Und, mitwem hattse vorher nen Terminausgemacht?«

»Mit der Empfangsdame von Nose?«, schlug Dosi schnippisch vor.

Tom sah sie verwirrt an.

»Du hast sie also weder in der Praxis noch hier zusammen gesehen?«, fragte Hummel. »Du hast Nose gar nicht gesehen?!«

»Abergehört! *Like a sexmachine*... Gigiselle hat gesagt, dasisser, der Doc. Ich mein, wer sollndassonsdsein? Nakommschon!«

»Wir haben also nichts, gar nichts.« Hummel schaltete frustriert das Aufnahmegerät aus. Er ging zum Portier und fragte ihn ganz konkret, ob Dr. Schwarz an diesem Tag hier im Hotel war, ob er ein Zimmer reserviert hatte. Ob er mit Andrea Meyer hier war? Nach Vorlage seines Polizeiausweises erhielt er auch eine ganz konkrete Antwort: »Ja, die Dame ist hier gewesen. Allein.«

»Und warum sollte sich ein Münchner Model überhaupt ein Zimmer in einem Münchner Hotel nehmen?«,
fragte Hummel gereizt.

»Wenn mich das was anginge, wäre ich längst meinen
Job los«, lautete die korrekte Auskunft.

Auf dem Weg zurück ins Präsidium sagte Dosi: »Ach,
was soll's. Ich mein, ist doch eigentlich wurscht, ob wir
es beweisen können. Ich glaube auch, dass Nose mit ihr
im Hotel war. Müssen wir uns halt ein paar Haare oder
sonst was von ihm besorgen und mit dem Sperma abglei-
chen. Wir könnten ja noch mal bei ihm in der Praxis einbrechen. Was meinst du?«

»Haha, sehr lustig! So ein Scheißtag.«

»Wenigstens kann's nicht mehr schlechter werden.«

Hummel war sich da nicht so sicher.

GRACE, CARY & CO.

»Kennen Sie *Über den Dächern von Nizza?*«, fragte Mader,
bevor sie von Tom berichten konnten.

Hummel nickte. »Grace Kelly und Cary Grant in den
Hauptrollen. Toller Film.«

»Ja«, sagte Mader. »Toller Film. Hier, schaun Sie mal.«
Er deutete auf seinen Monitor.

Einen Mausklick später sahen Hummel und Dosi, wie
sie beide mit Fränki und Tom auf dem Gebäudesims des
Altstadthotels herumturnten.

»Grace Kelly, Cary Grant«, sagte Mader, »und Elvis. Ist
das richtig, Doris?«

»Ja, das ist Fränki, mein Freund.«

»Und der Nackte?«

»Mein Freund«, sagte Hummel.

Mader schlug mit der Hand auf den Tisch. »Jetzt schlägt's aber wirklich dreizehn. Hummel, was war Ihre Rolle in dem Film?«

»Hummel hatte nur eine Gastrolle«, sagte Dosi.

»Zefix, haben Sie denn gar kein Rechtsbewusstsein? Wir sind die Guten!«

Dosi und Hummel sahen bedröppelt zu Boden.

Mader schnaufte durch. »Und wer ist jetzt der Herr in des Kaisers neuen Kleidern?«

»Das ist Tom, unser Zeuge«, sagte Hummel tonlos, »von dem wir gerade kommen.«

»Na, großartig…«

»Woher stammt das Video?«, fragte Dosi.

»Von dem Parkplatz nebenan, Überwachungskamera. Nimmt auch einen Teil der Hotelfassade auf.«

»Auch Dr. Nos Praxis? Ich mein die Fenster? Das wäre doch wirklich interessant.«

»Rossemeier, es gibt Grenzen! Und Momente, in denen etwas Demut angebracht ist. Das geht mir so was von auf den Zeiger, dass hier jeder macht, was er will. Ihr könnt froh sein, dass die Kollegen vom Einbruch mir das Video so diskret überlassen haben. Wenn Günther das erfährt, seid ihr eure Jobs los!« Er atmete tief durch. »Also, was ist jetzt mit dem Zeugen?«

Hummel schüttelte den Kopf. »Tut mir leid, Chef, das können wir vergessen. Er hat Andrea Meyer gesehen, aber Nose nicht.«

»Verdammt!« Mader rieb sich die Stirn und stöhnte leise. »Sie lassen die Finger von Nose und gewöhnen sich legale Ermittlungsmethoden an, ist das klar?«

»Klar, Chef«, sagten beide einmütig.

Mader war immer noch nicht ganz fertig: »Und wissen Sie, was mich besonders aufregt? Dass ich jetzt bei Gün-

ther andackeln muss, um die Sache mit der DNA-Über-
prüfung mit irgendeiner windigen Ausrede wieder abzu-
blasen!«

JOHN WAYNE

Hummel war es nach dieser ebenso spontanen wie be-
scheuerten Aktion mit Tom ganz recht, dass er am Freitag nicht arbeiten musste. Zumal er gestern noch in der
Blackbox war und ein, zwei Bier zu viel getrunken hatte,
um seinen Ärger runterzuspülen. Den Agenturvertrag
hatte er gerade nach seinem späten Frühstück unterschrieben, auch wenn ihm die Provision von dreißig Prozent sehr hoch erschien. Aber man konnte nicht jedes
Blatt so lange wenden, bis sein Verfallsdatum erreicht
war. »A bird in the hand is worth two in the bush«, wie
es in irgendeinem Motown-Song hieß. Genau. Obwohl –
der Text ging weiter: »So hold on to what you got.« Das
konnte man auch anders deuten. Vielleicht hätte er doch
bei seiner Agentin Valerie bleiben sollen? Er dachte an
Gerlinde von Kalterns Worte. So geschäftsmäßig, ohne
Emotion. Aber er brauchte jetzt auch niemanden mit Gefühl, sondern jemanden mit Geschäftssinn, sonst würde
das nie was werden. Hummel nahm sich vor, ganz gelassen
und uneitel zu bleiben, wenn die Agentur ihm ein geeig-
netes Thema vorschlagen würde, selbst wenn es ein Lie-
besroman war. Mit Sehnsucht hatte er ja durchaus Erfah-
rung. Vielleicht sogar was historisch Angehauchtes: *Die
Perle von der Au*. Oder: *Des Knaben Wunderhorn*. Nein,
nichts Erotisches. Aber was mit Bergen, Sonnenunter-
gängen und dem Geruch von frischem Heu. Das brachte
ihn auf eine Idee. Er hatte ja frei. Er ging zum Ostbahn-

hof, warf den Vertrag in den Briefkasten und kaufte sich ein Bayernticket – ein Singleticket. Single – das klang ein wenig traurig. Er hatte ganz kurz überlegt, ein Partnerticket zu kaufen, um sich nicht so allein zu fühlen. Um gewappnet zu sein, wenn ganz plötzlich Chris anrief – oder Beate. Hallo, Tagtraum?! Nein, den Zehner Mehrkosten investierte er dann doch lieber in eine Brotzeit.

Der Zug um elf Uhr zweiunddreißig war fast leer. Die Sonne stand fahl und senkrecht am Himmel. Gesichtslose Bauten zogen an ihm vorbei, der Beton der Brücken und Unterführungen war schmutziggrau, Stromleitungen wogten träg von Mast zu Mast, Schienen tackerten dumpf. Aber das wurde bald anders. Auf freier Strecke. Der milchige Dunst löste sich auf, und die Natur präsentierte sich in sonnensatten Farben. Hummels Laune stieg. Tutzing, Weilheim, Huglfing. Er ließ den Blick und die Gedanken in die Ferne schweifen und sang leise ein Lied:

> *I'm riding on a train*
> *very fast like John Wayne*
> *from Munich Central Station*
> *far away to Ösi-Nation*
> *lass mich in die Polster sinken*
> *werd mich heute ganz ausklinken*
> *tausche Lärm und Großstadtgrau*
> *für 'ne Ladung Himmelblau*
> *weiß die Gipfel, grün die Bäume*
> *herbstlich sonnengelbe Träume*
> *Felder, Wiesen, Bauernhof*
> *bis Italien wär jetzt nicht doof*

Aber Murnau, Oberbayern, tat's auch. Er sah weite Wiesen, die sattgrün ausgerollt waren, abgeerntete Felder mit ihren blassgoldenen Stoppeln, Bäume, deren Laub in kräftigen Farben leuchtete. Der glitzernde Staffelsee lag wie ein zerlaufenes Spiegelei zwischen moosigen Polstern.

In Murnau stieg er aus. Schon vom Bahnhof aus sah er die Zacken des Estergebirges. Plötzlich kamen ihm Zweifel. Warum war er gerade nach Murnau gefahren? Was hatte ihn hierher gezogen? Das lange Gummiband der Vergangenheit?

Als Bub war er mit seinen Eltern öfter hier gewesen. Vor der Scheidung. Sein Vater lebte jetzt mit seiner zweiten Frau irgendwo in Norddeutschland. Ihr Verhältnis war immer schwierig gewesen. Seine Mutter wohnte ganz in der Nähe, in Garmisch. Auch schwierig. Sie hatte, als er noch auf der Polizeischule war, einen reichen Deppen geheiratet, Landmaschinenvertrieb. Der Heini hatte ihn einmal »Weichei« genannt. Der Lederhosendepp! Und seine Mutter hatte zu ihm gehalten, denn sie vergötterte den Typen. Seitdem Funkstille. Das war jetzt über zehn Jahre her. Völlig übertrieben natürlich. Aber das hatte er schon als Kind bis zum Exzess kultiviert: das ewig Beleidigtsein inklusive wochenlangem Schweigen. Oft war er abends im Bett gelegen und hatte sich ausgemalt, wie das wäre, wenn er einen tödlichen Unfall hätte, wenn dann seine Eltern, Verwandten und Schulfreunde am Sarg standen und bittere Tränen vergossen. Mit schlechtem Gewissen, weil sie ihn nicht für voll genommen hatten und sich die Uhr jetzt nicht mehr zurückdrehen ließ. Und er sich das alles von oben ansah und dachte: ›Tja, hättet ihr euch das mal eher überlegt!‹

Hummel war ganz in Gedanken versunken, als er die Kottmüllerallee erreichte, die ins Moos hinabführte. Er schritt zwischen den alten Eichen hindurch und genoss die Aussicht auf die Moorlandschaft und die Bergkette.

Er steuerte das Gasthaus *Ähndl* an. Ein paar Senioren streckten dort ihre sonnengegerbten Gesichter der brennenden Kugel entgegen. Sehnsucht nach Wärme. Keiner kannte das besser als er selbst. Trotzdem setzte er sich auf eine Bank im Schatten. Er wollte für sich sein, ein bisschen entspannen. Er bestellte Rehgulasch und Weißbier. Sah man mal von seiner kurzen Zeitreise in die familiäre Vergangenheit ab — einer Schublade voller loser Enden und verwirrter Gefühle —, begannen sich seine Gedanken zu ordnen. Der Fehlschlag mit Tom gestern, Dosis Kletterpartie, die Kündigung bei seiner alten Agentin. Alles keine Glanzlichter. So war das Leben nun mal. Aber manchmal schien auch die Sonne — so wie jetzt, in dieser wunderbaren Landschaft. Oder gestern Abend: Beate hatte ihm ein paar besondere Songwünsche erfüllt und sogar was von Percy Sledge gespielt, obwohl sie kein großer Fan von ihm war. Er hatte gestern so was gebraucht, was Schmalzig-Tröstliches, nach dem schlimmen Tag. Und Chris — noch ein toller Abend. Bei Bier und Schweinsbraten im *Fraunhofer*. Sie hatte an seinen Lippen gehangen, er an ihren. Von wegen: alles negativ! Lauter lichte Momente. Er trank einen großen Schluck Bier und sah in die Berge, deren Gipfel sich Schnitt für Schnitt hintereinander schichteten. Endlos.

Als das Rehgulasch kam, klingelte sein Handy. Er ignorierte es. Das Reh zerging auf der Zunge, die dunkle Soße war schwer und würzig. Er tunkte den Knödel ein. Unerbittlich vibrierte eine SMS herein: »Ich hab was! Ruf an. Gesine.«

Sie ging sofort dran. »Klaus, ich hab jetzt eine DNA-Probe von Nose.«

»Wie hast du das denn hingekriegt?«

»Die Kippe. Jetzt hab ich sie. Klemmte im Bodengitter. Die Speichelspuren haben dieselbe DNA wie das Sperma!«

Hummel schlug mit der Faust auf den Tisch. Glas, Teller und Besteck machten klirrend einen Satz. »Wo bist du?«, fragte Gesine.

»Unterwegs.« Er sah auf die Uhr. »Ich bin so um fünf bei euch.«

Hummel legte das Handy weg und widmete sich wieder seinem Gulasch. War nicht mehr ganz so wohltemperiert, aber noch besser als zuvor – der Geschmack des Erfolgs. Sie waren auf der richtigen Spur! Jetzt konnten sie Nose in die Mangel nehmen! Wenn er mit der Meyer noch zusammengewesen war, was bedeutete das? Egal. Das war erst mal ein Anfang. Es war genauso gewesen, wie Tom gesagt hatte. Das Gulasch war jetzt endgültig kalt. Er schob den Teller weg.

»War's nicht recht?«, fragte der Wirt.

»Doch, ausgezeichnet. Ich, äh…«

»Soll ich's Ihnen einpacken?«

»Ja, wenn das geht?«

Der Wirt räumte ab und brachte ihm beim Bezahlen das Gulasch in einer ehemaligen Eispackung samt Tütchen. So bewaffnet machte sich Hummel auf den Weg zurück zum Bahnhof. Für die Natur hatte er kein Auge mehr, sein Polizeiinstinkt war wieder auferstanden aus Ruinen.

AN DER QUELLE

Gesine hob das Plastikbeutelchen mit der Zigarettenkippe hoch.

Mader war skeptisch. »Und ist definitiv von Dr. No?

Mit wem haben Sie noch eine zusammen geraucht? Mit Hummel zum Beispiel, mit Ihren Assistenten?«

»Aber es sind *Gauloises*«, sagte Gesine, »meine Marke. Ich hatte ihm eine von meinen Zigaretten gegeben.«

»Die sonst keiner raucht?«

»Doch, Balmer aus dem Labor und ...«

Maders Miene verdunkelte sich. »Dr. Fleischer, ich schätze das sehr, dass Sie sich so reinhängen. Aber jetzt mal ganz blöd: Braucht Balmer ein Alibi, muss er zum Speicheltest antanzen, um auszuschließen, dass es nicht sein Sperma ist? Haben Sie vielleicht noch anderen Besuchern oder Kollegen eine Zigarette ausgegeben? Ich weiß, das klingt jetzt blöd, aber jeder Anwalt würde uns das zerpflücken. Sind Sie definitiv sicher, dass die Kippe von Nose ist?«

»Aber, Mader, das ist doch ...«, begann Gesine, doch Mader winkte ab.

»Dr. Fleischer, natürlich ist das seine DNA auf der Kippe, aber verwertbar ist das nicht. Was nichts dran ändert, dass er unser Hauptverdächtiger ist. Er hat kein Alibi, beziehungsweise sein Spezl Grasser deckt ihn, weil sie gemeinsam Geschäfte machen. Und wenn Hummel Grasser mit zwielichtigen Gestalten in dem Nachtklub gesehen hat, dann können die ja auch für die schmutzigen Jobs zuständig sein.«

Dosi war damit nicht zufrieden: »Ich hab jetzt zweimal mit Nose gesprochen. Das mit der Meyer hat ihn echt getroffen. Und auch sonst – so cool auftreten, wenn man zwei Frauen auf dem Gewissen hat. Das glaub ich einfach nicht.«

»Hat ja ziemlich Eindruck auf Sie gemacht?«, meinte Mader.

»Durchaus. Ist aber nicht mein Typ.«

Mader überlegte: »Wenn Nose nichts mit dem Organhandel zu tun hat, dann hat er auch kein Motiv für die Morde, richtig?«

Alle nickten.

»Aber wie kriegen wir raus, ob solche Organgeschäfte zu seinem Portfolio gehören?«

»Wir könnten ja Dosi zu ihm schicken«, schlug Zankl vor. »Von wegen, sie hätte gern eine neue Nase.«

»Wer sagt denn, dass Nose nur Frauen nimmt?«, konterte Dosi, »dein Zinken…«

»A Ruah is!«, fauchte Mader.

»Ich gehöre zwar nicht zu eurer Abteilung«, meldete sich Gesine, »aber ich sitze an der Quelle. Ich hab hier auch öfters mal schöne junge Menschen auf dem Tisch, und da könnte man doch auf die Idee kommen, die Reste zu versilbern.«

Dosi strahlte. »Gesine, was für eine geniale Idee!«

Zankl sah die beiden Frauen unsicher an.

»Nicht schlecht, Frau Doktor«, meinte Mader schließlich. »In Ihnen schlummern kriminelle Energien. Und weil Sie nicht in meiner Abteilung arbeiten, hat Günther Sie nicht auf dem Schirm.«

»Fällt das nicht unter Anbahnung einer Straftat?«, fragte Hummel.

»Es wird keine Straftat stattfinden«, sagte Gesine. »Wir locken ihn nur aus der Reserve, damit wir rauskriegen, ob er solche Geschäfte macht. Und vielleicht krieg ich ganz nebenbei noch eine DNA, die dann definitiv seine ist.«

Mader hob sorgenvoll die Augenbrauen.

Gesine lachte. »Nicht, was Sie denken.«

»Hummel, geh ma noch auf ein Bier?«, fragte Zankl.

»Wartet Conny nicht auf dich?«

»Ach, Conny«, lautete Zankls dreisilbige Antwort.

Kurz darauf saßen sie im erstaunlich leeren *Augustiner* mit Blick auf die Kaufinger Straße. Die letzten grellbunten Einkaufstüten hasteten an ihnen vorbei zur S-Bahn. Heim ins Pendlerglück des Speckgürtels. Germering, Gräfelfing, Planegg, Gröbenzell, Maisach, Vaterstetten. Hummel sah nachdenklich durch die große Scheibe. Heute Mittag hatte er noch schneegepuderte Berggipfel gesehen, Weißbier getrunken, Gulasch gegessen. Als wäre es Jahre her. Das Gulasch! Mist! Hatte er auf Gesines Schreibtisch vergessen. Wenn sie das mal nicht mit einer Gewebeprobe oder sonst was Garstigem verwechselte.

»Was ist so lustig?«, fragte Zankl, der gerade vom Klo kam und sich ächzend auf die Bank fallen ließ.

»Raus mit der Sprache, Zankl, was ist los?«

»Nichts ist los, das ist das Problem. Sozusagen. Für Conny bin ich Luft. Meine Meinung interessiert sie nicht mehr. Sie nörgelt die ganze Zeit an mir rum. Nichts passt.«

»Das sind die Hormone.«

»Und wer denkt an meine Hormone? Ich hab auch Gefühle. Auch ganz profane. Weißt du, ich hab seit Monaten keinen Sex mehr.«

Hummel kratzte sich am Kopf. Das konnte er lässig überbieten. Und er jammerte deswegen ja auch nicht rum.

»Weißt du«, sagte Zankl, »ich werd schon ein bisschen paranoid, inzwischen seh ich Sex, wo gar keiner ist. Ich sehe versteckte Botschaften.«

»Was für Botschaften?«

»Gestern zum Beispiel, da war ich bei dir im Viertel, Rosenheimer Straße...«

»Hey, du warst bei deiner Freundin Gaby von *Domina's Heaven*?«

»Eher im Gegenteil. Da gibt es so einen Kindersecondhand. *Lisalu*. Ich sollte wegen eines Babybetts schauen. Also, es ging los beim Italiener am Rosenheimer Platz. Da lese ich über dem Fenster neben der Tür *Strapsenverkauf*. Klar, da stand *Straßenverkauf*, aber ich musste drei Mal hinsehen. Hat bei mir eine ganze Flut von Bildern ausgelöst.«

Hummel nickte leicht irritiert, und Zankl fuhr unbeirrt fort: »Dann, an der Ecke Pariser/Rosenheimer Straße, bei dem Inder, da hab ich die Botschaft über dem Eingang klar und deutlich gesehen: *Herzl ich will kommen.*«

Hummel prustete los.

»Nein, im Ernst. Und das war noch nicht die letzte Botschaft. Als ich dann endlich bei dem Kinderladen ankomm, parkt da so ein Grillhendlauto. Auf dem Dach ein riesiges verrußtes Plastikhendl als Werbung. Und von hinten glotzt du genau zwischen die Hendlschenkel.«

Hummel sah ihn besorgt an.

»Und weißt du, was auf der Karre steht? In Riesenbuchstaben? *NIMM MICH!*«

Hummels Gesichtszüge entgleisten, er verschluckte sich vor Lachen.

Zankl machte ein säuerliches Gesicht. »Na, du bist ein echter Freund. Topeinfühlungsvermögen. Ja, ich weiß, das klingt lustig. Haha. Ist es aber nicht. Ich mach mir Sorgen. Ich denk dauernd an Sex, und das stresst mich total.«

Hummel sah ihn ernst an und sagte: »Junge, da musst du dir selber helfen.« Und wieder platzte er vor Lachen. Jetzt musste auch Zankl lachen.

Hummel hob das Glas. »Und Conny stellt dich nicht in den Senkel, wenn du heute Überstunden machst?«

Zankl winkte ab. »Schwangerschaftsyoga bis um zehn. Da geht sich noch ein Bier aus.«

WUNDERBAUM

Ludwig fuhr den Audi A6 mit der Hebebühne hoch und verschwand unter dem Auto. »Na, Baby, das sieht doch gar nicht so schlecht aus. Neuer Endtopf, andere Stoß-dämpfer, hhmm…?« Er besah sich die vordere Radauf-hängung näher. Da wäre doch noch ein bisschen was zu machen. Er hörte, wie die Werkstatttür ins Schloss fiel. »Helmut, gibst du mir mal den Franzosen?«, fragte er und streckte die rechte Hand aus. Er nahm den Schrauben-schlüssel entgegen und machte sich an der Radaufhän-gung zu schaffen. »Weißt du, Helmut, die Kiste kostet nur zwanzig Mille. Ich hab Manu gesagt, dass wir nächste Woche zahlen. Dann bleiben immer noch dreißig Mille übrig, wenn Grasser die Kohle rüberschiebt. Du hattest recht: Da ist 'ne Menge drin, in dem Geschäft. Die Karre ist jedenfalls ein echtes Schnäppchen. Hat sich einer drin erschossen. Manu hat andere Sitze reingemacht und 'ne neue Seitenscheibe, aber kriegte sie trotzdem nicht los. Der Geruch geht nicht raus. Dabei braucht man da bloß 'nen Wunderbaum reinzuhängen Die Karre ist echt geil. Keine 50 000 Kilometer. Viereinhalb Liter, 400 PS. Aus-puff und Stoßdämpfer neu, und ab geht die Maus. Gibst du mir mal die Lampe?« Er streckte wieder die Hand hinaus. Ein heftiger Stromstoß durchfuhr ihn. Er ging zu Boden.

Als Helmut eine halbe Stunde später in die Garage kam, um nachzusehen, wo Ludwig blieb, fand er ihn im

Wagen sitzend. »Hey, Loki, pennst hier rum?«, sagte er und öffnete die Wagentür. Im selben Moment durchzuckte auch ihn ein Stromstoß.

OBST & GEMÜSE

Hummel wachte sehr früh auf und fror. Er sah aus dem Fenster. Es war noch dunkel und auch wieder nicht: Häuser, Autos, Straßen, alles überzuckert mit weißen Eiskristallen. Die gelben Straßenlampen, aufgespannt zwischen den Häusern, schwankten wild. Die Flocken wirbelten durch die Nacht, klebten sich an Fenster, Schilder, Ampeln, Autos. Hummel war sich sicher, dass er träumte, und schlief weiter.

Als er mittags wieder aufwachte, war der Schnee Geschichte, aber die Kälte war geblieben. Er nahm es persönlich: ein Signal für neue Zeiten. Schluss mit Schluffi! Er musste mehr auf seine Gesundheit achten, weniger Alkohol trinken, weniger Zigaretten rauchen! Er ging nach einem späten Frühstück zu seinem türkischen Obst- und Gemüsehändler in der Pariser Straße und kehrte mit zwei riesigen Tüten voller gesunder Sachen wieder heim. Normalerweise kaufte er dort nur Pide, Schafskäse und Oliven. Heute mal Gemüse und Obst, und das nicht zu knapp. ›Da könnte ich die Kollegen alle zu einem Riesenobstsalat einladen und Beate und Chris noch dazu‹, dachte er. ›Obstsalat! *Hunde, wollt ihr ewig schnippeln?*‹ Was hatte ihn da geritten – den Jahresbedarf an Vitaminen auf einen Schlag zu kaufen? Die zwei Tüten hatten gerade mal so viel gekostet wie vier Halbe Bier und eine Schachtel Zigaretten. Wo der Genussfaktor höher war – na ja. Sein Handy klingelte. Unterdrückte

Nummer. Zumindest nicht Mader. Er ging dran. »Ja, bitte?«

»Hey, Klaus, ich bin's, Chris. Ich dachte, ich ruf mal an. Wie geht's dir, hast du viel zu tun?«

»Nein, ich hab heut frei. Samstag.«

»Du Glückspilz, ich ertrink in Arbeit. Und, weißt du, ich mach mir immer noch ziemlich Sorgen wegen meiner Mädels. Wer tut so was? Was, wenn er sich an die Nächste ranmacht?«

»Er?«

»Na ja, es ist doch ein Er, oder?«

»Ich hab keine Ahnung.«

»Frauen tun so was nicht.«

»Na, wenn du wüsstest. Ich gehe mal davon aus, die beiden haben irgendwelche Geschäfte gestört. Das hat nix mit deiner Agentur zu tun.«

»Na, hoffentlich. Weißt du, ich mach mir Vorwürfe. Ich hätte besser auf die Mädels aufpassen müssen, schauen, mit wem sie Umgang haben.«

»Ach Unsinn, das waren erwachsene Frauen. Du, sag mal, magst du vielleicht heut zum Abendessen zu mir kommen? Ich hab ein bisschen viel eingekauft und dachte…«

»O ja, das wäre schön. Aber ich muss erst noch sehen, wie das hier läuft. Wir haben Montag eine große Show für Farrini.«

»Farrini?«

»So ausgeflipptes Zeug. Kleider aus Papier. Er kommt heute am späten Nachmittag noch in der Agentur vorbei.«

»Mit Schere und Pritt-Stift.«

»So ungefähr. Wenn nichts dazwischenkommt, krieg ich das hin. Aber nicht vor neun.«

»Super. Orleansstraße 4.«

»Ich freu mich. Ich meld mich dann noch mal.«

Als Hummel aufgelegt hatte, machte er einen Sprung in die Luft. Ach, er würde eine wunderbare Ratatouille kreieren und dazu einen erlesenen Rotwein reichen. Nichts Aufgemascheltes. Als Nachspeise vielleicht eine Mousse au Chocolat. Oder Eis. Ja, Eis, das war gewagt und originell! In der kalten Jahreszeit!

Er musste noch mal los. Erst den Wein kaufen bei dem Spanier am Bordeauxplatz, dann zu seiner kleinen Eisdiele neben dem Kaufhaus. Hatte die denn Mitte Oktober noch offen? Und seine Bude musste er auch noch aufräumen.

Sein Handy klingelte wieder. Diesmal kannte er die Nummer. Er ging trotzdem dran.

»Ja, Chef?«

»Sie wissen, warum ich anrufe?«

»Ein neuer Fall?«

»Das auch.«

»Was ist passiert?«

»Sieht aus wie Raubmord.«

»Aha. Wo soll ich hinkommen?«

»Nirgends. Zankl und Doris machen das schon. Sie sehen sich die Sache am Montag an. Aber ich brauche heute Abend Ihre Hilfe.«

»Bajazzo?«

»Ja. Haben Sie schon was vor?«

»Ich habe Gäste.«

»Oh.«

»Das macht nichts. Sie ist sehr tierlieb.«

»Sie?«

»Meine Gäste.«

»Wunderbar. Ich komm um halb acht.«

Hummel grinste. Bajazzo. Sein Glücksbringer! Wenn er dabei war, konnte nix schiefgehen.

HERKULES

Hummel ging los, seine Einkäufe machen. Der Wein war teurer, als er dachte. Doch Chris war ihm das wert. Und seine Eisdiele war tatsächlich noch offen, letzter Tag. Ein Zeichen! Stolz schleppte er die Sachen nach Hause und begann, seine Bude aufzuräumen. Herkulesaufgabe.

Aus den Boxen schallte *I can't satisfy your love* von den Impressions. Rumpelnd, sexy, mit der Falsettstimme von Curtis Mayfield. Hummel sang mit, untermalt vom Schnorcheln des Staubsaugers, der Chipskrümel, Steinchen und Kronkorken scheppernd durch das lange Chromrohr jagte. Das futuristische Gerät von Raab Karcher hatte er im Baumarkt um die Ecke gekauft. Für den harten Einsatz. Kraftvoll und guter Sound. Männerspielzeug.

Als sich das Chaos gelichtet hatte, begann er Gemüse zu schnippeln und bei niedriger Temperatur in einem großen Topf zu schmoren. Dann bereitete er einen gewaltigen Obstsalat zu. Dazu schmachtete jetzt Salomon Burke aus den Boxen der Stereoanlage. ›Auch schon tot‹, dachte Hummel. ›Was der wohl oben im Himmel macht? Immer noch predigen?‹

Hummel öffnete eine der Weinflaschen, um auf König Salomon anzustoßen. »Don't give up on me«, presste dieser heraus, und Hummel presste den Wein in sich rein. Also kein zartes Nippen, sondern beherztes Schlucken, das ihm die Röte ins Gesicht trieb.

Es klingelte an der Tür. Auftritt Bajazzo, gefolgt von Mader. »Hallo, Hummel, geht's gut? Ich bin etwas zu früh. Oh, das riecht aber gut!« Bajazzo verschwand in der Küche. Mader lächelte. »Und es ist wirklich kein Problem? Wegen Ihrer Gäste? Ich könnte so um elf wieder hier sein und ihn abholen.«

»Nein, kein Problem, lassen Sie uns morgen telefonieren.«

KLASSE STATT MASSE

Mader stieg am Stiglmaierplatz aus der U-Bahn. Die Lesung der »Jungen Autoren« war im Foyer des Volkstheaters. Warum eigentlich nicht im Theater? »Um das Unangepasste zu unterstreichen«, erklärte ihm Leonore, »die Transgression, das Unfertige, Unkonventionelle.«

Ganz konventionell gab Mader seinen Mantel an der Garderobe ab und setzte sich mit Leonore. Leonore ließ den Blick über die versammelten Lyrikfans schweifen, nickte hie und da.

»Und, hast du was gehört, was mir weiterhilft?«, fragte Mader. »Irgendwas Besonderes?«

»Nein, nichts Besonderes. Außer dass viele der anwesenden Damen schon verschönert wurden. Das Übliche: Brüste straffen, vergrößern, Zornesfalte raus, Schlupflider, Nase kleiner, gerader, schmaler. Fettabsaugen ist out.«

»Fettabsaugen ist out?«

»Ja, absolut. Macht hässliche Löcher, wenn's schiefgeht. Und die wollen sich quälen. Denn Zeit haben sie. Kämpfen jeden Tag stundenlang im Fitnessstudio mit ihrer Cellulitis.«

Maders Aufmerksamkeit war jetzt nach vorne gerichtet. Dr. No nahm gerade Platz in der ersten Reihe. An seiner Seite ein blonder Engel, höchstens achtzehn. »Seine Tochter?«, fragte Mader, rhetorisch.

Leonore grinste.

Jetzt traf Grasser ein. Mader sah sich um, ob Dr. Günther auch da war. Wie auf Kommando tauchte er auf, ging linkisch grüßend an Nose und Grasser vorbei und setzte sich mit seiner Gattin auf zwei freie Stühle.

»Hat sich Günthers Frau auch unters Messer gelegt?«, fragte Mader.

»Von mir erfährst du nichts«, sagte Leonore.

»Das war kein klares Nein.«

»Nein.«

»Und sonst? Wer bietet besondere Leistungen im Schönheitsbereich an, die konkurrenzlos sind?«

»Es gibt Gerüchte. Pauschalangebote, Komplettsanierung, Paketpreise. All inclusive.«

»Aha. Eine Beauty-Flat. Wer? Dr. No?«

»Wohl kaum. Dietmar ist ein Ästhet. Klasse statt Masse.«

»If you can't beat them, join them.«

»Charly, you speak English?«

»Kriegst du raus, ob Nose vielleicht sein Angebot gemäß der Marktlage erweitert hat?«

»Ich sage kein Wort mehr, wenn du mir nicht endlich erzählst, warum du das wissen willst.«

»Wir haben eine weibliche Leiche. Mit einer sehr schönen Nase. Aber eben nicht ihrer Nase.«

Leonore sah ihn schockiert an. »Und du glaubst, dass Dietmar...?«

»Ich glaub gar nichts. Aber Dr. No ist die Nummer eins bei Nasen. Also schauen wir ihn uns genauer an.«

Leonore sah ihn direkt an. »Du hast mit mir nur Kontakt aufgenommen, weil du dich an Dietmar ranrobben willst. Sag jetzt nichts, du warst schon immer ein schlechter Lügner. Also?«

Mader grinste. »Es läuft doch gar nicht schlecht mit uns.«

»Ist das ein Angebot?«

»Durchaus.«

»Und dein Hund?«

»Bajazzo ist versorgt.«

Das Saallicht ging aus.

FAST PERFEKT

Bajazzo war versorgt. Hummel auch. Er war beim dritten Glas Wein, um seine wachsende Nervosität zu betäuben. Es war jetzt zwanzig nach acht. Vor neun Uhr würde sie nicht kommen. Er lugte unter den Topfdeckel. Die Ratatouille wäre in einer guten halben Stunde perfekt. Spitzentiming. Er öffnete eine zweite Flasche. Musste ja atmen, das Zeug.

BISSCHEN FERKELIG

Dosi lag in Fränkis Badewanne und dachte nach. Fränki hatte eine Gene-Vincent-CD aufgelegt. Dosi trommelte den Rhythmus mit den Fingernägeln an die beschlagene Bierflasche. Dann nahm sie einen großen Schluck. Köstlich. Sie sah auf das Etikett: *Giesinger Erhellung,* von einer Hinterhofbrauerei im Viertel. Ja, bei den wichtigen Dingen bewies Fränki Geschmack.

Ihre Gedanken wanderten zu dem Toten von heute. Die verwüstete Wohnung in der Mauerkircher Straße, zweihundert Quadratmeter Altbau. Das Opfer war erstickt. Ihr erster Eindruck war gewesen: ferkelig, so nackt mit Handschellen an das Bettgestell gefesselt. Die Haut des Opfers teigig mit einem scharfen Duft – Alkohol und Schweiß. Der Penis ein traurig-schlaffes Fragezeichen. Jemand hatte dem Mann in seiner hilflosen Stellung das Kissen aufs Gesicht gedrückt. Angeblich ist der Moment kurz vor dem Tod ja besonders erregend. Na ja, half dann ja auch nichts mehr, zumindest in diesem Fall. Die Wohnung war komplett auf den Kopf gestellt worden, überall Papier, Bücher, Fotos. Da hatte jemand was ganz Bestimmtes gesucht. Die Kollegen von der Spurensicherung würden sich am morgigen Sonntag durch die Wohnung wühlen. Das Opfer hieß Dr. Kurt Weinmeier, Journalist und Buchautor. So viel wussten sie schon. Die Nachbarn hatten nichts mitgekriegt. Wie auch? In dem herrschaftlichen Haus gab es nur Rechtsanwälte und Wirtschaftskanzleien. Die einzige normale Wohnung war jetzt frei. ›Das wär doch mal was!‹, dachte Dosi, nahm einen Schluck Bier und tauchte unter.

WIRKLICH ERSTAUNLICH

Zankl saß auf dem Sofa und studierte einen Babyratgeber. Er las nicht, sondern grübelte und wollte nur den Eindruck erwecken, das Thema interessiere ihn brennend. Seine Frau Conny beobachtete ihn mit Argusaugen. Sie war gar nicht begeistert gewesen, als er gestern um halb zwei angetrunken in die Wohnung gestolpert und über den Couchtisch gestürzt war. Und morgens hatte er prompt verschlafen und war erst mit einer Stunde Verspätung am neuen Tatort eingetroffen. Na ja, es war auch

Samstag. Aber das Verbrechen machte leider keine Pause. Das Opfer war ein Journalist. Bedauernswerter Mann. In Erwartung einer heißen Nummer gestorben. ›Wozu Frauen fähig sind!‹

»Schläfst du?«, fragte Conny. »Jetzt starrst du schon zehn Minuten auf dieselbe Seite.«

»Eine Tabelle. Wirklich erstaunlich, was für Inhaltsstoffe in der Muttermilch sind. Macht die Babys immun gegen Krankheiten.«

Conny strahlte.

›Wenn alles so einfach wäre‹, dachte Zankl.

TICK ZU WEICH

Viertel vor zehn. Hummel starrte sein Handy an. Das Display verschwamm vor seinen Augen. Die zweite Weinflasche war halb leer, die Ratatouille schon einen Tick zu weich. Noch hatte er die Hoffnung nicht aufgegeben. Noch nicht!

Halb elf. Hummel war blau. »Scheißßßaufdieweiber!«, nuschelte er und stürzte den Rest der zweiten Flasche runter. Ohne Glas. Er rülpste laut und lud sich matschige Ratatouille auf den Teller. Zum Essen entkorkte er die dritte und letzte Flasche.

Bajazzo lag an der Heizung und bedachte ihn mit einem mitfühlenden Blick.

Halb zwölf. Hummel lümmelte besoffen auf dem Sofa im Wohnzimmer und rauchte im Dunkeln. Die Anlage war laut. *I put a spell on you* von Screamin' Jay Hawkins. Auf Repeat. All das Fauchen, Rülpsen, Schorseln – der ganze Voodooscheiß, immer wieder die Zeile: »I can't stand it cause you put me down ...«

Im Augenwinkel sah er das Display seines Handys auf-
glimmen. Eine SMS: »lieber klaus, ich schaff es leider
nicht, pobleme mit der show. Ein andermal gern. lgc.«

›Lgc – Liebe geht caputt!‹, dachte Hummel. ›Chris, du
dumme Kuh! Hätte ich gleich Beate einladen können.
Wäre genauso wahrscheinlich gewesen.‹

TAKTGEFÜHL

Der Abend war für Mader das kalte Grauen gewesen.
Hochtrabende Worte, die im luftleeren Raum verzweifelt zu funkeln versuchten und dort abstruse Gedanken-
gebäude errichteten, in denen niemand außer ihren Ur-
hebern wohnen wollte. Verwirrte Gebete in Kathedralen
des Nichts. Musste Literatur so inhaltsleer sein, um An-
erkennung zu finden? Wobei Publikum und Machart der
Texte perfekt harmonierten. Das Image, der Schein, die
Fassade. Ohne Kern, ohne Wurzeln. Wie passte da seine
Exfrau rein? Na ja, Leonore hatte immer schon ein Fai-
ble für dieses Tralala. War das eine Reaktion auf ihren
trockenen Beamtenberuf als Richterin? Vielleicht. Jedenfalls war sie jetzt sauer. Weil er »mal wieder« zynisch geworden war. Als sie ihn gefragt hatte, wie er das Darge-
botene fand, hatte er von einer »Implosion des Denkens«
gesprochen. Sein Taktgefühl ließ zu wünschen übrig. Der
Abend war jedenfalls gelaufen.

Aber zumindest hatte ihn Leonore auf einen interessanten Gedanken gebracht: Pauschalangebote, Konkurrenz. Wenn hinter den Morden eine größere Organisation
steckte? Eine Organmafia? Vielleicht aus dem Ausland?
Das zweite Opfer war ja in den USA unterwegs gewesen.
War Veronika Saller ein Versuchskaninchen? Für einen

Marktcheck im Modelmilieu? Wurde sie wegen zu großen Redebedürfnisses einfach entsorgt? Und ihre Freundin? Bei den beiden Fällen fischten sie immer noch völlig im Trüben.

Eigentlich war Mader ganz froh, dass sie jetzt einen
neuen Fall hatten. Ganz was anderes, was Klassisches:
Raubmord. Wahrscheinlich hatte dieser Journalist eine
Prostituierte mitgenommen, sie hatte ihn gefesselt und
ihre Spezln reingelassen. Aber warum musste er sterben? Die Fesseln und ein Knebel hätten doch genügt, um
die Wohnung in Seelenruhe auszuräumen. Der neue Fall
würde ihre Aufmerksamkeit in der nächsten Woche sehr
beanspruchen. Konnte Günther ja froh sein.

FRISTLOS ENTLASSEN

Sonntag. Tag des Herrn. Oder des Herrchens, um mit Bajazzo zu sprechen. Den hatte es enorme Mühe gekostet,
Hummel aufzuwecken. Der war in grotesker Stellung
(Beine auf der Rücklehne des Sofas, Rest unten) eingeschlafen und hatte geschnarcht wie ein Sägewerk. Und
als er aufwachte, war sein Zustand reichlich desolat. Sein
Kopfweh war schlimm, allerdings weit weniger schlimm,
als nach drei Flaschen Wein zu erwarten war. ›Das kommt
davon, wenn man sich mal einen ordentlichen Tropfen
leistet‹, dachte Hummel. ›Vielleicht sollte ich jetzt richtig
mit dem Saufen anfangen?‹ Emotional ging es ihm kata-
strophal. Er schnaubte auf. Eine windige SMS, nicht mal
ein Anruf! Er beschloss, Chris aus seinem Gefühlshaus-
halt zu entlassen. Fristlos!

Draußen war ein wunderbarer Sonntag in herrlich
herbstlichen Farben. Was Hummel wurscht war, doch

irgendwann musste er raus an die frische Luft. Gut für den Hund, gut für den Kater.

FLEISCH

»Mein Retter in der Not«, begrüßte Gesine Hummel, als er am Montagmorgen in die Rechtsmedizin kam, um für die anderen den Bericht zu dem neuen Mordopfer zu holen.

»Was kann ich für dich tun?«, fragte Hummel erstaunt.

»Frag nicht, was du tun kannst, du hast es bereits getan. Weißt du, ich komm Samstag spät aus den Bergen zurück und merke, dass ich meinen Rucksack bei meinen Freunden aus Stuttgart im Auto gelassen hab. Alles drin. Geld, Hausschlüssel, Handy. Alles. Aber Wally hat mich reingelassen, und ich hab mir hier mein Bett gemacht.«

»Auf einem der OP-Tische?«

»Nein, in meinem Büro auf der Liege.«

»Und wann komm ich ins Spiel?«

»Jetzt. Ich hatte einen Wahnsinnshunger. Und du hattest am Freitag dein Essen hier vergessen. Ich hatte es zu den Gewebeproben in den Kühlschrank gestellt.« Sie kicherte. »Ich hab's mir in einer Besteckschale über dem Bunsenbrenner warmgemacht. Was für ein super Gulasch!«

Hummel schüttelte den Kopf und grinste. »Na, hättest du mal mich angerufen. Ich kenn da jemanden, der hatte Samstagabend ein fantastisches Essen daheim, wunderbaren Wein, Eis, Obstsalat. Aber keine Gäste.«

»Oh, das tut mir leid.«

»Passt schon. Du, ich soll den Bericht holen, von der Leiche am Samstag. Du warst am Tatort?«

»Nein, ich war ja unterwegs. Den haben die Kollegen verarztet. Ich hab ihn mir gerade angesehen.« Sie reichte ihm die Mappe. »Schau's dir an. Die Fotos sind drin. Tolles Gulasch, Hummel. Wenn du das noch mal kochst, dann sag doch Bescheid. Ich steh auf Fleisch.« Sie entblößte ihre spitzen Zähne und lachte.

Im Lift betrachtete Hummel die Fotos. Die gespreizten Beine des Opfers. Ihm fiel Zankls Hendlwagen ein. Und der Zipfel sah aus wie ein verschrumpeltes Wiener Würstel. »Ich steh auf Fleisch«, dröhnten ihm Gesines Worte in den Ohren.

KEIN SPIEL

Jetzt saßen sie um den Besprechungstisch bei Mader, der noch ein paar Details zum neuen Mordopfer erzählte: »Der Typ war früher Journalist beim *Spiegel* und beim *Stern*. Ganz früher bei der *Quick*. In letzter Zeit Sachbuchautor: *Alles Minijob, oder was?* Oder *Deutschland schafft an.*«

»Von dem Zweiten hab ich gehört«, sagte Hummel. »Abgefahrenes Thema. Prostitution als Nebenjob.«

Sie gingen den Pathologiebericht durch. Hummel las vor: »Tod durch Ersticken. Keine Kampfspuren. Erhebliche Hautabschürfungen an Hand- und Fußgelenken durch die Handschellen. Klar, als er merkt, dass das kein erotisches Spiel ist, wird er nervös und wehrt sich. Der Erstickungstod trat etwa um zwei Uhr in der Nacht von Donnerstag auf Freitag ein.« Hummel sah von den Papieren auf. »Wer hat die Leiche eigentlich gefunden?«

»Die Putzfrau«, sagte Dosi. »Sie kam am Samstag um neun Uhr.«

Mauerkircher Straße. Hummel wollte sich einen eigenen Eindruck vom Tatort verschaffen und staunte erst mal über die Ausmaße der Wohnung. So zu wohnen könnte er sich auch vorstellen. Nicht mit diesem Look, mit den altmodischen Stofftapeten und den Antiquitäten. Aber die offene Küche und das riesige Wohnzimmer mit Blick auf die Isar waren schon grandios. Er sah sich das gewaltige Doppelbett an, in dem die Leiche gefunden worden war. Allein das reichte für eine ganze Kleinfamilie. Längs und quer. Bettwäsche war abgezogen. In der KTU. Wie konnte sich ein Journalist so eine Wohnung leisten? Für welches Blatt musste man schreiben, um so viel zu verdienen? Wie hoch waren die Auflagen von Weinmeiers Büchern? Hummel scannte die Wohnung, die Möbel, die Bilder, die Bücher und die vielen Papierpacken in den Regalen – zusammengehalten von Gummibändern. Viele Blätter lose auf dem Boden. Er hob eins auf und las:

»Gerda S. bot spezielle Dienste an. Hausarbeiten, Hemdendienst, heiße Spiele mit dem Dampfbügeleisen. Der Leistungsumfang von Gerdas Angebotspalette ist bestens dokumentiert durch die zahlreichen Fotos, die sie im Auftrag ihrer Kunden geschossen hat.«

Keine Fotos leider – oder zum Glück –, sondern eine Viertel Seite Leerzeilen. Zumindest im Manuskript war noch Platz für Fantasie. Hummel atmete tief durch. Das war unterste Schublade, aber spannend. Offenbar das Manuskript von *Deutschland schafft an*. Schon den Titel fand Hummel genial. Vielleicht sollte er sich mal genau ansehen, was für Bücher Weinmeier verfasst hatte. Ob da jemand eine Rechnung mit ihm offen hatte. Er dachte an diesen Italiener, der ein Buch über die Mafia geschrieben und dann Morddrohungen erhalten hatte. Polizeischutz – lebenslang. Großes Ausrufezeichen – ein literarisches Motiv! Na ja, hier ging es um ein Sachbuch, aber trotzdem: Das war ein Mord an einem Mann der Worte und ein Job für einen ebensolchen. Für ihn.

Sachbücher – ganz neuer Gedanke. Vielleicht sollte er statt eines Krimis lieber ein Enthüllungsbuch über die Arbeit in der Mordkommission schreiben. Aber was gab es da schon zu enthüllen? Dass sich Kriminalkommissar Hummel letzten Samstagabend hoffnungslos besoffen und eine Ratatouille zu gefährlichem Biosprengstoff verkocht hatte? Das Klingeln seines Handys unterbrach diese hochinteressanten Gedanken.

»Grüß Gott, Herr Hummel, hier ist Gerlinde von Kaltern.«

»Hallo, Frau von Kaltern, ich hab den Vertrag schon zurückgeschickt.«

»Können Sie vorbeikommen? In der Agentur.«

»Das ist im Moment ganz schlecht.«

»Es ist sehr dringend! Ich erwarte Sie!« Sie legte auf.

Erstaunt sah er den Hörer an. Widerspruch war die nicht gewohnt. Hatte er was falsch gemacht? Er hatte doch unterschrieben. Oder hatte sie ihren Trend gefunden, und er musste ihn ganz schnell bedienen?

GESTOHLENE SCHÖNHEIT

»Herr Hummel, schön, dass Sie so schnell kommen konnten«, begrüßte ihn Gerlinde von Kaltern, nachdem er wieder das Defilee ihrer Assistentinnen abgeschritten hatte und vor ihrem Schreibtisch stand. Sie hielt ihm ihr silbernes Zigarettenetui hin. Er nahm sich eine Zigarette, sie gab ihm Feuer. »Setzen Sie sich, ich habe eine große Bitte.« Sie hob einen Schnellhefter hoch, den er sofort als den seinen erkannte. Sein Exposé und sein Lebenslauf. »Sie sind doch Kriminalbeamter?«, sagte sie.

»Ja. Mordkommission.«

»Ich brauche Ihre Hilfe. Ein Mord ist geschehen. Einer unserer Autoren…«

»… hat jemanden umgebracht«, versuchte Hummel zu scherzen.

»Nein, ist ermordet worden. Dr. Kurt Weinmeier.«

Hummel sah sie erstaunt an und nickte dann.

»Ihre Kollegen waren vorhin da. Ein Herr Mader und eine rotblonde Dame, etwas untersetzt. Sind Sie auch mit dem Fall befasst?«

»Ich komme gerade vom Tatort.«

»Ich möchte, dass der Fall so schnell wie möglich aufgeklärt wird.«

»Das möchten wir alle.«

»Und dass die Agentur außen vor bleibt. Wissen Sie, in unserem Geschäft ist das wie bei einem börsennotierten Unternehmen. Gerüchte, negative Stimmung, und schon gehen die Preise runter.«

»Wir von der Kripo sind immer diskret. Und je mehr wir wissen, desto besser können wir arbeiten.«

»Ich sag Ihnen alles, was Sie zu Weinmeier wissen wollen. Wenn Sie bei Ihren Ermittlungen, ja, wie soll ich sagen, auf etwas achten könnten? Kurt war immer spät dran mit seinen Manuskripten. Hervorragend recherchiert, stets aufrüttelnde, kontroverse Themen. Jedenfalls steht jetzt die Abgabe seines neuen Manuskripts unmittelbar bevor. Wenn das nicht geliefert wird, dann wird das für uns sehr teuer. Es geht um 100 000 Euro Vorauszahlung auf das Buch, wovon Weinmeier 50 000 bei Vertragsabschluss gezahlt worden sind. Die zweiten 50 000 werden fällig, wenn das Buch erscheint. Die erste Rate müssen wir dem Verlag zurückgeben, wenn das Manuskript nicht fertig wird und das Buch nicht erscheinen kann. Die zweite Rate kriegen wir dann natürlich auch nicht. Das kann uns das Genick brechen. – Wir haben noch kein Manuskript«, sagte Gerlinde von Kaltern und stieß dabei stoßartig den Rauch ihrer Zigarette aus. Ihre Lippen erinnerten Hummel an das Ventil eines Schnellkochtopfs.

»Worum sollte es denn in dem Buch gehen?«

»Ein Beautythema. Über Schönheitsoperationen.«

Hummel schluckte. »Cch-ja? Ein bisschen präziser?«

»Der Arbeitstitel ist *Gestohlene Schönheit*. Es geht um illegale Geschäfte in der plastischen Chirurgie.«

»Wissen Sie mehr zum Inhalt?«

»Nicht viel. Kurt ließ sich nie in die Karten schauen.«

»Und Sie haben auch keinen Entwurf hier, eine Rohfassung?«

Ihre Augen wanderten zu einem Regal, dessen Bretter sich unter Papierstapeln bogen. »Das Exposé kann ich Ihnen raussuchen lassen. Eine meiner Assistentinnen hat das sicher auf dem Rechner. Wir mailen es Ihnen.«

»Ja, bitte«, sagte Hummel, »das wäre sehr hilfreich.«

Gerlinde von Kaltern nahm einen letzten tiefen Zug von der Zigarette. Verschwand hinter einer Wand aus Rauch.

Hummel stand auf, konnte seine Erregung kaum verbergen. Sagte aber ganz lapidar: »Ich werde sehen, was ich machen kann.«

»Das ist sehr entgegenkommend«, kam es aus dem Nebel. »Ich weiß das sehr zu schätzen.«

Als Hummel auf der Straße stand, war er verwirrt. So

vieles ging ihm durch den Kopf. Das Thema kam ihm weiß Gott bekannt vor! Warum wurde das Opfer ausgerechnet von der Agentur vertreten, die auch ihn mit seinem Krimi in spe vertreten würde? War das ein schlechtes Omen?

AUF GROSSEM FUSS

Mader war nicht begeistert über Hummels Eröffnungen. Hummel hatte es aber auch ungeschickt angefangen und zuerst verschwurbelt von seinen eigenen Schriftstellerambitionen und seiner neuen Agentin berichtet. »Sind Sie nicht ausgelastet, Hummel?«, fragte Mader gereizt, »dass Sie jetzt auch noch schreiben müssen?«

»Es ist ja nur ein Freizeitspaß.«

»Für den Sie eine Agentin brauchen?«

»Das hat heute jeder. Sonst kriegt man nie was bei einem Verlag unter. Wissen Sie, was mit unverlangt eingesandten Manuskripten passiert?«

»Ablage P?«, riet Mader.

»So ist es. Und die Lektoren reißen sich auch noch das Rückporto unter den Nagel. Es ist doch nicht schlecht, dass ich diesen Kontakt habe. Jetzt wissen wir, woran Weinmeier gearbeitet hat. Er hatte sicher Feinde. Ein Buch über dubiose Geschäfte im Beautybereich, da hat einer mächtig Angst gehabt, dass sein lukratives Geschäft auffliegt! Bestimmt hängt das mit unseren beiden anderen Morden zusammen.«

»Hummel, jetzt mal langsam! Es kann tausend andere Gründe für den Mord an Weinmeier geben. Privater Streit, Immobilien, Spielschulden, sonst was.« Er wandte sich an Zankl und Dosi. »Und was haben Sie rausgekriegt?«

Dosi schüttelte den Kopf. »Gar nichts. In den Kanzleien ist nur tagsüber und unter der Woche jemand da. Das Lokal an der Ecke hat erst ab Mittag offen.«

»Ich hab mir Weinmeiers Finanzen angeschaut«, sagte Zankl. »Hohe Umsätze. Der lebte auf großem Fuß und in letzter Zeit etwas am Limit, weil er keine regelmäßigen Eingänge mehr hatte. Aber Anfang des Jahres ein großer Batzen, 45 000 Euro. Angewiesen von der Agentur *Carta Dura*.«

Hummel zuckte zusammen. ›Die erste Rate vom Vorschuss. 50 000 minus die Agenturprovision. Definitiv keine dreißig Prozent wie in seinem Vertrag!‹

Mader war wieder am Drücker: »Okay, Hummel, Sie klemmen sich hinter dieses Buchprojekt. Zankl, Sie klären, wie sich der Typ eine solche Wohnung leisten konnte. Ob dafür Bücherschreiben reicht oder ob es noch andere Einnahmequellen gibt. Doris, Sie sprechen mit ein paar von Weinmeiers Kollegen. War ja früher bei großen Zeitschriften. Machen Sie sich ein Bild von ihm.«

»Ui, eine Dienstreise nach Hamburg. *Stern, Spiegel* …«

»München ist auch ganz schön. Greifen Sie zum Telefon.«

PRIORITÄTEN

Als Mader mit Bajazzo seine Mittagsrunde an der Isar drehte, war das Wetter bescheiden. Es nieselte. Aber er mochte das. Weil es viele nicht mochten. Fast niemand war unterwegs. Er dachte nach – nicht konkret, eher strukturell: dass Neues immer Altes in den Hintergrund drängt, dass sich Prioritäten so leicht verschieben. Ihre gesamte Aufmerksamkeit war nun auf den neuen Fall gerichtet. Bei den zwei Frauenleichen waren sie zu keinen Ergebnissen gekommen. Die Damen lagen auf Eis. Die Hauptverdächtigen Dr. No und Grasser hatten beide wasserdichte Alibis. Die sie sich gegenseitig gaben – großartig! Ein gemeinsamer Golfsonntag und die Vorbereitung von Dr. Nos Vortrag für den Kongress in Rom. Und jetzt der neue Fall. Ein Wald von Fragezeichen. Dann Hummel mit seiner These, dass der Journalist etwas mit den Modelmorden zu tun haben könnte. Doch Hummel sah manchmal interessante Zusammenhänge.

HARTE ZAHLEN

»Chef, ich hab da was«, begrüßte Zankl Mader aufgeregt im Präsidium.

Mader hängte seinen nassen Mantel an die Garderobe und kam zu ihm herüber. Dosi sprach angeregt mit jemandem am Telefon.

»Sehen Sie mal hier«, sagte Zankl und deutete auf ein Blatt Papier mit Zahlenkolonnen. »Diese Bareinzahlung von der Meyer hat mich auf die Idee gebracht. Hier, das ist Weinmeiers Konto. 5000 Euro, ausbezahlt am 17. Januar.« Dann schob er Mader ein zweites Blatt mit Zahlen hin. »Hier ein anderes Konto. Bareinzahlung, 5000 Euro am 18. Januar.«

»Wem gehört das zweite Konto, der Meyer?«, fragte Mader.

Zankl antwortete nicht, sondern strich mit Leuchtstift zwei weitere Datenpaare an. »Jeweils 5000 Euro minus am 18. März und plus am 19. März. Und dann noch mal 23. Juni und 24. Juni. Die Eingänge sind auf dem Konto von Veronika Saller. Die hat mehrfach Bargeld bekommen. Offenbar von Weinmeier. Die Meyer hat nur diese eine Einzahlung. Die 5000 am Tag ihres Todes.«

»Gibt's da auch was Passendes bei Weinmeier?«

»Nein. Aber vielleicht war das aus seiner Privatschatulle.«

Mader nickte. »Zumindest scheint es eine Verbindung zwischen Saller und Weinmeier zu geben. Cash gegen Informationen. Zankl, sehr gute Arbeit. Nicht wasserdicht, aber hochwahrscheinlich.«

BLÜHENDE FANTASIE

Hummel hatte das Exposé von Weinmeiers Buch für alle kopiert. *Gestohlene Schönheit. Die kriminellen Machenschaften der Schönheitschirurgie.* Sie lasen sich ein. Glasklar lag sie vor ihnen: ihre eigene Theorie, dass ein paar Schönheitschirurgen mit illegalen Machenschaften das große Geld verdienten – fragwürdige Operationen, gefährliche Hormonpräparate bis hin zu Transplantationen. Leider fielen in dem Exposé keine Namen. »Ohne die Nase der *Schönen Münchnerin* würden wir das für blühende Fantasie halten«, schloss Mader nach der Lektüre. »Wir brauchen das ganze Manuskript.«

»Die Agentur hat nur das Exposé«, sagte Hummel.

»Und Weinmeiers Rechner war nicht mehr in der Wohnung«, sagte Dosi. »Wo immer der seine Sicherungskopien hat…«

»Zankl, kriegen Sie raus, wo Weinmeier seinen Mailaccount hat oder ob er seine Daten irgendwo auf einem externen Server geparkt hat, in einer… Wie heißt das?«

»In einer Cloud. Aber das ist ganz schwer. Wer sagt denn, dass er unter seinem Namen angemeldet war?

Die Onlineanbieter sind da nicht besonders koope-
rativ.«

»Trotzdem. Versuchen Sie es. Aber sehen Sie sich zuerst noch mal die Papiere in der Wohnung an. Das Café an
der Ecke steht ja auch noch aus. Hummel, wissen Sie, an
welchen Verlag das Manuskript verkauft wurde?«

»Das Exposé. An den *Faktum Verlag.* Da laufen auch
Weinmeiers andere Bücher.«

MEDITERRANE LINIE

Theatercafé *Kulisse* in den Kammerspielen. Sechzehn
Uhr. Nur wenige Gäste. Gesine hatte sich an einen Fens-
terplatz gesetzt. Wenn sie richtig viel Geld hätte, würde
sie sich keinen Porsche kaufen. Fuhr hier wirklich jeder
Depp. Vielleicht einen Maserati, wegen der schönen
Uhr. Nein, wegen der Formen natürlich. Die mediter-
rane Linie. Ein Röhren wie von der Schubumkehr eines
Düsenflugzeugs riss sie aus den Gedanken. Ein zitronen-
gelber Lamborghini kroch die Maximilianstraße rauf in
Richtung Oper.

»Da fällt einem doch der Schaum im Cappuccino zusammen«, sagte eine Stimme hinter ihr. Sie drehte sich
um.

»Hallo, Dr. Schwarz, schön, Sie zu sehen«, sagte Gesine
und stand auf, um ihm die Hand zu geben.

Er deutete einen Handkuss an. »Verzeihen Sie«, sagte
er mit einem Nicken zum Fenster, »dass ich keinen ruhi-
geren Ort ausgesucht habe. Aber meine Praxis ist gleich
hier ums Eck. Diese Gegend hat viele Facetten. Hier
ein Tempel der Kunst und Literatur, dort diese grellen
Angeberkarren. Kein Stil.«

»Lassen Sie mich raten. Sie fahren Maserati.«

Er sah sie erstaunt an. »Ja, tatsächlich, einen Ghibli. Von 1972, aber erstaunlich zuverlässig. Und das Design – zeitlos. Und Sie?

»Alfa Spider. Mehr ist bei einem Beamtengehalt nicht drin.«

»Ich hatte auch mal einen. Ein Klassiker.« Er winkte dem Kellner. »Einen doppelten Espresso macchiato, bitte.«

Sie sahen sich an.

›Interessant‹, dachte sie.

›Interessant‹, dachte er.

Der Kaffee kam. Er nahm einen Löffel Zucker und rührte sorgsam. Sie betrachtete seine Hände. Sehr gepflegt. »Und?«, fragte er, »Sie wollten mich sprechen?«

»Ja. Nun, hm, wo fang ich an?«

»Am besten von vorne.« Er sah sie vertrauensvoll an. Profiblick.

Profiblick zurück: »Ich möchte meinen Horizont erweitern – beruflich. Ich bin Chirurgin. Ich hatte irgendwann das Angebot bekommen, eine Vertretung in der Pathologie zu machen. Im Klinikum Rechts der Isar. Der Job gefiel mir. Ich wollte verlängern, doch das hat nicht geklappt. Dann war eine Stelle in der Rechtsmedizin frei. Die hab ich angenommen, eher aus Neugier. Jetzt bin ich noch immer da. Ich habe zwei Assistenzärzte, sechs Hilfskräfte und Laborassistenten.«

»Das klingt nach einer sehr verantwortungsvollen Tätigkeit.«

»Ist es auch. Aber sehen Sie, ich bin jetzt sechsunddreißig, ich will noch etwas mehr sehen als nur Leichen in unterschiedlichen Aggregatzuständen. Ich kenn sie alle: aufgeschwemmt, verkohlt, verstümmelt. Ich möchte mich auch mal mit der schönen Seite des Lebens befassen. Verstehen Sie, was ich meine?«

»Nein, nicht ganz.«

»Wie würden Sie Ihren Job beschreiben? Was ist der Kern Ihrer Arbeit?«

»Na ja, ich helfe Leuten, vornehmlich Frauen, ihren Wunschvorstellungen näher zu kommen.«

»Welches Feedback bekommen Sie?«

»Dankbarkeit. Nichts als Dankbarkeit.«

Gesine nickte. »Meine Klienten sind tot. Die geben kein Feedback. Meine Arbeit an ihnen ist eine Einbahnstraße, nein, eine Sackgasse. Und ich habe oft junge, schöne Menschen. Und denke dann: all die Schönheit – verschwendet. Niemand kann sich mehr daran erfreuen.«

Dr. No sah sie ernst an. Er nickte langsam.

»Können wir offen sprechen?«, fragte Gesine.

»Nur zu.« Er kratzte den Zucker aus der Tasse und leckte den Löffel genüsslich ab.

Gesine fuhr fort. »Ich mache meinen Job gerne. Aber ich möchte auch noch eine andere Perspektive als nur Gewalt und Tod. Und ein niedriges Beamtengehalt. Ein Alfa Spider ist in Ordnung, aber nicht ganz das, wovon ich träume.«

Er sah sie ernst an. Langer Blick. Sie hielt ihm stand. Er studierte ihre Gesichtszüge. Nichts würde er verändern an ihr. Die scharfe Nase, der fordernde Blick – das gefiel ihm sehr gut.

»Haben Sie verstanden, was ich meine?«, fragte sie.

»Ich muss darüber nachdenken. Entschuldigen Sie, ich muss jetzt wieder in die Praxis. Aber« – er schob ihr seine Karte hin – »ich werde mir Gedanken machen.«

Hummel, Mader und Bajazzo saßen im Foyer des *Faktum Verlags*, am Sankt-Anna-Platz im Lehel. Vom Feinsten. Erlesenes Skandinaviendesign. Mader war genervt, dass man sie in der atmosphärisch sehr unterkühlten Eingangshalle mit ihren blauen Eierschalensesseln so lange warten ließ. Die Dame hinter dem langen filigranen Tresen aus meergrünem Fiberglas telefonierte in einer Tour. *Gnagnagna*. Mader war drauf und dran, aufzustehen und ihr den Hörer wegzunehmen, als sie ein zahniges Lächeln aufsetzte, das das Make-up in ihren Augenwinkeln bröseln ließ.

»Meine Herren, kommen Sie, Dr.Lerchenthaler hat jetzt Zeit für Sie.« Sie geleitete Mader, Hummel und Bajazzo zum Lift, drückte den Knopf für den fünften Stock und flötete: »Sie werden abgeholt.«

Oben nahm sie ein schlaksiger Jüngling in Empfang. Er reichte ihnen die schlaffe Hand. »Hubertus Mayerbrink, Assistenz der Geschäftsleitung. Kommen Sie. Wir treffen uns im *Oscar Wilde*.« Hummel sah ihn verwirrt an. »Unsere Tagungsräume sind alle nach Schriftstellern benannt: *Charles Dickens*, *Ernest Hemingway*, *Daphne du Maurier* und *Billie Holiday*.«

»Aber Billie Holiday …?«, sagte Hummel.

»Ich dachte, das ist eine Figur aus der *Sesamstraße*, als ich hier anfing.« Hubertus gluckste und lotste sie ins *Oscar Wilde*. »Der Herr Doktor wird gleich mit Ihnen sein. Kaffee, Wasser?«

»Und Kekse«, murmelte Mader und sank auf einen der Designerstühle an dem langen Konferenztisch.

Hummel beäugte die vielen Bücherregale. Wenn er erfolgreich war, würden seine Bücher auch in einem Raum wie diesem stehen. Wo man gelegentlich einen seiner Bestseller ehrfurchtsvoll aus dem Regal nahm und sich seine Erfolgsgeschichte noch einmal vor Augen führte. Hummel sah verträumt aus dem Fenster. Direkt auf den Turm der Sankt-Anna-Kirche und die Dächer Münchens. Er war beeindruckt.

Dr. Lerchenthaler betrat den Raum. Eine stattliche Erscheinung, wohlgenährt und in einem für die Jahreszeit viel zu leichten hellen Leinenanzug, sehr lässig, mit braungebrannter Glatze. Im Schlepptau Hubertus, mit Keksen und Getränken. »Guten Tag, die Herren«, sagte Lerchenthaler. »Was kann ich für Sie tun?«

Mader unterrichtete ihn vom Tod seines Autors. Lerchenthaler nahm die Nachricht von Weinmeiers Tod gefasst auf. Keine menschliche Regung. Zumindest nicht erkennbar.

»Was war Weinmeier für ein Typ?«, fragte Mader

»Ein Hasardeur, Provokateur, Egoist – mit einem sicheren Instinkt dafür, wo es wehtut. Sicher, er war schon etwas auf dem absteigenden Ast, aber mit *Deutschland schafft an* war er noch mal zu Höchstform aufgelaufen. 1,5 Millionen verkaufte Exemplare! Im Hardcover!«

Mader nickte. »Woran arbeitete er gerade?«

»An einem Buch über das Geschäft mit der Schönheit. Ich hätte mir noch mal was mit Sex gewünscht. So in Richtung: *Wie die Deutschen ficken.*« Er lachte dreckig. »Entschuldigen Sie, aber den Titel hatte er mir an den Kopf geworfen, als ich ihn fragte, ob er nicht lieber eine Fortsetzung seines Erfolgstitels schreiben will. Weinmeier war ein grober Knochen. Wie kann ich Ihnen helfen?«

»Wir brauchen das Manuskript des neuen Buches.«

Lerchenthaler lachte auf. »Kein Autor gibt pünktlich ab. Weinmeier schon gar nicht. Ein Großmeister im Hinauszögern der Abgabe. Aber wer weiß, vielleicht haben wir schon was. Was haben Sie denn mit dem Manuskript vor?«

»Überprüfen, ob wir darin ein Tatmotiv finden«, erklärte Hummel.

»Wie ist er denn zu Tode gekommen?«

»Erstickt«, sagte Mader. »Also, können wir das Manuskript haben?«

Lerchenthaler räusperte sich. »Wissen Sie, das geistige Eigentum unserer Autoren ist uns heilig.«

Hummel nickte verständnisvoll.

Mader sah ihn missbilligend an, dann sagte er zu Lerchenthaler: »Der oder die Täter haben die Wohnung von Weinmeier auf den Kopf gestellt, so viel zu ›heilig‹. Vielleicht bekommen Sie ja auch noch Besuch.«

Lerchenthaler griff zum Hörer des Zimmerapparats, wählte eine Nummer und wurde nach mehrmaligem Läuten weiterverbunden »Hubertus!«, bellte er in den Hörer, »wo ist die Möller?... Was? Schon?! Die hat sie doch nicht alle! Haben Sie ihre Handynummer?... Ja, bitte. Aber pronto!« Er legte auf. In seinem Gehirn spielten die Gedanken Fußball. Sein Torinstinkt war erwacht. Das Buch eines toten Autors...

»Was überlegen Sie?«, fragte Mader.

»Was zu tun ist. Wer die Trauerfeier organisiert. Und diese Sachen.«

»Und wann sollte das Buch erscheinen?«, fragte Mader.

»Erst im nächsten Herbst. Würde mich sehr wundern, wenn wir das Manuskript schon im Haus hätten. Den aktuellen Stand der Dinge hat Sandy Möller, die Lektorin.« Das Telefon klingelte. Lerchenthaler hob ab und schrieb eine Nummer auf. Er schob Mader den Zettel hin. »Mein Assistent sagt, sie geht grade nicht dran.«

Mader nickte müde. »Und bei Ihnen stehen die wichtigen Daten nicht zufällig auf einem Server?«

»Doch, im Prinzip schon. Aber Möller und Weinmeier kannten sich ganz gut. Da geht so was durchaus direkt zwischen Lektor und Autor.« Er lachte. »Auch wenn die Möller ihn nicht riechen konnte. Weinmeier war ein echtes Ekelpaket. Aber der Autor ist immer König. Der Leser natürlich auch. Erst der Autor, dann der Leser, dann der Verlag – unsere Devise. Für alle das Beste.«

»Eine Win-Win-Win-Situation«, stellte Hummel fest.

Seine Worte verperlten im Off.

»Ich schlage vor, Sie sprechen ihr aufs Band und warten, bis sie sich meldet. Vielleicht ist sie gerade im Kino.«

»Im Kino«, schnaubte Mader. »Am Nachmittag!«

»Französische Filmtage im Gasteig«, sagte Lerchenthaler und blickte Mader direkt an. »Ein paar echte Raritäten. Dafür verzichtet man schon mal auf Sonnenschein.«

KEINE HEMMUNGEN

Dosi und Zankl hatten noch mal die Wohnung von Weinmeier durchkämmt. Ein Schmuddelparadies. Jede Menge Herrenmagazine und Dinge, die man nicht wirklich sehen wollte. »Eine rechte Sau«, urteilte sogar Zankl. Aber von dem Manuskript keine Spur.

Sie gingen danach in das Café an der Ecke und bestellten Cappuccino. Dosi orderte dazu einen der Monsterschokomuffins aus der Vitrine. »Was sein muss, muss sein«, erklärte sie.

»Nur keine Hemmungen«, sagte Zankl. »Wir sind nicht verheiratet.«

Sie grinste. »Das fehlte gerade noch.«

»So, jetzt hab ich kurz Zeit«, sagte der Barkeeper. »Sie kommen wegen Weinmeier?«

Dosi nickte schmatzend. »Kannten Sie ihn?«

»Wer kannte ihn nicht? Spezl vom Chef. Wer zahlt jetzt seinen Deckel?«

»Tippe mal, Ihr Chef. Sagen Sie, ist der auch zu sprechen?«

»Im Moment nicht. Honeymoon in Las Vegas.«

»Sauber«, sagte Dosi mit vollem Mund. Sie spülte den Muffin mit Kaffee herunter. »Hatte Weinmeier Feinde?«

»Sicher mehr als Freunde.«

»War er schwul?«, fragte Zankl.

Dosi sah ihn erstaunt an. »Wieso das denn?«

»Wär doch interessant, ob er Damen- oder Herrenbesuch hatte.« Er sah den Barkeeper an. »Und?«

»Glaub ich nicht. Da waren immer diese jungen Frauen. Mir war nie klar, ob das Professionelle sind oder Volontärinnen.«

»Die von seinem reichen Erfahrungsschatz profitieren wollten«, sagte Zankl. »Meinen Sie, Ihr Chef kann uns weiterhelfen?«

»Ich weiß nicht. So eng waren die beiden auch nicht. Kneipiers ziehen oft schräge Vögel an.«

›Wie Scheiße die Fliegen‹, wollte Dosi schon sagen. Stattdessen nur: »Zankl, das bringt uns nicht weiter. Komm, wir packen's.« Sie legte einen Zehner auf den Tresen. »Passt so. Und wenn Ihnen sonst noch was einfällt, rufen Sie bitte an.« Sie schob dem Barkeeper ihre Visitenkarte hin. »Halt«, sagte Dosi, »eine letzte Frage hätte ich noch. Eine sehr wichtige.«

Der Barkeeper sah sie verunsichert an. »Ja?«

»Wer macht so super Muffins?«
»*Bofrost.*«
Dosi lachte. Zankl schüttelte den Kopf.

SCHÖNER MANN

Gesine nahm den Espressolöffel mit spitzen Latexfingern
aus dem Plastiktütchen und betrachtete ihn nachdenklich. Geklaut hatte sie noch nie etwas. Na ja, ›geklaut‹
stimmte nicht ganz. Sie hatte zehn Euro unter die Untertasse gelegt, bevor sie gegangen war. Das sollte reichen,
für einen Kaffee samt Löffel, selbst in der Maximilianstraße. Sie steckte den Löffel wieder ins Tütchen und rief
die Leute vom Labor an. Eilig. DNA-Abgleich. Und die
Fingerabdrücke zur Sicherheit auch. Dann steckte sie sich
eine Zigarette an und stellte sich an den Lichtschacht.
Dr. No – schöner Mann, schöne Hände, schöne Stimme.
Tja.

GURKENSTANDARD

Nose rauchte auch. Ausnahmsweise. Am offenen Fenster.
Gerade hatte er einen kleinen Eingriff hinter sich. Kinder-
spiel. Ohren anlegen. Eigentlich nichts, was seiner Quali-
fikation entsprach. Aber die Dame wollte unbedingt zu
ihm. War er schon Standard für diese vertrockneten Gurken aus Grünwald? Standard. So wie ein Porsche? Nein.
Er fuhr Maserati! Wenn schon, denn schon. Jetzt fiel ihm
Hanke ein. Ob der seinen neuen Wagen schon hatte? Er
wollte ja gleich damit in den Urlaub fahren. Was für ein
Quatsch, ein Maserati musste eingefahren werden. Gefühl-

voll! Vielleicht sollte er ihn mal anrufen. Ach, der würde sich schon selbst melden, der alte Angeber. Er dachte an die Pathologin vorhin. Was führte sie im Schilde? Dass so eine Klassefrau nichts bei der Polizei verloren hatte, war ihm sonnenklar. Tolle Nase. Eine Herausforderung. Nicht als Chirurg, als Mann. Er drückte die Zigarette am Fensterbrett aus und betrachtete verwundert die Schuhabdrücke auf dem Blech. Er sah zu den Oberlichtern. Waren die Fenster kürzlich gereinigt worden?

»Dr. Schwarz«, schnorrte es aus der Gegensprechanlage, »Frau Geheimrat Nonnenmeier aus Salzburg ist jetzt da.«

Er ging an seinen Schreibtisch. »Soll reinkommen«, sagte er und fügte hinzu: »Die alte Silikondeponie.« Freilich erst, nachdem er den Sprechknopf losgelassen hatte.

Die Tür öffnete sich, und Pamela Anderson im Dirndl trat ein, allerdings mit zweieinhalb Zentnern Lebendgewicht und knapp sechzig Jahren. »Grüß Sie Gott, mein lieber Herr Doktor! Geh, schaun'S, was ich für Sie dabeihab.« Sie reichte ihm eine Maxidose Mozartkugeln.

Er küsste ihre Hand. »Frau Geheimrat, solch Glanz in meiner bescheidenen Hütte. Und wunderbar, wie originell – Mozartkugeln. Ich liebe Mozartkugeln.«

»Des is recht, lieber Herr Doktor, aber jetzt schaun'S amal, was mit meine Mozartkugeln passiert ist.« Mit einer flinken Handbewegung griff sie sich ins Dekolleté und holte ihre rechte Brust heraus. »Des is nix, nur a laare Huin. Des Silikon hängt irgendwo da unt'n.« Sie deutete mit der freien Hand auf die Höhe ihres Magens.

Schweißperlen glitzerten auf Dr. Nos Stirn. »Wenn Sie sich bitte freimachen.«

ERDIGE NOTE

Hummel war gut in Schwung. Kein Wunder, hatte er doch heute schon Einblick in seinen zukünftigen Arbeitsbereich bekommen. In die *Hall of Fame*. Da wollte er auch hin.

Liebes Tagebuch,

was für ein ereignisreicher Tag. Jetzt war ich im Zentrum der Macht. Wo entschieden wird, ob ein Buch verlegt wird oder nicht …

Ansonsten habe ich heute die matschige Ratatouille entsorgt. Der Topf stand immer noch auf dem Herd. Ein Monument des Scheiterns. Roch sehr streng. Beim Obstsalat wölbte sich schon die Frischhaltefolie über der Schüssel. Explosionsgefahr! Chris – werde ich je wieder von dir hören? Aber vielleicht ist das alles nur die gerechte Strafe dafür, dass ich vom Pfad der Tugend abgekommen bin. BEATE, o du meine Einzige! Perle Schwabings, Soulqueen of Munich! Es war nur eine kurzfristige Verwirrung der Gefühle. Ich werde dir ein Liebesgedicht schreiben, jetzt sofort:

> *Beate, deine Augen strahlen wie*
> *ein Paar schnelle Wasserski,*
> *die durchs blaue Wasser pflügen –*
> *sie könnten mich niemals anlügen.*
> *Den rechten Weg mir deine Nase weist,*
> *granatapfelrot, o ja, so heißt*
> *die Farbe deiner Lippen Schwung.*
> *Gegen dich riecht alles nur wie Dung,*
> *du bist viel schöner als ein Regenbogen,*
> *ich werd dich immer lieben – ungelogen!*

Klar, zweimal lügen ist nicht so super, aber das mit dem Dung, das bringt doch so eine ganz erdige Note rein. Vielleicht sollte ich lieber Lyrik machen? Da ist der Markt bestimmt nicht so eng wie bei Krimis. Am liebsten würde ich Beate die Zeilen persönlich vortragen. In der *Blackbox*. Wenn die letzten Gäste gegangen sind, sie zärtlich den Tresen wischt und die Jukebox pietätvoll schweigt. Ah, das wäre so romantisch!

MINIMALINVASIV

Dr. No war nichts anderes übriggeblieben, als Pamela Geheimrat Anderson in den OP zu verfrachten. Vollnarkose. Nun versuchte er mit einem seiner Assistenzärzte durch einen kleinen Schnitt unter der Achsel das tennisballgroße Silikonkissen mittels minimalinvasiver Technik wieder nach oben zu holen und zu fixieren. Eine elende Fummelei. Am saubersten wäre ein klarer Schnitt im Unterbrustbereich, um das Ding herauszuholen. Aber sichtbare Narben wollten die Damen ja auf alle Fälle vermeiden. Als ob das hier noch eine Rolle spielte. Warum musste er der Ausputzer irgendeines ausländischen Kurpfuschers sein? Weil Pamela Geheimrat Anderson mit einem der reichsten österreichischen Baustoffhändler verheiratet und dieser zu fünfzig Prozent Miteigner seiner Praxisklinik am Chiemsee war. So einfach war das.

EIN DEAL IST EIN DEAL

Zehn Uhr. *Faktum Verlag.* Büro Dr. Lerchenthaler. Sandy Möller, eine ehedem hübsche, jetzt etwas verhärmte, nicht mehr ganz junge Frau mit modischem Fassonschnitt in Halblang-Blondiert und Designerbrille aus hellgrünem Horn, nahm vor Lerchenthalers Schreibtisch Platz. Hubertus brachte den beiden Kaffee. Lerchenthaler machte mit der Rechten eine flüchtige Handbewegung, als würde er eine Fliege verscheuchen. »Hupsitürevonaußenzumachen!« Hubertus flatterte davon. »Haben Sie sich an meine Anweisungen gehalten?«, fragte Lerchenthaler.

»Wie Sie es mir auf die Box gesprochen haben.«

»Und, wie sieht es aus? Haben wir das Manuskript? Auf dem Server habe ich nichts gefunden.«

»Wollen Sie, dass sich da jemand Dateien runterzieht und sie an die Konkurrenz gibt?«

Lerchenthaler runzelte die Stirn. »Haben Sie jemanden konkret im Verdacht?«

»Ach, hier neiden mir die Kolleginnen doch jeden Erfolg.«

›Jeden Erfolg, du Zicke, du hast sie doch nicht alle!‹, dachte Lerchenthaler und nickte verständnisvoll. »Also, haben Sie was?«

»Haben *Sie* denn was?«

»Wieso ich? Was soll ich haben?« Jetzt klingelte es bei Lerchenthaler. Die Lady pokerte. Er sah ihr in die Augen. »Sagen Sie doch ganz konkret, was Sie wollen!«

»Ich will die vakante Programmleiterstelle.«

»Oh, und wie wollen Sie das Ihren Kolleginnen erklären?«

»Das ist Ihr Job, Ihre Entscheidung. Und wenn ich deren Chefin bin, reißt da keine mehr die Klappe so weit auf.«

»Na, servus«, sagte Lerchenthaler, »Sie erpressen mich!«

»Nein, wir machen ein Geschäft, einen Deal.«

»Einen Deal, so, so, einen Deal. Wer hat den Vorschuss bezahlt? Wem gehört das Manuskript!?«

»Ihnen natürlich, ich stelle nur sicher, dass das Buch auch tatsächlich erscheint. Das Marketingpotenzial ist riesig. Das Buch eines Autors, der für seine engagierten Recherchen sterben musste. Wie genial ist das denn?! Und wir könnten angesichts der finanziellen Lage des Verlags einen Bestseller durchaus gebrauchen.«

Lerchenthaler nickte. »Gut. Sie kriegen die Stelle. Aber nur, wenn das Buch vor Weihnachten rauskommt.«

Sandy Möller riss die Augen auf. »Vor Weihnachten!«

»Ja, was glauben Sie denn? Dass sich im nächsten Jahr noch irgendeiner für Weinmeier interessiert? Der Typ ist tot, mausetot! Nächstes Jahr auch pressemäßig. Wir machen einen Schnellschuss! Wir bieten den Vorabdruck der *Bild* an, mit der ganzen Story drumrum. Besorgen Sie sich Informationen zu dem Mordfall. Wickeln Sie diesen Kriminaler ein, diesen Hummel. Der schreibt wahrscheinlich selbst, so nassforsch, wie der auftritt.«

Möller war ganz still.

»Was ist jetzt?«, zischte Lerchenthaler. »Sie haben doch den Text, oder?«

»Eine, äh, Rohversion.«

»Na, bestens. Dann frisch ans Werk! Und keine Extrakosten! Ich habe bereits 50 000 ausgegeben!« Er machte dieselbe Handbewegung wie vorhin bei Hupsi.

LÖFFELWEISE

»Ich frag jetzt nicht, woher Sie das haben«, sagte Mader, nachdem ihm Gesine nicht ohne Stolz das Ergebnis des DNA-Tests gezeigt hatte.

»Zu demjenigen, der den Kaffeelöffel abgeschleckt hat, gehört auch das Sperma in Andrea Meyer«, fasste Gesine zusammen. »Zur Sicherheit hab ich noch die Finger-abdrücke am Löffel. Falls jemand Zweifel hat.«

»Damit haben wir ihn«, sagte Dosi. Sie wusste selbst, dass es nicht so einfach war. Denn als Beweismittel würde auch das nicht zählen. Gesine hatte den Löffel im Alleingang organisiert. Aber vielleicht würde es rei-chen, um den Staatsanwalt so weit zu bringen, einen offi-ziellen Speicheltest zu veranlassen. Doch da musste erst Dr. Günther zustimmen.

Mader sah in die Runde. »Vielleicht brauchen wir das gar nicht offiziell. Hauptsache, wir wissen, dass Nose an diesem Tag mit der Meyer geschlafen hat. Warum be-streitet er ein Treffen und organisiert sich ein Alibi? Weil er glaubt, dass wir einen Zusammenhang mit dem Mord sehen? Es könnte aber auch ganz anders sein: Meyer und Saller haben jemand anderen erpresst. Der dann die Saller umgebracht hat. Dieser Jemand weiß, dass Dr. No sich ge-legentlich mit Patientinnen im *Altstadthotel* auf ein Schä-ferstündchen trifft. Und bringt Andrea Meyer ausgerech-net an dem Abend um, nachdem die beiden miteinander geschlafen haben. Zwei Fliegen mit einer Klappe. Die zweite Erpresserin ist tot, und der Verdacht fällt auf Nose.«

Zankl war skeptisch. »Und dieser Jemand stopft dann die Tante auch noch in einen Kanalschacht. Warum lässt er sie nicht offen liegen?«

Mader zuckte mit den Achseln. »Keine Ahnung. Manchmal sind Mörder einfach kranke Typen.«

Sie diskutierten kontrovers. Mader blieb dabei, dass es nicht zwingend Nose sein musste, der hinter der Sache steckte. Gesine war zuerst enttäuscht. Doch langsam ge-fiel ihr Maders These, denn dann wäre Nose ja unschul-dig!

Dosi blickte in der Kantine von ihrem Schweinsbraten auf. »Ich glaub, Mader macht es unnötig kompliziert. Ich würde Nose einfach unter Druck setzen und schauen, was passiert.«

»Wie willst du den denn unter Druck setzen?«, fragte Hummel.

»Ans Bett fesseln und mit einem Kissen vor seinem Gesicht rumwedeln.«

Sie lachten.

»Ist das eigentlich publik mit Weinmeier?«, fragte Dosi.

»Jetzt, wo der Verleger von seinem Tod weiß, wird es zumindest die Buchbranche wissen«, sagte Hummel und sah auf die Uhr. »Apropos, ich muss los, ich bin mit der Lektorin von Weinmeier verabredet.«

»Voller Energie, unser Hummel«, sagte Zankl, als Hummel weg war.

Dosi nickte. »Ganz sein Metier. Ich geh noch mal zu Nose. Ich werde ihn einfach fragen, wo er in der Nacht von Donnerstag auf Freitag war. Und ob er Weinmeier kennt.«

»Und du meinst, du kriegst eine ehrliche Antwort?«

»Ach, er mag mich. Zumindest meine Nase.«

Dosi erhielt präzise Auskunft von Nose – gar kein Problem. Er war zu Weinmeiers Todeszeit über Nacht in Salzburg. Bei einer Theateraufführung. »Ionesco. *Die Stühle.* Wunderbar. So abstrakt.« Dann auf einem Empfang mit Salzburger Geschäftsleuten. Viele Zeugen. Bis spät. Genächtigt hatte er im Hotel *Mozartruh.* Dafür gab es eine Zeugin. Sehr blond und haarscharf über achtzehn.

DA GHOST

Die Lektorin war so gar nicht Hummels Typ. Er mochte nette Leute, vor allem nette Frauen. Da half auch kein einstudiert-jugendliches Lächeln hinter der grünen Designerbrille. Und die neugierigen Augen der Ganghuscherinnen aus den offenen Büros verhießen ihm auch nichts Gutes.

»Bei uns sind die Türen immer offen«, erklärte ihm Möller, bevor sie ihre Tür schloss, »wegen der Kommunikation.«

Hummel nickte ergeben. Dann hielt ihm die Möller einen langen Vortrag über den Weg vom Manuskript zum Buch, über die Rolle des Marketings und der Pressearbeit. Er hörte brav zu, bis er seine Frage stellte: »Haben Sie jetzt das Manuskript – oder haben Sie es nicht?«

»Nun ja ... Eigentlich – nicht. Nur das Exposé.«

»Dann wird das Buch also nicht erscheinen?«

»Doch, natürlich! Ich glaube, angesichts der Begleitumstände wird das ein großer Erfolg.«

»Wie soll das gehen, ohne Manuskript?«

»Das wird ein Ghost erledigen. Er schreibt, aber Weinmeiers Name steht drauf. Wir verkaufen Namen, Autoren.«

»Ich dachte Inhalte?«

»Behalten Sie das mit dem Ghost bitte für sich. Das ist meine große Chance. Bei uns ist die Programmleitung vakant. Wenn ich den Bestseller hinkriege, bekomme ich die Stelle. Sie können sich vorstellen, was meine Kolleginnen sagen, wenn sie das erfahren.«

Hummel nickte verständnisvoll. Das waren offenbar die Gepflogenheiten. »Sie haben also nix?«, fragte er noch mal sehr deutlich.

»Nein, nur das Exposé.«

»Ich wäre an Ihrer Stelle vorsichtig. Weinmeier wurde vermutlich wegen des Manuskripts ermordet. Der Täter wird überlegen, wo es noch sein könnte.«

»Aber es gibt doch noch gar keins.«

»Das weiß doch der Täter nicht.«

LATTE UND SO

Zankls Telefon klingelte. Zankl war in ein Blatt mit Tabellen vertieft und ging nicht dran. Der Apparat verstummte.

Jetzt klingelte es bei Dosi. Die rollte mit den Augen und ging dran. »Vorzimmer Zankl, Rossmeier am Apparat, ja bitte?«

»Servus Dosi, Wally von der Pforte. Du, ist der Zankl nicht da?«

»Doch, sitzt mir gegenüber.«

»Und warum geht er nicht dran?«

»Denkt. Kann nicht zwei Sachen auf einmal. Warte, Wally, ich geb ihn dir.« Sie stellte ihn durch.

Zankl hob ab. »Sorry, Wally, ich hab gerade was Kompliziertes auf dem Tisch. Was gibt's?«

»Hier ist Besuch für dich.«

»Sag meiner Mama, ich hab jetzt echt keine Zeit.«

»Woher denn, es sind zwei fesche Burschen. Sagt dir Swobodnik was?«

»Oh, ich, äh, nein, sag, ich bin nicht da!«

»Also hör mal, wie schaut denn des aus? Ich lass die jetzt rein. Wenn du so gütig wärst!«

Zankl schnaufte und legte auf.

»Probleme?«, fragte Dosi.

»Ach! Nur meine Freunde aus Neuperlach. Der Kaninchenzüchterverein.«

Vor dem Lift atmete Zankl tief durch. Ihm blieb auch nichts erspart. ›Oh, Heinz, oh, Dieter!, was für eine wunderbare Überraschung!‹ Er machte eine affektierte Handbewegung und einen Knicks. Hinter ihm lachte jemand. Heinz und Dieter. Sie hatten die Treppe genommen. Zankl sah sie dämlich an. Dann grinste er und drehte eine halbe Pirouette, in die er die devote Verbeugung von eben integrierte. Die Lifttür hatte sich inzwischen lautlos hinter ihm geöffnet. Dr. Günther starrte seinen bejeansten Hintern an. Zankl spürte den stechenden Blick am Gesäß und drehte sich um. Lächelte mit rotem Kopf. »Eine Szene aus *Lohengrin*.«

»Mir san hier ned in der Oper!«, fauchte Günther. »Ist Mader da?«

Zankl nickte und deutete in die Richtung von Maders Büro.

»Huh, da ist aber einer schlecht gelaunt«, meinte Heinz.

Dieter nickte. »Ein Gutti kriegt der von uns nicht!« Er hielt Zankl einen Beutel Haribo-Schnuller hin.

Zankl schob die beiden ins Büro. »Kommt's rein, Burschen. Dosi, darf ich vorstellen, nein, ihr kennt euch ja schon aus der Plettstraße. Heinz und Dieter. Mögt ihr einen Kaffee? Wir haben jetzt so ein richtig scharfes Espressoteil.«

»Warum nicht«, sagte Heinz. »Hast du so 'nen Latte macarena oder wie das heißt. So mit ganz viel Schaum.«

Dieter kicherte und sah Heinz an. »Mach ich mir selber Latte!« Beide prusteten los.

Zankl machte sich an der Kaffeemaschine zu schaffen. Jetzt hörten sie Günthers schrille Stimme durch Maders geschlossene Bürotür: »Ich dachte, wir haben uns verstanden! Und schon wieder belästigen Sie Dr. Schwarz?! Ein Alibi für den Journalistenmord, ja geht's denn noch?« Irgendwas knallte sehr laut. Vielleicht hatte Günther seinen lederbesohlten Schuh ausgezogen und damit auf Maders Tischplatte gehauen? Jedenfalls flog jetzt die Tür auf. Falscher Abgang. Günther sah in die erstaunten Gesichter, zur röchelnden Espressomaschine, dann schrie er: »Was ist denn hier los? Machen wir's uns gemütlich?«

»Nein«, sagte Dosi resolut, »wenn Sie's genau wissen wollen: Das hier ist eine polizeiliche Vernehmung. Die beiden Herren sind die Nachbarn der toten Frau vom Ostpark. Wir wollten gerade noch mal die Tatnacht durchsprechen.«

Günther sah sie irritiert an. Die Espressomaschine fauchte böse. Und weg war er. Mader schloss leise die Zwischentür zu seinem Büro.

Heinz und Dieter sahen ihm verdattert nach. Was sich aber legte, als Zankl zwei wunderbare Latte macchiato vor ihre Nasen zauberte. Beide strahlten.

»Sag mal, warum bist du denn ned zu unserer Geburtstagsparty gekommen?«, fragte Heinz.

»Sorry, ich hab's einfach nicht geschafft. Meine Frau ist hochschwanger, da ist viel zu tun.«

»Jetzt haben wir bei unseren Freunden so angegeben: Uh, ein echter Kriminaler! Du hast jedenfalls eine wilde Party verpasst. Aber na ja, wenn du nicht zu uns kommst, dann kommen wir eben zu dir. Wir stören doch nicht?«

»Überhaupt nicht. Vielleicht könnt ihr uns tatsächlich helfen.« Zankl sah auf seine Papiere, dann legte er Heinz und Dieter das Foto von Weinmeier vor. »Habt ihr den Typen schon mal gesehen?«

Interessiert betrachteten beide das Bild. Sie sahen sich an. Dann nickten beide.

»Der Typ war mal bei uns im Haus«, sagte Dieter.

»Vor dem Haus«, verbesserte Heinz. »Er stand unten und kam nicht rein. Wir waren auf dem Balkon, und der Typ hat sich mit jemandem durch die Sprechanlage angeschrien.«

»Mit wem?«

»Das weiß ich nicht«, sagte Heinz. »Das war nicht zu verstehen.«

»Wie, ich denke, die haben sich angeschrien?«

»Ja, aber Frau Dinter vom Erdgeschoss hat Bayern 1 immer auf Volldampf, da verstehst du dein eigenes Wort nimmer.«

»Welcher Abend war das?«, fragte Dosi.

»Das war in der Woche, als wir uns kennengelernt haben. Am ... Montag. Ja, Montag.«

Zankl machte große Augen. »Der Abend, als das mit der Meyer passiert ist! Und das sagt ihr mir erst jetzt? Ich hab euch doch gefragt, ob euch am Montag was Besonderes aufgefallen ist!«

»Das ist doch nix Besonderes«, sagte Heinz. »Bei uns stehen immer wieder Leute vor der Tür und führen sich auf: Vertreter, die GEZ, irgendwelche Inkassoheinis oder die Zeugen Jehovas. Die lässt doch auch niemand rein.«

»Aber gerade an diesem Abend? Mensch, Heinz!«

Heinz war jetzt beleidigt. »Komm doch mal einen Tag zu uns und schau, was in so einem Wohnhaus alles passiert, wer da alles kommt und geht und wer da vor der Tür oder im Treppenhaus rumbrüllt oder einfach in den Lift bieselt.«

»Ruhe!«, rief Dosi. »Wir machen hier keine Sozialstudien! Eure Aussage ist wichtig und besser spät als nie. Vermutlich wollte Weinmeier zu Meyer. Und sie lässt ihn nicht rein. Was war dann?«

»Nichts. Er hat Leine gezogen«, sagte Heinz.

»Wann?«

»Genau um sechs Uhr. Da san die Nachrichten bei der Dinter im Radio gekommen.«

Dosi nickte zufrieden. »Das ist doch was! Dann war der Weinmeier vielleicht der Letzte, der mit der Meyer gesprochen hat.«

»Wenn er der Täter war, dann war er der Letzte«, sagte Zankl düster. »Und jetzt ist er selber tot.«

Heinz und Dieter sahen ihn neugierig an.

»Meine Herren, das war sehr hilfreich«, beendete Dosi die Kaffeerunde. »Trinkt's euch zam, wir müssen euch leider rausschmeißen. Jede Menge Arbeit.«

»Schad, grad wo's interessant wird«, meinte Heinz.

MIT ALLEN MITTELN

Zankl dachte laut: »Vielleicht hat Weinmeier sich ja mit der *Schönen Münchnerin* verkracht, weil sie vor der Veröffentlichung des Buches einen Rückzieher machen wollte. Handfester Streit, hochreiner Stoff, den dieser Enthüllungsjournalist bei einem seiner Unterweltkontakte organisiert hatte… Dann kommt die Meyer aus dem Urlaub… Warum früher? Hat die Saller sie verständigt, dass sie sich von Weinmeier bedroht fühlt? Jedenfalls ist die *Schöne Münchnerin* schon tot, als die Meyer in München ankommt. Sie erfährt es von Sallers Nachbarn und weiß haargenau, dass es keine Überdosis war, sondern dass Weinmeier seine Finger im Spiel hat. Sie erpresst ihn. Er zahlt. Aber nur ein einziges Mal. Die 5000, die sie am Automaten eingezahlt hat. Mehr hat Weinmeier im Moment nicht auf der hohen Kante. Er kommt zu ihr in der Plettstraße, will mit ihr reden. Die Szene vor der Haustür. Sie hat Angst und lässt ihn nicht rein. Er bleibt in der Nähe, lauert ihr beim Joggen im Park auf. Die Sache eskaliert. In seiner Panik versteckt er sie in dem Gully.«

Mader nickte nachdenklich. »Die große Frage ist dann: Wer hat Weinmeier umgebracht? Die Organmafia? Oder einer der Ärzte, die das Enthüllungsbuch mit allen Mitteln verhindern wollen? Nose oder Grasser? Aber das ist dann erst der nächste Schritt. Jetzt müssen wir wissen, ob Weinmeier für den Tod der zwei Frauen verantwortlich ist. Die Wohnung in Milbertshofen muss auf Spuren von Weinmeier untersucht werden, ebenso die beiden Leichen. Wir müssen rausfinden, was Weinmeier in der letzten Zeit bis zu seinem eigenen Ableben so getrieben hat. Wenn er es war, dann können wir zwei Fälle abhaken und brauchen nur seinen Mörder zu suchen. Wenn nicht, dann fahnden wir nach unterschiedlichen Tätern oder nach jemandem, der drei Menschen auf dem Gewissen hat.«

BETRIEBSWIRTSCHAFT

Hummel war nach seinem Verlagstermin zur Agentur *Carta Dura* weitergezogen. Nicht um Rapport zu erstatten, sondern weil ihm Gerlinde von Kaltern ziemlich aufgelöst auf die Box gesprochen hatte. Hummel erfasste mit einem Blick, dass hier eine gewisse Unordnung noch nicht ganz beseitigt war und dass die Vögelchen auf der Stange in einem reichlich nervösen Gemütszustand waren. Gerlinde von Kaltern bugsierte ihn in ihr Büro. Sie schloss die Tür und zündete sich hektisch eine Zigarette an. Sie zog daran, als hinge ihr Leben davon ab. »Bei mir wurde eingebrochen!«

»Jemand sucht nach dem Manuskript von Weinmeier«, sagte Hummel. »Warum rufen Sie mich erst jetzt am Nachmittag an? Das muss doch schon gestern Nacht passiert sein?«

»Ich wollte mir erst einen Überblick verschaffen. Eigentlich wollte ich das mit der Polizei vermeiden. Aber jetzt habe ich doch Angst.«

»Das sollten Sie auch. Der oder die Täter schrecken vor Mord nicht zurück!«

»Aber ich kann mir keine Publicity leisten. Die Sachen, die wir hier haben, auf Papier, als Daten, das ist alles hochsensibel.«

»Ihre Computer sind doch gut gesichert, nehme ich an?«

»Was meinen Sie damit?«, fragte Gerlinde von Kaltern erschrocken.

»Frau von Kaltern! Sie haben wirklich nicht mehr als das Exposé von Weinmeiers Buch? Irgendwelche Rechercheunterlagen?«

Sie schüttelte den Kopf.

»Sagen Sie mir noch eins: Wie eng war Weinmeier mit dieser Möller vom Verlag? Ist es denkbar, dass er Material direkt an sie geschickt hat?«

»Ja, das kann sein. Die beiden haben sehr eng zusammengearbeitet.«

»Gut, ich kümmere mich.«

Sie nickte dankbar. Hummel war zufrieden. Endlich behandelte sie ihn mal mit Respekt. Dann erzählte er ihr noch von seinem Besuch im Verlag. Das mit dem Ghostwriter fand Gerlinde von Kaltern wunderbar, und sie war ausgesprochen erleichtert, dass das Buch tatsächlich erscheinen würde. Auf welche Weise, war ihr egal.

»Herr Hummel, jetzt gucken Sie doch nicht wie ein begossener Pudel«, sagte Gerlinde von Kaltern, nun wieder ganz Grande Dame. »Das Verlagsgeschäft gehorcht vor allem betriebswirtschaftlichen Prämissen.«

Hummel schluckte, und Gerlinde von Kaltern schenkte ihm einen treuherzigen Blick. »Sie werden sehen, wie es funktioniert – wenn wir uns um Sie kümmern.«

KLEINKRIMINELL

Sie saßen um Maders Tisch und besprachen einen neuen Fall: zwei Männer, Vergiftung mit Kohlenmonoxid in einer Werkstatt in Untergiesing. »Sieht auf den ersten Blick wie Selbstmord aus«, sagte Mader. »Dagegen spricht allerdings, dass ihre Wohnung durchsucht wurde, es fehlen Handys und Computer, Papiere. Offenbar Raubmord, also unser Bereich. Was auffällt: Die beiden haben zahlreiche Verletzungen, die gerade mal ansatzweise verheilt sind: Schnitte, Blutergüsse und vor allem stark vernarbte Gesichter. Die beiden Herren heißen laut Vermieter Helmut Tisano und Ludwig Majakowski. Kleinkriminelle. Sind in unserer Datenbank. Und jetzt etwas Sonderbares: Die Burschen sehen auf unseren Fotos ein bisschen anders aus als jetzt.«

Hummel fielen die Augen raus, als er die Ausdrucke aus der Datenbank sah: »Das, das sind die beiden aus dem Nachtklub! Die mit Grasser! Die mich zusammengeschlagen haben!«

Zankl sah ihn skeptisch an. »Ich denke, du hast unsere Schönheitengalerie durchgesehen?«

»Hey, hör mal, da sind ein paar Tausend Visagen drin. Wenn ich die Namen hab, bin ich auch ganz schnell. Die Typen aus dem Nachtklub! Jetzt knöpfe ich mir Grasser vor!«

PURE NEUGIER

Grasser leugnete natürlich, die beiden Herren zu kennen. Doch dann besann er sich: »In der *Edelschweiß*-Bar? Halt, warten Sie, doch, das kann sein. Da haben mich vor einiger Zeit drei Männer angesprochen. Spätabends auf der Straße vor meiner Praxis, als ich von einem Lyrikabend kam. Die wollten wissen, ob es hier einen Nachtklub gibt. Ein sehr merkwürdiges Gespann, ein eher distinguierter Herr und diese beiden Verbrechervisagen. Und bei mir ums Eck ist ja dieser Stripschuppen. Ich hab ihnen den Weg gezeigt und bin spontan mitgegangen. Ich mag ja das Exotische, ich wollte schon immer mal sehen, was das für ein Laden ist. Pure Neugier. So als Kontrastprogramm nach dem Lyrikabend. Aber es war dann doch... sehr billig, außer bei den Getränkepreisen.«

Zu den Operationen der beiden Herren konnte er natürlich nichts sagen, abgesehen von der Kunstfertigkeit der Ausführung.

»Erstaunlich«, meinte er, »wenn die Herren noch das Abheilen der Narben erlebt hätten, wären sie in den Genuss schönerer Gesichter als zuvor gekommen. Gute Arbeit, das muss man schon sagen.«

Hummel war sehr enttäuscht, heimlich aber bewunderte er aber auch die Coolness, mit der sich Grasser herausredete – schon der Hammer.

»Den kriegen wir noch dran«, meinte Mader. Er bat Gesine, sich die Verletzungen der beiden mal näher anzusehen. Vielleicht bekamen sie heraus, woher diese stammten.

MIT GESCHMACK

Gesine war ganz aufgeregt, als sie mit ihren hochhackigen Stiefeln über das Haidhauser Kopfsteinpflaster stolperte. Dr. No hatte angerufen, ob sie sich zum Abendessen treffen wollten. Im *Tramin*, einem kleinen Sternelokal in der Lothringer Straße in Haidhausen. Wunderbare Gastrokritiken, wie sie gegoogelt hatte. Vielleicht lag Mader ja richtig, und jemand wollte Dr. No den Tod von Andrea Meyer in die Schuhe schieben. Ein langweiliger Abend würde das jedenfalls nicht werden.

Es war ein erfolgreicher Arbeitstag gewesen. Nach ein paar Anrufen bei den Notaufnahmen der Krankenhäuser wusste sie, woher die Verletzungen der beiden bösen Buben stammten. Von einem furchtbaren Unfall auf der Salzburger Autobahn. Die beiden waren mit hohem Tempo auf einen Stau aufgefahren. »Können froh sein, dass sie überhaupt noch leben«, hatte der verantwortliche Notarzt des Klinikums Großhadern gesagt. Gesine war gespannt, was Mader & Co. mit dieser Information anfingen. Aber jetzt war für sie definitiv Feierabend.

Ihre Füße schmerzten. Sie war aus Gewohnheit mit der S-Bahn gefahren. Für den Heimweg würde sie auf alle Fälle ein Taxi nehmen. *These Boots were not made for walking.* Sie erreichte das Restaurant, spähte durchs Fenster, konnte Nose aber nicht entdecken. Sie sah auf die

Uhr. Zehn Minuten zu früh. Ein eiskalter Windstoß trieb sie ins Lokal. Wärme, Kerzenschein und würziger Essensduft empfingen sie.

»Haben Sie reserviert?«, fragte der junge Kellner und lächelte sie an.

Sie nickte. »Zwei Personen, Dr. No ..., äh. Dr. Schwarz.«

»Folgen Sie mir.« Er brachte sie zu einem kleinen Tisch in einer Wandnische. »Darf ich Ihnen schon einen Aperitif bringen?«

»Nein, danke, nur ein Wasser.«

Sie setzte sich, sah sich um. Alle Tische waren besetzt. Nun ja, es waren ja auch nur zehn Tische. Interessant: keine Tischdecken, kein Dekoschmarrn. Und ein unkonventionelles Publikum in ihrem Alter. Nose hatte Geschmack – keine Frage.

MARMOLADA

»Na, Mader, ist das nach Ihrem Geschmack?«, fragte Dr. Günther und machte eine ausladende Armbewegung, als gehöre ihm der ganze Laden. Die *Meraner Stub'n* beim *Hofbräuhaus*, ein auf Südtirolerisch gebeiztes Edellokal, das sich vordergründig bodenständig gab.

»Wunderbar, so authentisch«, lautete Maders fachkundiges Urteil.

»Warten Sie, ich seh mal nach, ob der Chef da ist.« Günther ging zielstrebig zur Küche.

»Bitte nicht«, murmelte Mader, der nur eins nicht wollte: dass jetzt auch noch ein Promikoch an ihren Tisch kam und ein joviales Schwätzchen mit ihnen hielt: »Mei, die g'rötzten Brenznknödl im Trüffeljus, die müsst's unbedingt probiern. Da kommt a Spritzerl Cointreau dran.

Und Stroh-Rum. Und des wird flambiert. Da haut's euch die Eier aus der Hosn – so guad is des!«

Mader sah zum Ausgang. Nächster Fluchtpunkt: Odeonsplatz. Zehn Minuten zu Fuß. U5 – Direktverbindung nach Neuperlach. In zwanzig Minuten daheim.

Wenigstens blieb Bajazzo das erspart. Der war bei Hummel.

Günther kam unverrichteter Dinge, aber bestens gelaunt zurück. »Der Adi ist leider nicht da. Aber ich hab gefragt, was sie heute empfehlen.«

Mader setzte eine erwartungsfrohe Miene auf.

»Schlutzkrapfen in Salbeibutter, dann als Hauptgang ein Milchzicklein mit Graupenfladen an einer Sauce Bormio. Die wird mit Arganöl gemacht – kennen Sie das?«

Mader nickte. »Was Ziegen schmeckt, kann für Menschen nicht verkehrt sein.«

»Mader, ich staune, Sie kennen sich ja aus in der gehobenen Küche.«

Mader lächelte. »Arganöl eignet sich übrigens auch zur Behandlung von Magen- und Darmproblemen oder bei Akne, Windpocken, Neurodermitis oder Hämorrhoiden. Hab ich mal gelesen.«

»Äh, ja … sehr interessant. Und zum Nachtisch gibt's eine Cassata Marmolada. Na, wie klingt das?«

»La Montanara-oehhh«, sang Mader.

Günther konzentrierte sich auf die Weinkarte und wählte einen Grauburgunder.

Als der Wein vor ihnen stand und die Gläser von der wohltemperierten Kühle des bernsteinfarbenen Getränks sanft ermatteten, ergriff Günther das Wort. »Mader, jetzt arbeiten wir seit fast fünf Jahren zusammen, und ich muss sagen, es verlief nicht immer reibungslos. Aber – ich habe Sie als einen ungewöhnlichen Polizisten mit ausgeprägter Spürnase kennengelernt. Ihre Statistik kann sich wahrlich sehen lassen.«

›Verdammt, was redet der?‹, fragte sich Mader. ›Was will der? Bitte nicht das Du anbieten!‹

»Nun, Mader, vielleicht haben Sie schon einmal gehört, was ein Bewertungsausschuss ist? Da setzt sich die Leitung mit den Bereichsverantwortlichen zusammen und sogar dem Betriebsrat, um zu diskutieren, welche Mitarbeiter im nächsten Jahr besonders entwickelt werden sollen. Und jetzt raten Sie mal, für wen ich mich diesmal eingesetzt habe?«

»Für Hummel?«

»Ach, Hummel!« Günther lachte auf. »Aber nein. Für Sie natürlich! Sie brauchen mehr Verantwortung, um sich besser entfalten zu können, mehr Gehalt, eine andere Position. Ich denke da durchaus in großen Dimensionen – meine Position.«

»Sie verlassen uns?«

»Nein. So weit ist es noch nicht. Aber in Regensburg wird in einem halben Jahr die Stelle eines Dezernatsleiters frei.«

»Und warum wollen Sie dahin wechseln?«

»Nicht ich. Sie.«

»Ich?! Regensburg?«

»Eine wunderbare mittelalterliche Stadt. Kennen Sie Regensburg?«

»Ich bin dort aufgewachsen.«

»Na, sehen Sie, da schließt sich ja der Kreis.«

Mader starrte ihn an.

Der Kellner brachte die Schlutzkrapfen.

»I brauch an Schnaps!«, krächzte Mader.

NOCKERLALARM

Gesine und Nose unterhielten sich blendend. Über Bücher, Filme, Kochrezepte. Gerade räumte der Kellner die Suppenteller ab, als Noses Handy klingelte. »Verzeihen Sie, ich muss kurz drangehen. Ich hab sozusagen Bereitschaft.« Er sah auf das Display, und Gesine sah die Panik in seinen Augen. »Frau Geheimrat? Ja, äh… Aber wie konnte das passieren? Nein, ich hab Ihnen doch gesagt, nicht zu viel Bewegung… Ja, das schließt Sex mit ein!… Natürlich!« Er sah entschuldigend zu Gesine. »Nein, machen Sie sich keine Sorgen. Das kriegen wir morgen wieder hin… Ja, morgen… Schmerzen?… Ja, ich… natürlich… In einer halben Stunde.« Er legte auf. »Tut mir leid, Gesine, das war es wohl mit unserem Abend.«

»Große Probleme?«

»Eine Patientin, die…« Er schüttelte den Kopf. »Entschuldigen Sie.« Er rief einen Kontakt in seinem Telefonverzeichnis auf, lauschte, probierte eine andere Nummer. Auch vergeblich. »Meine Assistenzärzte. Beide nicht zu erreichen.«

Gesine lächelte. »Warum in die Ferne schweifen? Ich komme mit und assistiere.«

Er sah sie erstaunt an, dann lachte er. »Aber wehe, Sie sagen ihr, was Sie sonst so machen.«

CASTRA REGINA

»Darf ich die Herren noch zu einem Marillenlikör verführen?«, hatte der gelackte Ober mit einem schmierigen Grinsen zum Abschluss gefragt. Woraufhin Mader einen doppelten Obstler verlangt hatte. Er war stinksauer.

Günther versuchte ganz offen, ihn loszuwerden. Regensburg! Das ließ die öligen Schlutzkrapfen in seinem Magen posthum schunkeln. Also, nichts gegen Regensburg, eine schöne Stadt. Aber die Donau war nicht die Isar und der Dom nicht die Frauenkirche und das Ostentor nicht das Isartor und so weiter. Immerhin könnte man in Königswiesen ähnlich schmucklos in einem Wohnturm unterkommen wie in Neuperlach. Regensburg – er hatte seine ersten zehn Lebensjahre dort verbracht. Als junger Polizist war er für zwei Jahre zurückgekehrt. Eine schöne Zeit, wenn man die Einsätze in Wackersdorf abzog. Franz Josef Strauß! Was für ein Regime! Was für Zeiten! Wahnsinn, als wäre es Jahrhunderte her. Aber die zwei Jahre waren wirklich genug gewesen. Wobei ihn eine Dezernatsleitung schon reizen würde. Mal ganz weg von der Straße.

EIN FALSCHES WORT?

Beate wischte den Tresen. Die letzten Gäste waren gerade gegangen. War nicht viel los gewesen. Aus den Boxen schmeichelte Curtis Mayfield: »People get ready…« Sie musste an Hummel denken. Dass er ihr im Sommer im Biergarten erzählt hatte, wie seine Version des Titels lautete: »D'Leit essen Radi, zum Bier dazu-u-u…« Hummel hatte sich schon länger nicht mehr bei ihr blicken lassen. Kam doch sonst so oft? Schade. Hatte sie was Falsches gesagt? Nein, eigentlich nicht. Das letzte Mal war es doch ganz nett gewesen. Sie hatte sogar schmalzy Percy Sledge für ihn aufgelegt. Hatte er Liebeskummer? Der Arme. Vielleicht sollte sie ihn mal anrufen, fragen, ob er nicht mal wieder vorbeikommen wollte. Wäre doch nett.

Hummel war beim vierten Bier auf dem Sofa eingedöst. Bajazzo hatte sich unter dem Couchtisch eingerollt. Der Krimi auf Hummels Brustkorb hob und senkte sich. Er träumte von Beate. Dass sie gerade den Tresen wischte, Curtis Mayfield hörte und sich wunderte, warum er so lange nicht mehr in der *Blackbox* war. Sein Handy auf dem Couchtisch klingelte. Bajazzo sprang auf und schlug sich den Kopf an, jaulte auf. Hummel schreckte hoch und griff zum Telefon, säbelte dabei das halbvolle Bier um, das sich gluckernd über den Tisch ergoss.

»Beate?«

»Ich, äh, nein, hier ist Chris. Wer ist Beate?«

»Meine Schwester.«

»Du hast eine Schwester?«

»Ja, warum nicht?«

»Stör ich?«

»Nein, äh, gar nicht.«

»Du, ich hab gerade erst Schluss mit der Arbeit gemacht, ich weiß, es ist spät, aber ich wollte einfach nur deine Stimme hören.«

Hummel war jetzt hellwach, die Hitze stieg ihm ins Gesicht.

»Klaus, bist du noch dran?«

»Ja klar, ich ...«

»Wegen neulich, das tut mir echt leid. Mein Job frisst mich auf. Das passiert mir immer wieder, dass ich Verabredungen nicht einhalten kann.«

»Mit wem?«, fragte Hummel.

Sie lachte glockenhell. »Nein, nicht so. Aber morgen hab ich den ganzen Tag frei.«

»Ich muss arbeiten.«

»Ja, aber doch nicht abends, oder?«

»Ich hoffe nicht, also, äh, das weiß man bei uns vorher nie so genau.«

»Ich ruf dich am frühen Abend an. Passt das?«

»Ja, äh …«

»Ich freu mich. Gute Nacht, Klaus.«

Weg war sie. Das war kein Traum. Chris wollte ihn sehen! Das Ratatouilledesaster wieder gutmachen! Er sah zum Couchtisch, wo nur noch ein flacher Bierspiegel zu sehen war. Der Rest befand sich innerhalb scharf umgrenzter Ränder in seinem roten Ikea-Teppich. Bajazzo hatte sich einen trockenen Platz vor dem Gasofen gesucht. Hummel ging pfeifend in die Küche und holte einen Lappen. Und ein neues Bier.

ZUCKERSCHLECKEN

Mader war fahrig am nächsten Tag (wegen Günthers »Angebot«), Zankl schlecht gelaunt (wegen seiner Frau), Hummel leicht verkatert (wegen spontaner Feierlaune) und Dosi übernächtigt (Kickern mit Fränki).

Gesine war ebenfalls hundemüde. Mit gutem Grund: Jetzt hatte sie einen nachhaltigen Eindruck von Dr. Nos Geschäft bekommen. Kein Zuckerschlecken. Über zwei Stunden hatte sie ihm bei einer komplexen Operation an den Mozartkugeln von Pamela Geheimrat Anderson assistiert. »Er hat gemeint, wenn ich mich beruflich verändern will, kann ich sofort bei ihm anfangen«, rundete sie ihren Bericht ab.

»Und, wollen Sie?«, fragte Mader.

»Wie?«, fragte Gesine irritiert.

»Na, wollen Sie sich beruflich verändern? Solche Fragen stellt man sich doch manchmal. Oder andere stellen sie.«

Alle sahen ihn verwundert an.

»Was ist los, Chef?«, fragte Zankl.

»Günther will mich loswerden. Er hat mir eine Stelle in Regensburg angeboten. Dezernatsleitung.«

Betretenes Schweigen.

Mader machte ein ernstes Gesicht. »Wenn Sie jetzt schon meine Abschiedsfeier planen, muss ich Sie enttäuschen, ich gehe nicht.« Er grinste breit. »Ja, Dr. Fleischer, diese Dame aus Salzburg, gibt die was her? Ich mein, das ist ja eher ungewöhnlich, dass man zu später Stunde noch so eine Operation durchführt.«

»Da stecken irgendwelche geschäftlichen Verpflichtungen dahinter. Viel Geld. Aber ich kann Ihnen nicht mal den Namen sagen. Ärztliche Schweigepflicht.«

»Müssen Sie auch nicht. Halten Sie einfach Augen und Ohren offen, ob er irgendwelche illegalen Geschäfte macht. Und machen Sie selbst nichts Illegales, nehmen Sie kein Geld! Sonst haben wir ein Problem. Haben Sie denn schon was vom Labor, gibt es von Weinmeier irgendwelche Spuren an den Leichen der beiden Frauen?«

»Negativ bislang.«

»Bei den Wohnungen ist die Spurensicherung noch dran. Hummel, was sagt die Lektorin?«

»Die Möller sagt, sie hat kein Manuskript, wird aber das Buch trotzdem machen.«

»Und wie soll das gehen?«

»Die setzen einen Ghostwriter dran, der schreibt das Buch.«

»Aber der muss doch irgendwie recherchieren«, warf Zankl ein. »Ich wette, die Tante hat doch was und rückt es bloß nicht raus.«

»Ich weiß es nicht«, sagte Hummel. »Was ich aber weiß: Sie ist in Gefahr, wenn deswegen schon in der Agentur eingebrochen wurde.«

»Was ist eigentlich mit dem Koautor von Weinmeier?«, fragte jetzt Dosi.

Alle sahen sie mit großen Augen an.

»Wisst ihr das nicht? Der Weinmeier hat nicht allein gearbeitet. Und sein Kollege ist doch für den Täter total interessant, oder?« Sie lächelte.

Mader nickte nachdenklich, und auch die anderen begriffen langsam. Mader sah Hummel an. »Sie sind doch der Mann des Wortes bei uns, sprechen Sie sich mit dieser Möller ab, die kann uns helfen, die Spur zu legen. Und prüfen Sie, ob es noch ausstehende Termine von Weinmeier gibt, wo wir Sie als Koautor einschleusen können.«

BULLDOZER

Als Hummel zum Verlagshaus fuhr, grübelte er, ob er mal wieder die Arschkarte gezogen hatte. Aber Dosis Geistesblitze beeindruckten ihn immer noch. Da sah es aus, als steckten sie in der Sackgasse, und sie donnerte einfach wie ein Bulldozer durch die Mauer am Ende der Straße. Also gab es doch ein Manuskript. Sozusagen.

Sandy Möller war sehr beschäftigt, als Hummel eintraf. Sie räumte gerade ihr Büro auf, wo viele Papiere wüst durcheinander lagen.

»Haben Sie das der Polizei gemeldet?«, fragte Hummel.

»Nein.«

»Warum nicht?«

»Weil ich es nicht für nötig halte. Das waren bestimmt meine eifersüchtigen Kolleginnen.«

»Aha. Warum sollten die so was tun?«

»Neid. Und was wollen Sie schon wieder hier?«

»Mit Ihnen reden. Sie wissen, dass Sie in Gefahr sind? Weinmeier wurde vermutlich wegen des Manuskripts umgebracht.«

»Und jetzt glauben Sie, dass der Täter es auf mich abgesehen hat.«

»Wonach sieht das hier denn aus? Weinmeiers Agentur wurde ebenfalls auf den Kopf gestellt. Das ist kein Spaß. Hier geht es um Mord.«

Sie schloss die Tür, öffnete das Fenster und holte ihre Zigaretten raus. Bot ihm eine an. Sie rauchten schweigend.

»Ich bin jetzt schon seit elf Jahren hier«, erklärte Sandy Möller. »Das ist ein schöner Job, mit interessanten Menschen. Klar, die Autoren sind oft kompliziert, aber es ist ein Job, den man mit Herzblut macht. Man sieht die Ergebnisse schnell. Die fertigen Bücher, die ihren Weg machen oder nur mühsam das Schwimmen lernen oder gleich absaufen. Manchmal aber gehen sie durch die Decke. Wie die Bücher von Weinmeier. Das ist das eine. Für das andere sorgen die Kolleginnen. Das ist die Hölle oder zumindest das Fegefeuer.«

›Und du legst fleißig Kohle nach‹, dachte Hummel und nickte.

»Jetzt habe ich zum ersten Mal die Chance, einen richtigen Karrieresprung zu machen. Weinmeier habe ich betreut, weil es niemand sonst mit dieser egozentrischen Diva ausgehalten hat. Und jetzt will ich meinen Lohn.« Sie nahm einen letzten tiefen Zug und schnippte die Kippe gedankenverloren aus dem Fenster.

Hummel stand auf und tat es ihr gleich.

Einträchtig landeten sie in einem offenen Porsche Cabrio und glimmten im cremefarbenen Lederpolster. Was

Hummel und Möller nicht sahen, aber Lerchenthaler sicherlich merken würde. Denn sein Porsche war es.

Hummel sah Sandy Möller tief in die Augen. »Ich will, dass Sie uns helfen. Wenn Sie sich weigern, geh ich da raus und erzähl den Damen, wie der Deal mit dem Karrieresprung läuft. Also, haben Sie das Manuskript?«

Sie sank auf den Stuhl. »Nein, ich habe nichts, fast nichts. Mickrige zehn Seiten Exposé.«

»Wir wissen mehr, als Sie denken«, sagte Hummel. »Ich mach Ihnen jetzt einen Vorschlag: Sie wollen ein Buch herausbringen, ich muss den Mord an Weinmeier klären, wir brauchen beide dieselben Informationen. Um an die Hintermänner zu kommen, bin ich ab sofort der Koautor des Buches. Falls jemand was wissen will zu den Inhalten oder zum Verbleib des Manuskripts, verweisen Sie ihn an mich. Und ich bin offiziell natürlich kein Polizist, sondern Journalist, Weinmeiers Assistent, oder wie immer Sie es nennen wollen. Haben Sie verstanden?«

Sie schüttelte den Kopf.

»Ich bin der Lockvogel.«

»Und was hab ich davon?«

»Der Täter will Mitwisser ausschalten. Wenn er das versucht, schnappen wir ihn. Vermutlich hat er ja schon Unterlagen von Weinmeier. Er muss ja wissen, was drinsteht, sonst hätte er ihn nicht umgebracht, sonst wäre auch Weinmeiers Computer nicht weg. Wenn wir die Unterlagen haben, dann kriegen Sie die auch. Sie wollen doch, dass das Buch erscheint, oder?«

Sie nickte.

»Sie bringen ihn auf meine Fährte«, fuhr Hummel fort. »Sie stellen mir einen Ghostwriter-Vertrag aus. Den platzieren Sie dann so, dass man ihn finden muss. Bei Ihnen zu Hause.«

»Bei mir zu Hause?«

»Hier war er ja bereits. Wir probieren es. Keine Bange. Niemand wird in die Wohnung einbrechen, wenn Sie da sind.«

»Ich will überhaupt nicht, dass jemand in meine Wohnung einbricht! Auch nicht, wenn ich nicht da bin!«

Sie wirkte plötzlich sehr müde.

»Gut, weiter«, sagte Hummel. »Gibt es irgendwelche Termine, bei denen ich als Koautor ins Spiel kommen kann?«

»Weinmeier wollte unbedingt noch auf den DPC-Kongress, das Jahrestreffen der Deutschen Plastischen Chirurgie, kommendes Wochenende. Wir hatten ewig gefeilscht, weil der Verlag natürlich alle Kosten übernehmen sollte. Kennen Sie das *Almbach*? Ein Luxushotel bei der Zugspitze. Schlappe 700 Euro die Nacht. Und Weinmeier war ein übler Spesenritter.«

»Das Hotel ist gebucht?«

»Ja, wir haben nichts storniert. Noch nicht.«

»Okay. Ich springe ein.«

»Es ist ein Doppelzimmer reserviert. Nehmen Sie ruhig Ihre Frau mit. Weinmeier hatte auch immer jemanden dabei.«

Hummel grinste verlegen. Mit Chris in so ein Luxushotel? Oder mit Beate? Na ja, es würde ja wohl eher auf Dosi rauslaufen. War ja dienstlich.

Als sie aus dem Büro traten, zuckten viele Köpfe zurück hinter die Bildschirme. Atlantiktief. Hummel fröstelte. ›Mein erster Verlagsvertrag‹, dachte er, als er zur Trambahnhaltestelle ging. ›Als Ghost. Aber mit meinem echten Namen.‹

Zankl und Dosi machten bei den beiden Unfallopfern entscheidende Fortschritte. Dank Gesine. Die hatte nämlich einen heißen Draht zum Klinikum Großhadern, wo sie unter der Hand erfuhr, dass die beiden Patienten der Obhut eines gewissen Dr. Dietmar Schwarz übergeben wurden. Wow! Und Nose hatte die beiden auch noch kostenfrei zu Demonstrationszwecken für die Chirurgiestudenten behandelt. Nach Rücksprache mit Mader konfrontierten sie Nose damit. Was Nose mit Blick auf den Patientenschutz recht fragwürdig fand, doch dann zeigte er sich ziemlich schockiert über das plötzliche Ende der beiden Herren und gab bereitwillig Auskunft: Ein Freund habe ihn wegen dieser Geschichte angesprochen, weil dieser leider wegen einer Sehnenscheidenentzündung nicht selbst die Wohltat vollbringen konnte. Und dieser Freund hieß: Dr. Grasser!

»Das stinkt zum Himmel!«, sagte Zankl und rief bei Grasser an. Leider war dieser für einen Monat entfleucht zu einer Gastprofessur in Los Angeles, wie seine Praxis mitteilte. Großartig! Und an sein Handy ging er nicht. »Richten Sie ihm aus, dass ihn die Kriminalpolizei dringend sprechen will!«, sagte er Grassers Sekretärin in scharfem Ton.

Jetzt hatten sie Grasser zumindest einmal der Lüge überführt. Er hatte ja gesagt, dass die Männer in dem Striplokal Zufallsbekanntschaften waren. Warum sollte man Zufallsbekanntschaften einen solch großen Gefallen tun? Und wenn, so viel Zufall gab es nicht! ›Bis wir den erreichen, hat er sich mit Nose eine völlig plausible Ausrede zurechtgebastelt‹, dachte Zankl. »Die ganze Geschichte stinkt so was von zum Himmel!«, fluchte Zankl nochmals

und war wütend entschlossen, das nächste Kapitel aufzu-
schlagen.

ZAHLE BAR UND SOFORT!

Es war nicht schwer für Zankl, herauszukriegen, was mit
dem komplett ramponierten BMW von dem Auffahr-
unfall am Irschenberg passiert war. Er stand auf dem Hof
von *Manu Meyers gebrauchte Automobile* an der Wasser-
burger Landstraße. *Kaufe jedes Auto! Zahle bar und sofort!
Höchstpreise!*

Manu war ein gewichtiger Glatzkopf im Blaumann,
der Zankl partout nicht helfen wollte. Erst als Zankl an-
deutete, er könnte sich ja mal um die Freigabe des A6
kümmern, in dem die beiden Kleinganoven endgültig ihr
Leben aushauchten, wurde Manu aufmerksamer. Ludwig
hatte nämlich Wagen und Fahrzeugschein mitgenommen,
aber noch nicht bezahlt. »Alles auf Vertrauen, Loki hatte
da irgendein tolles Geschäft am Laufen«, erklärte Manu.

»Hatte«, präzisierte Zankl, »die Zahlung kommt definitiv nicht mehr.«

Als Manu das verstanden hatte, wurde er viel zutrau-
licher. Der BMW sei zwar bereits ausgeschlachtet, aber
noch auf dem Hof, kein Problem.

»Gut!«, sagte Zankl. »Meine Kollegen holen den
Wagen.«

»Ich hätte da noch was«, meinte Manu. »Das Navi aus
der Kiste.«

Zankl sah ihn scharf an und nickte.

Manu grinste. »Neues Modell, bringt auch gebraucht
noch lässig 150 Euro.«

»Gib's her, sonst wird das nix mit dem A6!«

Das Ergebnis der KTU war eindeutig: Die Bremsen des BMW waren manipuliert worden. Schon der Unfall war also kein Unfall, sondern ein Mordversuch! Die Auswertung des Navi dauerte noch. Es war definitiv keine 150 Euro mehr wert, wie Manu gesagt hatte, sondern schrottreif. Aber die Kollegen wollten sehen, ob sie nicht doch noch die Daten herauskitzeln konnten.

»Der Täter kennt sich mit Autos aus«, sagte Zankl. »Nose hat so einen alten Italoschlitten. Der schraubt doch bestimmt selbst?«

Mader sah das nicht: »Das macht doch keinen Sinn. Erst sorgt er für den Unfall, und dann operiert er ihnen die Gesichter. Dr. Fleischer, sehen Sie sich die Leichen bitte noch mal genau an. Mich interessiert, ob sie betäubt wurden, bevor sie die Abgase eingeatmet haben. Dann wäre das vermutlich der Mordversuch Nummer zwei.«

Zankl sah auf die Uhr. »Ich muss los«, sagte er mit einem Anflug von Panik in der Stimme und verließ fluchtartig das Büro. Hummel blickte ihm erstaunt hinterher.

»Kreißsaalbesichtigung«, erklärte Dosi.

Hummel holte sich einen Kaffee, dann beriet er sich mit Dosi und Mader wegen Sandy Möllers ungebetenem Besuch im Büro. Nose kam da nicht wirklich infrage. Sehr unwahrscheinlich, dass Nose nach der anstrengenden Operation mit Gesine noch mal losgezogen sein sollte, um Sandy Möllers Büro auf den Kopf zu stellen. Und Grasser weilte ja angeblich derzeit als Gastdozent in Los Angeles.

»Na ja, vielleicht hat Nose ja einfach einen Handlanger«, meinte Dosi.

Hummel erzählte den beiden nun von dem Kongress und seinem Plan, anstelle von Weinmeier an der Tagung teilzunehmen. Dass Hummel Dosi mitnehmen wollte, schmeichelte ihr. »Das *Almbach* ist eines der besten Hotels weit und breit«, sagte sie. »Da war mal ein Bericht im Fernsehen. Die haben ein unglaubliches Wellnessangebot. Geile Saunalandschaft.«

Hummel verscheuchte das unkeusche Bild von sich und Dosi in der »geilen Saunalandschaft«.

Mader war skeptisch. Aber wenn die Kollegen ihr Wochenende mit Ermittlungen verbringen wollten – an ihm sollte es nicht scheitern. Sie verteilten die Rollen für diese Nacht. Dosi sollte Nose überwachen.

Sandy Möller bekam die Anweisung, ab zwanzig Uhr bis spät unterwegs zu sein. Hummel sollte vor ihrem Haus Stellung beziehen.

»Chef, ich kann heute nicht!«, sagte Hummel flehentlich, als ihm einfiel, dass er heute Abend mit Chris verabredet war. »Könnten Sie nicht...«

»Nein. Ich habe einen dienstlichen Termin.«

»Ja, aber später vielleicht. Wenn ich zuerst...?«

»Hummel, ich würde ja, aber es tut mir leid, ich bin in Regensburg.«

Der Schreck stand Hummel und Dosi ins Gesicht geschrieben.

»Ich soll mich da mal umschauen«, erklärte Mader und lächelte versonnen. »An die Arbeit, Leute!«

DAS GANZE LEBEN

Hummel instruierte Sandy Möller und rief danach Chris an, um ihr abzusagen. Der hätte es heute sowieso mal wieder nicht gepasst, wie sich herausstellte. Als sie ihn fragte, ob er jetzt beleidigt sei, antwortete er: »Nein, nein, ich mein, das ist okay, wir können ja ein andermal, ich mein, wir haben ja Zeit, das ganze Leben...«

»Oh, Klaus, du bist so süß. Und ich dachte, jetzt bist du bestimmt sauer.«

Süß! Er hatte glasige Augen, als er auflegte.

»Das ganze Leben!«, zwitscherte Dosi. »Was war das denn?«

SOULMAN

Hummel saß in einem kleinen Café in der Isabellastraße mit direktem Blick auf den Hauseingang von Sandy Möller. Es war halb neun. Möller hatte kurz vor acht Uhr das Haus verlassen. Vor Hummel stand eine Apfelschorle. Schlimm genug. Aber nicht nur das: Die dezent im Raum verteilten Boxen quälten ihn mit Salsa und Cumbia. Er musste aufs Klo. Gerade jetzt würde der Täter ja nicht kommen. Er pinkelte und studierte beim Händewaschen den Automaten an der Wand. Keine Kondome, sondern Sextoys. Was zur Hölle war eine *Travelpussy*?! Klang wie eine texanische Frauencountryband? Hätte er jetzt zwei Euro klein gehabt, hätte er sich das mal näher angesehen. Er ging zurück ins Lokal.

Am Fenster saß: »Chris!«

»Klaus!«

»Was machst du denn hier?«, sagten beide gleichzeitig – voller aufrichtigem Erstaunen.

»Ist was passiert?«, fragte Hummel und musterte sie von oben bis unten. Sie war komplett schwarz angezogen.

Der Ober brachte ihr einen Espresso. Hummel sah sie immer noch entgeistert an. »Wir hatten eine Präsentation

in so einem Undergroundschuppen, hier ums Eck«, erklärte sie, »Street Fashion: Sneakers, Shirts, Hoodies, so
Hip-Hop-Zeugs. Der Kunde wollte unbedingt, dass ich
dabei bin.Das nächste Mal nehme ich dich mit, Soulman«,
sagte sie und zwinkerte. »Jetzt tanke ich nur schnell einen
Kaffee, und dann muss ich weiter zur Oper.«

»Zur Oper?«

»Ja, ganz eilig. Die brauchen für so 'ne moderne Insze-
nierung meine Models, und ich soll mit den Leuten vom
Kostümfundus sprechen. Sofort und gleich oder gar nicht.
Diese Künstler!« Sie stürzte den Kaffee runter. »Und du,
was machst du hier? Ganz allein? Du wartest doch nicht
etwa auf eine Frau?«

»Ich, äh, nein…«

Sie lachte. »Ich muss los. Sag ihr einen schönen Gruß,
Süßer.« Sie drückte ihm einen Kuss auf die Wange und
verschwand.

Hummel wusste nicht, wie ihm geschah. *Süßer! Soulman!* Er seufzte und winkte dem Kellner. »Ich nehm jetzt
doch ein Bier.«

Das dritte Bier hatte er bis zum Letzten ausgereizt, als
Sandy Möller wieder im Hauseingang auftauchte. Er sah
auf die Uhr. Zwanzig vor zwölf. Er wartete, bis oben das
Licht anging, dann zahlte er und trat vors Café. Er zögerte
kurz – Isabellastraße, das war nicht weit zur Kurfürsten-
straße. Zur *Blackbox.*

DISCOTIME

Dosi sog den letzten Rest Cola aus ihrem XXL-Becher
von *Burger King.* Sie räumte raschelndes Papier auf den
Beifahrersitz ihres verbeulten Fiesta. Das Wageninnere

roch säuerlich nach Zwiebeln und Gurken. Sie ließ den Wagen an, denn Dr. Nos Maserati röchelte gerade vom Parkplatz des Gewerbegebäudes an der Rosenheimer Straße. Nose war zwei Stunden zuvor mit einer Sporttasche in dem Gebäude verschwunden. Im ersten Stock über dem dunklen Küchenstudio drehte sich immer noch die Discokugel der Tanzschule *Circulo*. Paare drehten sich dort jetzt nicht mehr. Es war halb eins. ›Tanzschule! Ein Mann mit vielen Gesichtern‹, dachte Dosi. Jetzt folgte sie den Rücklichtern des Maserati über den Altstadtring Richtung Bahnhof, Bayerstraße, Donnersberger Brücke bis hinaus nach Pasing ins Villenviertel. Sie achtete auf genügend Abstand, denn ihr kaputter Auspuff röhrte bedenklich. Der Maserati verschwand schließlich hinter dem Elektrotor der Villeneinfahrt. Sie wartete noch eine Viertelstunde, dann erklärte sie die Aktion für beendet. Als sie den Motor startete und die Kupplung kommen ließ, roch es streng. »Wehe, du machst jetzt schlapp!«, zischte Dosi ihren Fiesta an.

KÜCHENSCHWAMM

Zankl war um Mitternacht todmüde in die Federn gesunken, nachdem sie die Kreißsäle im *Dritten Orden* besichtigt und hinterher alle Vor- und Nachteile fein säuberlich abgewogen hatten. Und jetzt konnte er nicht einschlafen. Eins wusste er jetzt jedenfalls: Sie waren nicht die Einzigen in München, die ein Kind erwarteten. Ein elendes Geschubse und Gedränge. Die Atmosphäre war explosiv gewesen: Hormone aller Couleur – Stress, Panik, Glück – wetteiferten miteinander. Alle anderen Eltern in spe wussten so viel mehr als Zankl, hatten Fragen gestellt nach Periduralanästhesie, nach Babynotfallstation, nach Wassergeburt oder Klangschalentherapie. Conny hatte jede auch noch so abseitige Frage und Antwort aufgesogen wie ein vertrockneter Küchenschwamm. Zankl war sich sicher, dass all diese Informationen morgen wieder aus ihr heraussprudeln würden und nach sofortiger Überprüfung verlangten: Ist ein Dammriss einem Dammschnitt wirklich vorzuziehen? Beschleunigt die Schwerkraft tatsächlich die Geburt bei hockender Gebärstellung? Klassische Musik, Popmusik oder gar keine Musik bei der Geburt? Ist es vertretbar, als Mann das Ergebnis in angemessener Distanz abzuwarten? Das war Medizin, Physik, Psychologie und Philosophie zugleich. Kurz: die Hölle!

Endlich schlief er ein. Und träumte, dass bei ihrer Geburt die ganzen Menschen vom heutigen Abend während ihrer Entbindung um sie herumstanden, ihm Fragen stellten, die er nicht beantworten konnte, oder ihn lauthals beschimpften: »Seht ihn an, den ahnungslosen Trottel!«

KEIN STERN

Halb drei. Hummel putzmunter. Hormone in Wallung. Und ganz nüchtern war er auch nicht mehr.

Liebes Tagebuch,

dieser Tag mit all seinen Windungen und Verwirrungen nimmt einfach kein Ende. Jetzt dachte ich, in der Black-box *ein bisschen nachdenken zu können, wie das mit meinem Herzen ist. Alles so schicksalhaft. Ich mein, es kann doch kein Zufall sein, dass ich Chris vorhin im Café getroffen habe. In einer Gegend, in der ich sonst nie bin, in einem Café, das ich bis heute nicht kannte. Und wie sie ausgesehen hat – dieser schwarze Trainingsanzug! So sexy! Wie in einem amerikanischen Siebzigerjahre-Gangsterstreifen!*

Wär ich doch gleich heimgegangen und nicht mehr in die Blackbox! Ausgerechnet heute schüttet Beate mir ihr Herz aus. Dass sie ihr Leben jetzt ordnen, sesshaft werden will. Aber deswegen braucht sie doch noch lange nicht zu heiraten! Das sieht ein Blinder, dass sie mit dem Typen nicht glücklich werden kann. Niemals! Dieser... verdammt... gut aussehende Typ mit dem tollen Job und dem dicken Gehalt...

Und ich soll tatsächlich jetzt mit der Soulband auf ihrer Hochzeit spielen. Leider kein Scherz. Am 11. November ist es so weit. 11. 11. Haha, wie originell! Ein Faschingsscherz... Würde zu ihm passen, dem einfallslosen Pinsel. Den Heiratsantrag hat er ihr bestimmt auf der Rialto-Brücke gemacht, als sie letzten Monat in Venedig waren. Das romantische Arschloch. Ich spiel auf der Hochzeit höchstens die Mundharmonika – für ihren Zukünftigen. Spiel mir das Lied vom Tod.

Hummel knallte das Tagebuch zu und ging in die Küche, um das letzte Bier des Abends aufzumachen. Er setzte sich ans offene Küchenfenster und atmete die kalte Nachtluft ein. Schickte seine schwarzen Gedanken in den ebenso schwarzen Himmel. Kein Stern.

GOLFARM

Man konnte einfach nichts mehr machen, ohne dass man irgendwo digitale Spuren hinterließ. Die Kollegen aus der KTU hatten das Navi ausgelesen. Resultat: ein detailliertes Bewegungsprofil. Immer wieder wurden vom

Klinikum Großhadern aus Ziele angesteuert: Nürnberg, Stuttgart, Innsbruck, oft Autobahnraststätten. Der letzte Bestimmungsort beim Flughafen Salzburg wurde nicht mehr erreicht. »Die haben Botendienste gemacht«, sagte Zankl. »Dann fangen wir doch mal in Großhadern an.«

Zankl und Hummel trafen den dortigen Chefarzt der Pathologie, Professor Prodonsky, in einer etwas pikanten Situation. Er war sein eigener Kunde. Nein, so schlimm war es für den Pathologen noch nicht. Er war in der Obhut seiner Kollegen aus der Kardiologie. Er lag in der Krankenstation am Tropf. Herzinfarkt. Hummel blieb fast die Luft weg, als sie das Krankenzimmer betraten. ›Der Typ aus dem Stripschuppen! Der mit Grasser und den beiden toten Ganoven!‹ Aber Hummel blieb ganz cool. Nach einem kurzen Geplänkel fragte er, wie denn die Pathologie hier organisiert sei.

»Na ja, ich bin der Chef«, sagte Prodonsky, »aber ich kümmere mich vor allem um die Verwaltung, die Organisation, den Schreibkram. Für das Tagesgeschäft ist Dr. Weiß zuständig.«

»Aha, können wir den auch sprechen? Es ist wichtig.«

»Wenn Sie jetzt so gütig wären, mir den Grund Ihres Interesses zu nennen?«

Hummel lächelte. »Eine reine Routinegeschichte. Können wir Dr. Weiß jetzt sprechen?«

»Nein, das geht leider nicht. Er wird vermisst.«

»Vermisst?!«

»Wir haben es der Polizei gemeldet, als er nach drei Tagen immer noch nicht zum Dienst erschienen war und wir ihn nicht erreichten. Wir machen uns wirklich Sorgen. Von Ihren Kollegen haben wir noch keine Nachricht.«

Hummel sah ihn scharf an. »Dann sprechen wir jetzt mal Klartext: Ist es denkbar, dass bei Ihnen in der Pathologie auch andere Dinge verschwinden, Körperteile zum Beispiel?«

»Wie meinen Sie das? Obwohl, wenn hier ein ganzer Mensch verschwinden kann, warum nicht auch Einzelteile?« Er lachte schrill. »Entschuldigung, ich bin ein bisschen überarbeitet. Seit Weiß verschwunden ist, haben wir hier einen Personalengpass. Und jetzt noch meine Herzbeschwerden.« Er machte eine nachdenkliche Pause. »Nein, ich weiß nichts von irgendeinem Ersatzteilhandel. Aber jetzt fällt mir ein, dass Weiß einmal so komische Andeutungen machte. Dass er eine gute Geschäftsidee hätte. Sie glauben doch nicht ...? Und dass er sich jetzt abgesetzt hat?«

»Wir glauben gar nichts. Wann war er das letzte Mal an seinem Arbeitsplatz?«

»Das muss schon zwei Wochen her sein, ich ...« Er brach ab und griff sich ans Herz.

»Wir kommen gleich wieder!«, sagte Hummel kühl und zog Zankl hinaus. »Ich hab den Typen schon mal gesehen, das war der mit Grasser und den beiden Schlägern, die Nose dann operiert hat, in dem Nachtklub.«

Zankl schnaubte: »Nose, Grasser, Prodonsky, die stecken alle unter einer Decke!«

Sie gingen wieder rein und fragten Prodonsky nach seinen Alibis für die inzwischen nicht gerade wenigen Mordfälle.

Prodonsky war erst empört, gab dann aber Auskunft. War ja einfach: Wenn er nicht bis spät in die Nacht arbeitete, trieb er sich auf dem Golfplatz rum. Jede Menge Zeugen. Und dass er Grasser in dem Nachtklub getroffen hatte, leugnete er nicht. Ab und zu mal die Niveaubremse ziehen, das macht man doch gern mal unter Freunden. Nein, zu den beiden Herren in der *Edelschweiß*-Bar könne er gar nichts sagen. Das waren zwei grobe Typen, die sie oben auf der Straße angeschnorrt hätten und denen sie ein Bier ausgegeben hätten. Zu Grassers etwas anderslautender Aussage, der ja von drei ihm unbekannten Männern gesprochen hatte, sagte Prodonsky nur belustigt: »Typisch Grasser – immer überarbeitet.« Und für den Umstand, dass ausgerechnet Nose die Gesichter der beiden Herren operiert hatte, gab es ebenfalls eine plausible Erklärung: »Grasser hat ja eine soziale Ader. Er kümmert sich hier immer mal wieder um Fälle, wenn das nötige Kleingeld fehlt. Zurzeit hat er aber ein bisschen Probleme mit seinem Golfarm und hat offenbar Dietmar gefragt, ob er das übernimmt. Dietmar macht so was ja auch öfters. Im Dienst der Wissenschaft. Er zeigt dann den Studenten, wie es um die Möglichkeiten der plastischen Chirurgie bestellt ist. Ebenfalls ein hervorragender Chirurg, der Dietmar!«

»Diese Scheißtypen sind ja so was von cool!«, fluchte Hummel, als sie die Klinik verließen. »Golfarm! Das haben sich die Jungs schön ausgedacht! Aber die kriegen wir am Arsch!«

»Was machen wir wegen diesem Dr. Weiß?«, fragte Zankl. »Ich hab kein gutes Gefühl. Irgendwas stinkt hier gewaltig.«

»Wir besorgen uns seine Adresse und sehen uns seine Wohnung an.«

Weiß' Wohnung in Laim war verlassen. Er lebte allein und und ziemlich bescheiden in einem gesichtslosen Wohnblock in der Nähe des Mittleren Rings. Die Wohnung sah aus, als wäre der Bewohner nur mal kurz außer Haus gegangen. Computer gab es keinen, das fiel Hummel auf. Ausgeflogen. Musste ja noch nichts heißen für den Fall. Oder? Die Anfrage in der Vermisstenstelle ergab nichts. Sie zogen sich ein Bild von Weiß von der Klinikhomepage und schrieben ihn zur Fahndung aus.

Hummel googelte Prodonsky und fand ein interessantes Bild von ihm auf der Homepage des Golfklubs Straßlach. Mit Grasser, Nose und einem weiteren Herrn. Der vierte Mann hieß Dr. Hanke. »Den sollten wir auch noch kennenlernen«, beschloss Hummel.

Mit Dosi fuhr er zu der Gemeinschaftspraxis in Nymphenburg, wo Hanke als plastischer Chirurg arbeitete. »Hatten wir den eigentlich auch auf unserer Liste?«, fragte Hummel.

»Nicht dass ich wüsste«, meinte Dosi, »die san wie die Schwammerl.«

In der Praxis erhielten sie die Auskunft, dass Dr. Hanke drei Wochen in Urlaub sei. Wo genau, wisse man auch nicht, vermutlich sei er mit seinem neuen Sportwagen in Italien. Auf dem Handy erreichte Hummel ihn nicht. Sie fuhren weiter zur Villa von Dr. Hanke in Münsing. Die Villa war verschlossen, die Fensterläden waren verriegelt. Sie kehrten unverrichteter Dinge ins Büro zurück.

Dort hatte Zankl Neuigkeiten: »Von der Kriminalpolizei Hannover. Die haben vor ein paar Tagen einen toten Mann im Straßengraben gefunden, zu dem unser Fahndungsbild passt.« Er zeigte Hummel das gemailte

Foto der Leiche. Hummel kratzte sich am Kopf. »Was zur Hölle macht dieser Dr. Weiß in Niedersachsen?«

DIE RICHTIGE MISCHUNG

Sandy Möller war mittags mit pochenden Kopfschmerzen im Bett aufgewacht. Ihre Wohnung war gründlich auf den Kopf gestellt. Die ganze Beschattung durch den Kommissar war umsonst gewesen. Na super. Sie hatte die Papiere auf ihrem Schreibtisch überprüft. Der Koautorenvertrag lag obenauf. Sie hatte zwei Kopfschmerztabletten genommen und sich wieder hingelegt. Als sie nachmittags Hummel anrief und ihm von dem nächtlichen Besuch berichtete, war Hummel überrascht – der Täter hatte ja gar keine Hemmungen! Dosi hatte ihre Observierung von Nose kurz nach ein Uhr beendet. Wenn Nose dann tatsächlich noch mal losgezogen wäre, hätte er zweifellos eine erstaunliche Kondition. Irgendwas irritierte Hummel an Dr. Nos Besuch in der Tanzschule. Er kannte das Gebäude. War ja gleich ums Eck bei ihm. Dort war noch eine Tanzschule ganz anderer Art untergebracht – ein Budokan. Fernöstliche Kampfkunst. Könnte es nicht sein, dass Nose dort gewesen war? Für die Möller-Geschichte war das egal, aber für etwas anderes nicht: Das zweite Opfer im Park hatte Spuren gezielter Schläge. Alibi hin oder her, er nahm sich vor, auf dem Heimweg in der Kampfsportschule vorbeizuschauen und sich die Mitgliederliste zeigen zu lassen. Machte er sich bestimmt Freunde mit der Aktion.

Zurück zu Sandy Möller. Das Risiko für sie wollten sie ja eigentlich vermeiden, aber zum Glück war der Möller nichts Schlimmeres passiert. Der Täter war jedenfalls eiskalt. Und jetzt hatte er Hummel als Koautor wegen des Vertrags auf dem Radar.

Zankl steckte knietief in den Zahlen und verschaffte sich detaillierte Informationen zu Dr. Nos Finanzlage. Speziell zu seiner Chiemseeklinik. War ein kostenintensiver Laden. Den Salzburger Baustoffunternehmer Nonnenmeier samt illustrer Gattin hatte er schnell geortet. Aber komplex das Ganze! Denn das Baustoffimperium war ein undurchdringlicher Dschungel mit vielen kleinen Unternehmen. Da musste er die österreichischen Kollegen um Amtshilfe bitten. Er kannte jemanden in Salzburg, bei dem er noch was gut hatte.

Dosi beschäftigte sich mit dem Tagungsprogramm der plastischen Chirurgen im Luxushotel *Almbach*. Sie musste sichergehen, dass Nose ihr dort nicht begegnete. Nose hatte laut Programm einen Vortrag am Eröffnungstag. Der würde sich vermeiden lassen. Und Hummel hatte Nose ja nie persönlich kennengelernt. Nach dem Vortrag wäre Nose wieder am Chiemsee, wo Gesine mit ihm verabredet war, um sich seine Praxisklinik mal näher anzusehen.

Mader war fahrig und unkonzentriert, als er mittags im Präsidium eintraf. Niemand sprach ihn darauf an. Alle wussten, dass er gestern in Regensburg gewesen war. Dosi wunderte sich über sich selbst. Vor nicht allzu langer Zeit hätte sie sich hier für jede Stelle qualifiziert gesehen, auch für Maders, aber inzwischen wusste sie, was für ein schwieriger Job das war. Im Hintergrund die Strippen ziehen, den Überblick bewahren und Dr. Günther unter Kontrolle halten. Nicht auszudenken, was passieren würde, wenn Mader sie verließ.

Es wurde eine lange Teamsitzung. Mader war sehr mit Zankls Ergebnissen aus der Naviüberprüfung zufrieden.

Da lief einiges zusammen. Das mit Dr. Weiß und Hannover irritierte auch ihn. Und diesen Dr. Hanke sollten sie ebenfalls mal genauer unter die Lupe nehmen. Auf wen sollten sie sich jetzt konzentrieren? Professor Prodonsky war im Moment mit Herzproblemen schachmatt, Dr. Hanke vielleicht irgendwo in Italien, Dr. Grasser in Kalifornien. Blieb im Moment nur Dr. No. Vielleicht würde Gesine am Chiemsee endlich einen tieferen Einblick in Dr. Nos Geschäfte bekommen. Vielleicht würden sie auf dem Kongress von einem der Beautychirurgen interessante Dinge in puncto Organhandel erfahren, denn Kongresse waren ja brodelnde Gerüchteküchen.

Zankl sollte Gesine unauffällig Begleitschutz geben. Und Mader wollte ein Auge auf Dosi und Hummel haben und hatte sich ein Zimmer in einem Gasthaus in Klais gebucht. Wenn es keine besonderen Vorkommnisse gab, wollte Mader die Zeit für ausgedehnte Spaziergänge mit Bajazzo vor der Kulisse des Zugspitzmassivs nutzen. Der Wetterbericht war gut, und es gab so manches, worüber er nachdenken musste.

Mader glaubte nicht wirklich, dass dieses Wochenende wesentliche Fortschritte bringen würde, aber er schätzte es sehr, dass seine Leute so viel Initiative zeigten. Die würden eigentlich ganz gut ohne ihn auskommen. Obwohl – einer musste ja den Hut aufhaben, oder? Die richtige Mischung aus persönlichem Ehrgeiz und Teamarbeit – dahin versuchte er seine Leute zu lenken. Nachdenklich blätterte er in dem Wanderführer *Rund um die Zugspitze* und betrachtete die eindrucksvollen Fotos. Saftige Almwiesen vor schroffem Fels. ›So was gibt's in der Oberpfalz jedenfalls nicht!‹

Hummel rauchte der Kopf. Er nahm einen Schluck Bier und zupfte das Zellophan von einer Schachtel *Prince of Denmark*.

Liebes Tagebuch,
   ich kann gar nicht mehr abschalten. Wie ist das Gefüge? Wie ist die Rangordnung? Wer ist der Boss? Prodonsky sitzt an der Quelle, liefert die Ersatzteile über die zwei Boten aus. Weiß hängt da auch irgendwie mit drin, macht das Praktische. Na ja, machte. Warum ist er jetzt tot? An einer Landstraße viele Hundert Kilometer entfernt von München? Und dann noch diese Schwester und der Assistenzarzt mit ihrer Aussage, dass sie Dr. Weiß in einem der Kühlfächer gesehen hätten? Spinnen die alle? Bedienen sich bei den Narkosemitteln? Wo steckt dieser Hanke? Was hat der mit Prodonsky, Nose und Grasser zu tun? Hat er sich abgesetzt? Haben sie ihn verschwinden lassen? Grasser organisiert das Geschäft, und Nose operiert. Aber wer gibt die Bestellungen in Auftrag? Ist Nose der Boss? Die besten gesellschaftliche Kontakte hat er jedenfalls. Wenn ich diese verzwickte Geschichte wenigstens als Inspiration für meinen Krimi nehmen könnte.

Hummel rauchte nachdenklich. Wie sehr sehnte er sich danach, dass ihn jetzt jemand... Es war ihm eigentlich egal, ob Chris oder Beate, Hauptsache, dass ihn mal jemand festhielt. Bevor ihn die Melancholie gänzlich niederrang, ging er ins Wohnzimmer und machte sich eine Soulplatte an. Was ganz Altes. *Bobby Womack & the Valentinos*. Und es funktionierte. Na, da sah die Welt doch gleich ganz anders aus. Nach drei Songs freute er sich sogar auf den »Ausflug« morgen. Die Kampfsportschule würde er dann am Montag besuchen. Vielleicht war Nose bis dahin ja schon überführt, dann könnte er sich den Weg sparen – haha!

ALMÖHI

Sieben Uhr zweiunddreißig. Der Regionalexpress verließ ächzend den im diesigen Herbstmorgenlicht versunkenen Bahnsteig 28 im Münchner Hauptbahnhof.

Hackerbrücke, Donnersberger Brücke, die kalten Lichter, das Rattern der Schienen und Weichen. Hummel gähnte herzhaft. Dosi öffnete eine ihrer beiden großen Papiertüten und brachte eine Art Papptablett zum Vorschein, in das zwei Kaffeebecher gedrückt waren. Sie gab Hummel einen Becher. »Die hatten ein Schild mit *Kaffee zum Mitnehmen*. Super, was? Früher bekannt als *Coffee to go*.« Sie griff in die zweite Tüte und reichte ihm eine Butterbreze. »Brezn to go, Brezn to eat.« Dosi zog die Stiefel aus und parkte ihre Käsemauken in den leicht rosa verfärbten Tennissocken auf dem Sitz gegenüber.

Hummel ließ seine Schuhe an. Er trug einen unauffälligen grauen Anzug, den er in den Tiefen seines Kleiderschranks gefunden hatte und für einen Journalisten als angemessen befunden hatte. Den neuen braunen Anzug wollte er bei dieser Aktion nicht entweihen. Der war den Frauen dieser Welt vorbehalten.

Bald hatten sie die tristen Münchner Vororte hinter sich gelassen. Als hätte der Herrgott mit dem Finger geschnippt, verschwand der Bodennebel. Die Morgensonne ließ das feuchte Gras glänzen. Hummel dachte daran, dass er erst vor kurzer Zeit in dieser Gegend unterwegs gewesen war, dass er vor dem Wirtshaus mit Gipfelblick gesessen hatte, als Gesines Anruf kam. Rehgulasch, Ratatouille, Weinmeiers Tod, Gerlinde von Kaltern, Sandy Möller – eine endlose Kette von Ereignissen und Personen. Und er hatte keine Kontrolle darüber. *Am Steuer deines Lebens lenkst du meist vergebens.* Oder so ähnlich.

»Hä?«, fragte Dosi.

»Na, die meisten Dinge passieren ohne unser Zutun, und wir versuchen trotzdem, sie zu lenken.«

»Nein, das tun wir nicht. Wir lenken nix. Wenn wir kommen, ist es schon zu spät. Wir schauen nur, wer schuld ist, wenn was passiert, wenn jemand stirbt.«

Ja, mit Blick auf den Job hatte Dosi zweifellos recht. Sie waren diejenigen, die nur die Scherben zusammenfegten und versuchten, darin Muster zu erkennen.

»Scho geil, oder?« Dosi deutete aus dem Fenster. Majestätisch stemmte sich das Zugspitzmassiv gegen den blendend blauen Himmel. Hummel nickte und versank in dem Anblick.

In Garmisch verließen zahlreiche Senioren in quietschbunten Goretexjacken den Zug. Der Tag war perfekt für ein gepflegtes Weißbier und ein Nickerchen in einem der Liegestühle auf dem Wank oder auf der Terrasse des Zugspitzhauses.

Nach Klais hatten sie nur noch wenige Mitfahrer. Hummel öffnete das Fenster und hielt die Nase in die frische Brise. Der Zug kämpfte sich die langgezogenen Kurven hoch, durch den dichten dunklen Wald. Hochalmen mit ihren verwitterten windschiefen Heuschobern und in Silbergrau der nackte Fels. Stellenweise frisch gepudert. Alles menschenleer. Jetzt im Herbst war die Natur weitgehend für sich und tat nichts anderes als schön auszuschauen. Hummel sah sich schon im nächsten Sommer

als Almöhi eine Auszeit nehmen. Ein bisschen Viehwirt-
schaft, Käsen und nachts den sternenklaren Himmel be-
trachten. Da würden ihm die guten Ideen zum Schreiben
nur so zufliegen.

»Was is jetzt, Hummel, packst di zam?«, fragte Dosi.

Deutschlands höchstgelegener Intercity-Bahnhof verkündete eine Aufschrift am Bahnhofsgebäude. Klais. Außer
ihnen stiegen nur ein paar Einheimische aus. Keine Kongressteilnehmer. »Wenn ich einen Porsche hätt, würd ich
auch nicht mit der Bahn fahren«, meinte Dosi. »Also, wie
kommen wir jetzt zu dem Hotel?«

Hummel sah sich um. Keine Taxis, keine Bushaltestelle.

Sie gingen ins nächste Wirtshaus und ließen sich ein
Taxi rufen. Aus Garmisch. Es blieb genug Zeit für ein
Paar Weißwürste und ein kleines Weißbier.

»Ihr seid's auf dem Kongress?«, sagte der Wirt. »Wie
Ärzte schaugt's ihr ned aus.«

»Presse«, erklärte Hummel.

»So, Presse!«, sagte der Wirt, und *zack!*, erschlug er mit
seinem feuchten Geschirrtuch eine fette Fliege auf dem
Tisch. Erschrocken blickten Hummel und Dosi auf den
Fliegenbatz, den der Wirt lässig mit dem Mittelfinger
wegschnippte.

In dem Großraumtaxi aus Garmisch saßen bereits zwei
asiatische Geschäftsleute. Vermutlich ebenfalls Kongressteilnehmer. »Sajonara«, sagte Dosi und ließ sich auf
die hintere Rückbank fallen. Die Herren nickten überaus
freundlich, Hummel lächelte zurück.

Das Taxi wand sich zehn Minuten die Bergstraße
hoch, bog dann in eine schmale Privatstraße ein und kam
schließlich vor dem Wellnesshotel *Almbach* zum Stehen.
Die Asiaten stritten sich, wer denn nun das Taxi zahlen

dürfe, sodass Dosi kurz entschlossen ausstieg und Hummel an der Hand hinter sich herzog. »Hoch lebe die wunderbare asiatische Großzügigkeit. Hummel, komm, ich denke, du willst um zehn da sein!«

EIN HAUCH LUXUS

Vor dem Hotel parkten alle Luxusmarken: Porsche, Mercedes, Jaguar, Maserati. Sogar ein zitronengelber Lamborghini. Im Foyer des Hotels tummelten sich Kongressteilnehmer in gehobener Kleidung. Hummel hatte das Gefühl, als starrten ihn alle an.

Dosi fühlte sich pudelwohl. »Für uns ist reserviert. Klaus Hummel mit Gattin«, meldete sie sich forsch bei einem der Livrierten an der Rezeption. Bevor dieser antworten konnte, fügte sie hinzu: »Und wo ist der Tagungssaal *Kopernikus*? Mein Mann muss pünktlich zum Eröffnungsvortrag!« Der dienstbare Geist trat hinter dem Tresen hervor und brachte Hummel zum *Kopernikus*.

Dosi checkte ein und ließ sich das Gepäck aufs Zimmer bringen. Das Apartment war vom Schnitt her nicht schlecht, die Aussicht auf die Berge fantastisch, aber einrichtungsmäßig hätte sich Dosi noch ein bisschen mehr Komfort erwartet. Tja, im Internet sah immer alles besser aus. Sie musterte das Doppelbett und grinste. Musste Hummel wohl auf dem Sofa schlafen. Wer zuerst kommt, mahlt zuerst. Sie ließ sich aufs Bett fallen und testete die Sprungfedern. Nicht zu hart, nicht zu weich. Perfekt.

Sie musste an den aufgebrachten Fränki denken. »Hey, das ist doch nur der Hummel, und ich bin definitiv nicht sein Typ und umgekehrt«, hatte sie versucht ihn zu beruhigen.

»Den Typ möchte ich sehen, dessen Typ du nicht bist!«, hatte er erwidert.

Jetzt würde sie sich erst mal in den Bademantel schmeißen, und ab in den Wellnessbereich. Sie holte ihren Badeanzug aus dem Rollkoffer und ging in das geräumige Bad. Ein Hauch Luxus – das war es, was sie ab und an im Leben vermisste.

TERMINSACHE

Elf Uhr. Zankl sah Mader mit Bajazzo zu dem Gasthof rübergehen. Im Rückspiegel. Dann gab er Gas. Von Klais fuhr er zur Bundesstraße in Richtung Holzkirchen und zur Salzburger Autobahn. Nach Prien am Chiemsee, wo Gesine mit Dr. No am Nachmittag verabredet war. Zankl war angespannt. Gestern hatte seine Frau erste Wehen bekommen. Viel zu früh. Er rechnete zum x-ten Mal die Monate zurück. Ironie des Schicksals: Seine Frau war längst schwanger gewesen, bevor er die peinsame Hormontherapie begonnen hatte! Ein Witz. Alle konzentrierten sich auf seine Spermien, und er hatte ihre Leistungsfähigkeit längst unter Beweis gestellt. Aber Frauen waren generell ein Rätsel. Die Fruchtbarkeitsferien in der Steiermark hätten sie sich jedenfalls schenken können. Na ja, Hauptsache, Conny war schwanger. Trotzdem, die ersten Wehen waren zweifellos zu früh. Errechneter Termin war der 26. Dezember. Zwei Monate sollte das Kind noch in Connys Bauch bleiben. Zumal sie bei Weitem nicht alle Vorbereitungen abgeschlossen hatten. Conny war heute morgen erstaunlich cool gewesen. Auch das können Hormone. Totale Hysterie wäre ihm logisch erschienen, aber sie hatte gemeint, er solle seinen Job ruhig machen, so schnell würde es nicht losgehen. Und bitte nicht mitten in der Nacht zurückfahren, wenn er morgen sowieso vor Ort sein müsste. Sie würde ihm schon Bescheid geben. So viele Gedanken, während er mit hundertzwanzig über die Bundesstraße schoss.

ALLE NEUNE!

Mader saß in der Wirtsstube des Berggasthauses *Alpspitzblick*. Er hatte sich saures Lüngerl als frühes Mittagessen bestellt. Das er dann leider nicht mit der angemessenen Muße genießen konnte, sondern inmitten der lärmenden Gesellschaft der soeben eingetroffenen Busladung des Berliner Kegelklubs *Alle Neune!* Zumindest würde er nicht groß auffallen in dieser grölenden Menge. Bajazzo fand es hier übrigens astrein, hatte ihm doch der Wirt das wirklich große Endstück eines wirklich großen Leberkäses überlassen.

DER SONNE ENTGEGEN

Gesine packte die Reisetasche inklusive schöner Nachtwäsche in den Kofferraum ihres Alfa Spider und startete den Motor. Falls sich bei dem Besuch von Dr. Nos Klinik herausstellen sollte, dass Nose eine blütenreine Weste hatte und er spontan vorschlug, noch einen Tag in den Bergen zu verbringen, in einem romantischen Berggasthof im Schatten der Kampenwand, dann wollte sie sich nicht gerade in ihrem Schlabberschlafanzug präsentieren. Sie stellte das Autoradio laut – Aerosmith mit *Walk this Way* – und fuhr der Sonne entgegen.

Als donnernder Applaus aufbrandete, schreckte Hummel hoch, einen Moment orientierungslos, bis ihm klar wurde, wo er war: inmitten einer Horde sonnenverbrutzelter älterer Männer in messerscharfen Businessanzügen. War dies eine BOSS-Modenschau? Hummel saß in der letzten Reihe und war weißbiermäßig einen Hauch zu relaxed gewesen, um dem Einführungsvortrag Professor Limburgs aus Gießen in allen Einzelheiten zu folgen. Jetzt aber volle Aufmerksamkeit. Denn der zweite Redner war Dr. No. Den er ja noch nie live erlebt hatte. Jetzt verstand er Dosi und Gesine: die markanten Gesichtszüge, das volle dunkle Haar. Und mit seinem olivfarbenen Anzug und der braunen Krawatte an rosa Hemd war er modetechnisch ganz weit vorn dabei.

Dr. No wählte einen betriebswirtschaftlichen Zugang zum Thema und verwendete als Leitbegriff das schöne Wort *beauty life management*, das gekennzeichnet sei von *professional and private balance*. Für die man *human creative resources* zielgerichtet einsetzen müsse, um maximalen *outer appearance profit* zu erzielen. Den *personal profit* in *marketing harmony* zu bringen sei die eigentliche *challenge*, natürlich stets unter *home market conditions*. *Made in Germany* müsse bleiben, was es immer war: eine unverwechselbare *trademark*, ein *USP*.

Während die schweizerischen und österreichischen Kollegen die Ausführungen zu *Made in Germany* mit Murren und Räuspern quittierten – woraufhin Nose die Bezeichnung sogleich auf den gesamtdeutschen Sprachraum ausdehnte und von Schweizer Wertarbeit und österreichischer Kreativität faselte –, überlegte Hummel, wo er das mit den USPs schon mal gehört hatte. Klar, im

Verlag, der Lerchenthaler und die Möller hatten davon gesprochen. Das ausschlaggebende Verkaufsargument für Weinmeiers Buch war, dass der Autor tot war. In Erfüllung seiner Pflicht gestorben, quasi für den Leser. Mehr konnte man nicht geben. Und er, Hummel, war hier, um sein Erbe anzutreten.

Er sah sich um. Von der Presse war keiner da, zumindest sah niemand so aus. Wahrscheinlich würden die erst zum Mittagessen aufschlagen. Hummel verfolgte, wie Nose beeindruckende Grafiken erläuterte, die der Beamer hinter ihm an die Wand warf. Sich aufbäumende Prozentkurven als Kompetenztapete für die Person davor. Wie am Ende des *heute journals*, wenn Gundula Gause fragt: »Und, Valerie Haller, welche Auswirkungen hat das Bruttosozialprodukt von Venezuela für die Apple-Aktie?« Wenn jetzt ein Börsenticker mit Prozentzahlen unten durch das Fernsehbild liefe, stünden bei Dr. No minus 5,4 Prozent. Dachte Hummel. Hinsichtlich der Wahrscheinlichkeit, dass er die zwei Models und den Autor umgebracht hatte. Sein grüner Prognosenpfeil hingegen würde steil nach oben zeigen. Dr. No war ein Mann des Vertrauens. Das signalisierte sein ganzes Auftreten.

IM SCHULDENLOCH

Doch Zankl hatte hinter die Kulissen gesehen. Dr. Nos Aktien standen nicht gut. Er hatte sich millionenschwer verschuldet mit seiner Klinik am Chiemsee. Die Kollegen von der Wirtschaftskriminalität aus Salzburg hatten Zankl noch ein paar entscheidende Informationen gegeben. Nose war in der Hand des schwerreichen Salzburger Baustoffhändlers Geheimrat Nonnenmeier, dem

die österreichischen Finanzbeamten schon seit Jahren erfolglos auf den Fersen waren. Die Praxisklinik war zum
Erfolg verdammt, wollte Nose irgendwie aus seinem
Schuldenloch herauskommen. Momentan arbeitete die
Klinik laut Finanzamt höchst defizitär. Die hohen Investi-
tionen waren offenbar mit der momentanen Nachfrage an
Brust- und Gesichts-OPs nicht reinzuholen. Warum nicht
mit ein paar illegalen Machenschaften wie der Transplan-
tation illegal erworbener Körperteile? So Zankls These.
Hoffentlich wusste Gesine, was sie da tat, wenn sie Nose
jetzt so sehr auf den Pelz rückte. Er setzte den Blinker
und bog in Prien auf den Parkplatz des *Zipflwirts* ein.

ALPENSAFARI

Mader ging spazieren. Die Mittagssonne stand senkrecht
über ihm. Er trug ein dunkelgrünes Hemd zu sandfar-
bener Cargohose und Wanderstiefeln, obenrum Sonnenbrille und Schirmmütze. Alpensafari. Bajazzo schoss
kläffend durchs Unterholz. Der Waldboden federte unter
Maders festen Sohlen. Es roch nach Nadeln, Harz, Rinde,
Moos – erdig. Nein, so richtig dienstlich war er nicht hier.
Kongress hin oder her. Mader hatte sich vorgenommen,
die Natur zu genießen, ein bisschen nachzudenken. Zum
Beispiel über Regensburg. Klar, Dr. Günther wollte ihn
loswerden. Aber so würde er im Gegenzug auch Günther loswerden. Doch eine andere Wahrheit war: In Regensburg würde es wieder einen Günther geben, anderer
Name, eine Etage höher. Er begann, die Vor- und Nachteile abzuwägen. Gehaltsmäßig definitiv eine Verbesse-
rung, schon mal wegen der Lebenshaltungskosten. In
puncto Altstadt hatte Regensburg auch die Nase vorn.

Aber für länger? Dann diese Donau – ein Trauerspiel! Der stolze Strom eingepfercht in ein Bett aus Beton, schnurgerade ohne jedes Leben. Seine Isar hingegen: reißend, lebenslustig, wild.

Mader hatte jetzt das eindrucksvolle Luxushotel *Almbach* erreicht. Eine Granittrutzburg mit modernistischen Flachdachtentakeln inmitten grüner Almwiesen. ›Was für ein Schmock!‹, fuhr es ihm durch den Kopf. Klar, das *Schlosshotel Wetterstein*, ein paar Kilometer weiter, war noch mal die Krönung im Quadrat, aber das hier genügte ihm schon. Protzodont. Beim Anblick der Sportwagen und fetten Limousinen auf dem Parkplatz dachte er: ›Na, da werden Hummel und Doris sicher ihren Spaß haben.‹

Der Waldweg führte in angemessener Distanz am Hotel vorbei. Plötzlich stutzte er. Was war das? Ein Lichtreflex. Er huschte hinter einen Baum, sah zu Bajazzo, legte den Zeigefinger auf die Lippen und holte einen kleinen Feldstecher aus der Seitentasche seiner Outdoorhose. Suchte den Waldrand ab. Da war es wieder, das Blitzen: zwiefach. Die Reflexion der Objektive eines Fernglases im Sonnenlicht. Mader und Bajazzo pirschten sich heran. Ein Ast knackste unter Maders Stiefeln. Schnell drückte er sich hinter einen Baum. Lugte hervor und sah ihn: einen Mann, schwarze Kleidung, schwarze Schirmmütze. Sein Gesicht ging jetzt in Maders Richtung. Mader zuckte zurück, zählte bis zehn, ehe er einen erneuten Blick wagte. Der Mann beobachtete das Hotel! Auch Mader richtete sein Fernglas auf das Hotel. Was gab es dort zu sehen? Er suchte die Fassade ab, blieb an einer Glasfront hängen: ein Pool, Liegen, Indoordschungel. Ein Spanner? Ein Schwimmer zog einsam seine Bahnen. Schwamm jetzt zum Beckenrand und stieg die Leiter hoch. DOSI!

Nach einem Sekundenbruchteil Empörung – so ermittelt die also!! – verstand Mader: Der Mann beobachtete ihren Undercovereinsatz! Wer wusste von der Aktion hier? War der Typ bewaffnet? Mader blickte auffordernd zu Bajazzo, doch der sah ihn nur treudoof an. Und schon war der Typ wie vom Erdboden verschluckt. Mader trat hinter dem Baum hervor und ging zurück zum Weg. Plötzlich stürzte etwas von oben auf ihn herab. Mader touchierte unsanft den Waldboden, die Arme wurden ihm auf den Rücken gedreht. *Ratsch!* Mader schrie auf, als der Kabelbinder ihm in die Handgelenke schnitt.

»Ahhh!«, gellte es durch den Wald. Diesmal nicht Mader. Der schwarze Mann. Bajazzo hatte ihm seine Raubtierzähne in die rechte Wade gejagt; dieser versuchte, den knurrenden Dackel abzuschütteln. Er stürzte davon, Bajazzo hinterher. Mader sah sie nicht mehr, hörte nur noch das Knacken und Rascheln im Unterholz. Er lauschte. Nichts. Nur ein paar Waldvögel. Wenn er Bajazzo nur pfeifen könnte! Ohne Finger schwierig. Er probierte es mit bloßen Lippen. Ein läppisch-leiser Ton entwich ihm. Mader sank gegen einen Baum. Er hatte sich einfach übertölpeln lassen!

Schließlich kam Bajazzo. Mit hängender Zunge, aber stolzgeschwellter Dackelbrust. Als wollte er sagen: Dem hab ich's aber gegeben!

»Braver Bajazzo!«, lobte Mader und erhob sich schwer. Er überlegte kurz, ob er wegen seiner Fessel zum *Alm-bach* rübergehen sollte. Nein, das würde nur für unnötiges Aufsehen sorgen. Er schlug den Weg zurück nach Klais ein. ›Das fängt ja gut an‹, dachte er.

Zankl und Gesine hatten beim *Zipflwirt* eingecheckt und saßen in der Gaststube über eine topografische Karte des Chiemsees gebeugt. »Das hier ist die Klinik«, sagte Gesine. »Hier unten verläuft der Uferweg. Da hat man vermutlich einen ganz guten Blick aufs Grundstück. Ist aber für Autos gesperrt.«

»Super, damit ich mir den Arsch abfriere.«

»Ach komm, du brauchst da nicht rumzulungern. Du parkst oben an der Straße, kurbelst den Sitz zurück, und wenn wirklich was ist, schick ich dir 'ne SMS.«

»Und wie komm ich dann rein?«

»Hm, vielleicht da unten.« Sie deutete auf eine kleine Brücke am Uferweg.

Zankl studierte die Karte. Der Kellner brachte das Essen. Einmal Forelle für Gesine, einen Schweinsbraten für Zankl. Kümmerliche Portionen, die sich auf großen weißen Tellern verloren. Vielleicht nur eine optische Täuschung? Leider nein.

Aber immerhin: »Frisch aus der Mikrowelle«, meinte Zankl betrübt, als er den ersten Bissen zu sich genommen hatte. Dass das auch auf Gesines Forelle zutraf, tröstete ihn nicht wirklich.

NICHT DIE MAFIA

Hummel holte Dosi zum späten Mittagessen ab und gab Entwarnung. Nose war gerade mit seinem Maserati vom Parkplatz gebrettert. Wohin, wusste Hummel.

»Und, wie ist es?«, fragte Dosi, als sie am Büfett standen und sie sich Berge von Shrimps auflud.

»Noch keine besonderen Vorkommnisse«, sagte Hummel, der seinerseits gefühlte zwei Kilo Vitello tonnato auf seinen Teller häufte.

»Was ist das?«, fragte Dosi interessiert.

»Kalbfleisch an frischem Zement.«

»Aha. Genau das hab ich mir gedacht.«

Hummel sah sie genervt an und ging an einen der wenigen noch freien Tische. Die Luft vibrierte. Rege Konversation, unterbrochen von dezentem Gelächter. Fast nur Männer. Nein, ein paar Frauen waren auch dabei. Gattinnen? Geliebte? Demonstrationssubjekte? Oder gar Ärztinnen? Jedenfalls deutlich in der Unterzahl. Eine feine Brise Testosteron durchzog den Speisesaal. Oder fischelte es nur vom Büfett?

Dosi schnabulierte die Meeresfrüchte, als gäbe es kein Morgen, und machte sich erneut auf zum Büfett. Hummel hoffte, dass Dosi keine unnötige Aufmerksamkeit auf sich zog. Nein, hier war jeder mit sich und seinen Geschäften zugange. Eine merkantile Bedürfnisanstalt. Man feilschte um welke Großbaustellen.

»Ist hier noch frei?«

Sie drehten sich um und sahen den hochgewachsenen Herrn mit dem gewinnenden Lächeln an. »Aber bitte, Professor Limburg, setzen Sie sich doch«, sagte Hummel.

»Danke, kennen wir uns?«

Hummel nickte. »Wer kennt Sie nicht? Ihr Eingangsvortrag vorhin – sehr erhellend. Ich bin Klaus Hummel, Journalist, das ist meine Gattin Doris.«

»Gnädigste ...«, sagte Limburg und lächelte. Dann zu Hummel: »Für welche Zeitung schreiben Sie?«

»Ich schreibe Sachbücher. Ich bin gerade dabei, ein Buchprojekt abzuschließen. Für meinen Kollegen Dr. Kurt Weinmeier.«

Limburgs Miene verfinsterte sich.

»Stimmt etwas nicht?«, fragte Hummel.

»Weinmeier ist tot, habe ich gehört?«

Hummel nickte. »Ja, sehr tragisch. Großer Mann, großer Journalist. Sehr hartnäckig.«

Limburg nickte nachdenklich. »Es heißt, er sei nicht auf natürliche Art verstorben?«

»Ja, so scheint es. Aber die Polizei lässt nichts raus.«

»Und Sie haben mit ihm zusammengearbeitet?«

»Ja, bei diesem Projekt. Über die Geschäftspraktiken der plastischen Chirurgie. Sie kannten Weinmeier näher?«

»Nein. Aber ich habe ihm ein längeres Interview gegeben. Ihm meinen Standpunkt erläutert. Der ihn nicht sonderlich interessiert hat. Er hatte sich seine Meinung bereits gebildet.«

Limburg hielt inne. »Wir könnten uns einigen, wenn das Buch nicht erscheint. Das wäre Ihr Schaden nicht.«

»Sie wissen doch gar nicht, was drinsteht.«

»Ich möchte es auch nicht wissen. Kommen wir ins Geschäft?«

Hummel sah ihn fragend an. Sagte nichts. Sodass Limburg nachlegte: »Nicht, dass Sie etwas Falsches denken. Hier geht es um nichts Illegales. Aber wenn es neben unserem Fachwissen eine Grundlage in unserem Beruf gibt, dann ist es Diskretion.«

»Sie meinen Schweigegeld?«

»Ich spreche von Diskretion gegenüber unseren Kundinnen. Ein hohes Gut, das viel wert ist. Keinesfalls dürfen Namen von Ärzten und Patientinnen in dem Buch genannt werden. Aber genau das war Weinmeiers Ziel: die Sensationslust der Massenmedien zu befriedigen. Kein Respekt vor Patientenschutz und ärztlicher Schweigepflicht. Entschuldigen Sie, aber Weinmeier war ein egozentrischer

Wichtigtuer mit bizarren Verschwörungstheorien. Wissen Sie, die ganze Schönheitsindustrie ist ein reines Nachfragegeschäft, auch die plastische Chirurgie. Wir drängen niemanden dazu, sein Aussehen zu verändern. Dafür sorgen die Werbung, die Mode, die öffentliche Wahrnehmung, der Ehemann. Wir erfüllen Wünsche. Wir sind Dienstleister und nicht die Mafia.«

Hummel nickte aufmerksam. »Genau darüber möchte ich mir ein Bild machen. Deshalb bin ich hier.«

Ein junger Mann kam an den Tisch. »Herr Professor, die asiatische Delegation würde Sie jetzt gerne sprechen.«

»Sympathischer Mensch«, sagte Dosi, als Limburg weg war. »Sollte mehr essen. Hat seine Sachen nicht mal angerührt.« Sie zog Limburgs Meeresfrüchteteller an sich. Hummel stöhnte leise. »Schweigegeld«, sagte Dosi schmatzend, »du gehst ja ganz schön in die Vollen.«

»Wie würdest du denn das nennen?«

»Ich mein ja bloß. Bis zur nächsten Kaffeepause weiß jeder, warum du hier bist, und vielleicht legen sie ja zusammen. Wäre doch ein gutes Geschäft. Vor allem, weil wir nix haben.«

»Oder es überlegt sich einer auszupacken. Irgendwer muss Weinmeier ja mit Informationen versorgt haben.«

»Na, ob der sich nach Weinmeiers Tod noch traut? – Du, wo gibt's das Zeugs mit dem Zement?«

LOST & FOUND

»Draußen bleim!«, zischte der Wirt, als Mader mit dreckverkrusteten Schuhen und lehmverschmierter Hose das Gasthaus betrat.

»Obacht!«, sagte Mader drohend.

»Eam schaug o«, pampte der Wirt. »Mit dene Schua kemman Sie ned nei. Schua aus!«

»Wenn Sie mir behilflich sind, gerne«, sagte Mader und drehte sich um.

Der Wirt sah die gefesselten Hände und sagte: »I ruaf die Polizei.«

»Die bin ich selber. Hauptkommissar Mader von der Kripo München. Machen Sie mir endlich den Scheißkabelbinder ab, und ich zeig Ihnen meinen Dienstausweis, kruzefix!«

Misstrauisch musterte ihn der Wirt von oben bis unten. Dann ging er in die Gaststube und kam mit einem großen Messer zurück.

»San's bloß vorsichtig«, murmelte Mader.

Ein beherzter Schnitt, und die Plastikfessel fiel zu Boden. Mader rieb sich die Handgelenke. »Danke.« Jetzt bückte er sich, um die Wanderstiefel aufzuschnüren.

»Ausweis!«, stieß der Wirt hervor, das Messer im Anschlag.

Mader seufzte. Er griff in die Gesäßtasche. In die andere … Nein?! Er musste seine Brieftasche bei der Rauferei im Wald verloren haben. Verdammt!

Der Wirt sah ihn ängstlich an. Das Messer in seiner Hand zitterte.

»Jetzt legen'S endlich des Messer weg!«, wies Mader ihn an. »Ich hab meine Brieftasche im Wald verloren. Kommen Sie mit auf mein Zimmer, ich zeige Ihnen meine Dienstwaffe.« Erschrocken sah ihn der Wirt an. »Na los, kommen Sie!«, forderte Mader ihn noch mal auf. Der Wirt folgte ihm die Treppe hoch, das Messer noch immer in stichbereiter Haltung. Mader holte seine Waffe aus der Reisetasche – Aufbewahrung nicht gerade vorschriftsmäßig – und fand auch noch den Schnellhefter mit der

Stellenausschreibung und Dr. Günthers Empfehlung für Regensburg. Die er hier in Ruhe noch mal lesen wollte.

Er gab das Schreiben dem Wirt, der kurz das Dienstwappen auf dem Briefkopf studierte und dann nickte. »Soll ma ned die Polizei rufen, ich mein, die hiesige? Wenn Sie da oana im Wald überfallt?«

Mader schüttelte den Kopf. »Das war eine, äh, private Auseinandersetzung. Wegen einer Frau.«

Der Wirt hob die Hände. »I misch mi ned ei.«

Als die Tür zufiel, ließ sich Mader ächzend aufs Bett fallen. Sein Kopf brummte, seine Handgelenke taten weh, sein Geldbeutel samt Papieren war weg. Ihm blieb nichts anderes übrig, als noch einmal an den Ort des Geschehens zurückzukehren. Er erhob sich widerwillig. »Bajazzo, du musst mir suchen helfen!«

Kurz darauf waren sie unterwegs. Alles glänzte golden in der warmen Nachmittagssonne. Mader achtete nicht darauf. Die Natur war ihm wurscht. Nicht einmal hier war man sicher.

Nach einer Dreiviertelstunde erreichten sie die Stelle, wo sie gekämpft hatten. Er musterte den zertrampelten Waldboden, konnte aber nichts entdecken. Bajazzo wuselte durchs Unterholz, verschwand lange und kam schließlich zurück, Geldbeutel im Maul. Mader atmete erleichtert auf. »Gut gemacht, Bajazzo!« Aber nein, es war nicht seine Brieftasche. Dafür war das schwarze Etui zu klein. Mader öffnete es. Diverse Schlüssel. Einer sah merkwürdig aus: klein und wie ein L geformt. Bei alten Motorrädern sah so der Schlüssel für das Lenkradschloss aus. Als junger Polizist hatte er auch mal ein Motorrad. Eine alte Enduro. Mit genau so einem Schlüssel. Vor einer der Pensionen in Klais hatte er ein Oldtimermotorrad gesehen.

»Gesine, wunderbar, dass das tatsächlich klappt, seien Sie herzlich willkommen!«, begrüßte Dr. No Gesine auf dem Parkplatz seiner Privatklinik. Zuvor hatte sich Gesine an der Videopforte angemeldet. Hochsicherheit. Das schwere Stahltor hatte sich geräuschlos geöffnet und den Blick freigegeben auf das parkähnliche Grundstück. Und auf die Klinik, die ganz anders aussah, als Gesine sie sich vorgestellt hatte. Ein bisschen wie das Buchheim-Museum in Bernried. Schwebende Leichtigkeit. Filigraner Sichtbeton und große Glasfronten. Die allerdings Transparenz nur vortäuschten und raffiniert verspiegelt waren. Das musste ein Vermögen gekostet haben. Der Park hatte viel alten Baumbestand, und statt abgezirkelter Blumenbeete regierte gepflegter Wildwuchs. »Mein Baby«, sagte Nose stolz und segnete mit einer großzügigen Geste seine Besitzungen.

DUNKEL & HELL

Das Motorrad stand vor der Pension *Alpina*. Mader steckte den Schlüssel ins Zündschloss und drehte ihn. Die Leerlaufleuchte flammte grün auf.

Er betrat die Pension. »Wohnt bei Ihnen der Herr mit dem Motorrad da draußen?«, fragte Mader ein verhärmtes Hausmutterl in einem karierten Kittel.

»Des geht Sie gar nix an«, erwiderte die Dame.

»So…«, sagte Mader und hätte jetzt gern seinen Dienstausweis gezückt. »Ich hab einen Schlüssel gefunden. Vielleicht von dem Motorrad da draußen.«

»Dann geben'S den her!«

»Ich sagte: vielleicht. Wenn der Herr kommt, schicken Sie ihn doch zum Berggasthof *Alpspitzblick*.« Mader ging, ohne eine Antwort abzuwarten. ›So g'scherte Leit‹, dachte er, als er zu seinem Wirtshaus zurückging. Jetzt war die Zeit reif für ein Bier.

Er betrat die überheizte Wirtsstube, ignorierte den Stammtisch mit den Einheimischen und ihren unverhohlen neugierigen Blicken und nahm an dem kleinen Tisch im Schatten des Kachelofens Platz. Da der Wirt gerade damit beschäftigt war, ein neues Fass anzuzapfen, hatte Mader ein bisschen Muße, das Ambiente zu studieren. Sein Tisch: karierte Decke an Furnierholz, Salz & Pfeffer in erblindetem Glas in Edelstahlschiffchen aus den Fünfzigerjahren, verstaubtes Plastikusambaraveilchen im Steinguttöpfchen, vermutlich aus derselben Epoche wie das Gewürzbehältnis. Als er seinen Radius erweitern wollte, kam der Wirt endlich an seinen Tisch. Mader bestellte ein Dunkles.

»Da hat oana was bracht«, sagte der Wirt und reichte Mader eine Brieftasche. Seine. Maders Miene hellte sich auf. Er schaute nach, ob alles drin war. Ja! Der Wirt beobachtete ihn neugierig. »Sagen'S, des Foto in dem Geldbeutel, is des Eahna Frau?«

Mader schlug das Fach mit dem Schwarz-Weiß-Foto auf. »Ja, das ist meine Frau.«

»Sauber, sog i«, meinte der Wirt und ging zum Tresen zurück, bevor Mader fragen konnte, wer die Geldbörse gefunden hatte. Er betrachtete das Bild von Catherine Deneuve und murmelte: »Sauber, sog i.«

Der Wirt brachte das Bier mit einer Botschaft: »Der Finder sitzt da vorn.« Er deutete zu einem Tisch, der halb von der Garderobe verdeckt war. Mader nahm sein Glas und ging hinüber. Ohne zu fragen, setzte er sich.

Er war sich nicht sicher, ob das der Mann war, mit dem er sich vorhin auf dem Waldboden gewälzt hatte.

»Sie haben meine Brieftasche gefunden?«

»Ja, im Wald, beim *Almbach*.«

»Zufällig.«

»Nein. Ich hab mein Schlüsselbund verloren und im Wald gesucht.«

Mader griff in die Hosentasche und schob das Schlüsseletui über den Tisch.

»Herr Mader, es tut mir leid wegen vorhin. Ein furchtbares Missverständnis. Wenn ich gewusst hätte, dass Sie es sind… Ich hab Sie nicht erkannt mit der Mütze und der Sonnenbrille.«

Mader war verwirrt. »Also, Freunderl, wer sind Sie, was machen Sie hier, warum haben Sie mich angegriffen?«

»Ich bin, äh, ich bin Fränki, der Freund von Dosi.«

Mader war baff. Klar, das war der Typ auf dem Kraxlvideo von der Hotelfassade! Elvis!

»Tut's noch weh, das Bein?«

»Geht so.«

»Was haben Sie da gemacht, im Wald, mit dem Fernglas? Vielleicht Doris beobachtet?«

»Ja, weil… Ach, ich weiß auch nicht. Diese Undercovergeschichte gefällt mir gar nicht. Ich hab dran denken müssen, was im Sommer auf dieser Burg alles schiefging, und dachte: Diesmal lass ich sie nicht aus den Augen. Und dann noch mit diesem Hummel!«

Mader lachte auf. »Sie sind eifersüchtig.«

»Nein!«, sagte Fränki, einen Tick zu scharf. »Aber plötzlich waren Sie da, das heißt, ein Mann, der aussah, als wollte er ihr hinterherspionieren, da ist mir die Sicherung durchgebrannt.«

»Und Sie haben immer Kabelbinder dabei, für den Fall der Fälle?«

»Nein, ich mein, ja, also für den Auspuff von der Triumph. Am Topf hinten vibriert's immer eine Schraube ab. Da hilft so ein Kabelbinder im Notfall. Tut mir leid. Echt.«

»Sie könnten bei der Polizei anfangen«, sagte Mader. »Sehr fingerfertig.«

Fränki schob ihm das Fernglas hin. »Das lag da auch noch. Krieg ich jetzt Ärger?«

Mader überlegte. Eigentlich hätte er größte Lust, Fränki einen Denkzettel zu verpassen. Aber er hatte sich ja freiwillig gestellt. Na ja, was war ihm auch übrig geblieben? Über die Zulassungsstelle hätte Mader schnell erfahren, wem das Motorrad gehörte.

»Schwamm drüber«, sagte Mader. Er hob sein Dunkles, Fränki sein Helles.

Sie stießen an. Wenn der Typ schon da war, dann konnte er ihm ruhig helfen, zwei Augen mehr auf Dosi und Hummel zu haben.

AUS DER DECKUNG

Diese spazierten gerade den wunderbaren Höhenweg vom *Almbach* nach Graseck. Die Füße vertreten nach so viel Sitzen. Zumindest Hummel. Dosi hatte ja bereits ausgiebig den Wellnessbereich erkundet. »Und wer ist dieser Dr. Sammer?«, fragte Dosi.

»Ein Arzt aus Prien. Der weiß was und will reden.«

»Warum ausgerechnet jetzt?«

»Weil sich offenbar rumgesprochen hat, dass ich Weinmeiers Job zu Ende bringe. Da traut er sich aus der Deckung. Und er hat Angst, weil sein Kollege Hanke verschwunden ist.«

»Ich denke, der ist in Urlaub?«

»Sammer glaubt das nicht. Er war mit ihm diese Woche verabredet.«

»Aha. Wann sprechen wir Sammer?«

»Morgen nach dem Abschlussvortrag um elf Uhr.«

»Hey, das ist doch super! Dass wir tatsächlich was rauskriegen. Ich dachte schon, der ganze Stress ist für die Katz.«

Hummel nickte. Sein Handy klingelte. Er ging dran – und strahlte. »Tschuldigung«, sagte er zu Dosi und trat ein paar Schritte zur Seite. »Chris, hallo! Das ist aber eine Überraschung! Wie geht's dir? ... Ja? Oh, ja, das wäre schön ... Nein, heute geht es leider gar nicht. Ich arbeite noch ... Hinterher geht auch nicht. Du, ich bin unterwegs. Bei Garmisch ... Dienstlich, unser Fall ... Morgen? Schlecht. Ich hab noch ein wichtiges Gespräch mit einem Arzt. Nein, das kann ich nicht verschieben ... Nein ... In Prien. Nein, hier, also der Arzt, der kommt aus Prien. Und, äh, das Gespräch ist hier, und ich muss ... Im *Almbach*. Doch, bis Mittag müsste ich fertig sein ... Echt? Doch, ja, das wäre toll ... Gut, du meldest dich. Ciao.«

»Na, deine Verehrerin?«, fragte Dosi, als er wieder zu ihr aufgeschlossen hatte.

»Wie läuft's denn mit Fränki?«, lenkte Hummel ab. »Immer noch so eifersüchtig? Wo wir jetzt sogar ein Hotelzimmer teilen.«

»Würde mich nicht wundern, wenn er da irgendwo im Wald hockt und uns beobachtet.«

»Oder unter dem Bett liegt, damit ja nix passiert.«

»Kann er machen. Für dich ist ja das Sofa reserviert.«

»Ich freu mich.«

»Steht denn heute noch was an?«

»Nur Freizeit. Halb elf. Fackelwanderung zur Partnachklamm.«

»Gehen wir mit?«

»Logisch. Ohren offen halten.«

VERPENNT

Zankl schnarchte. Zwischen Schoß und Lenkrad klemmte
seine Lektüre: *Mein Hebammenrat* von Ingeborg Stadel-
mann. Er parkte auf einem Feldweg, gut verdeckt durch
Bäume, aber mit genug Aussicht auf das Tor des Klinik-
geländes. Die Sonne stand tief, die Bäume warfen ihre
langen Schatten über die Uferlandschaft. Sein Handy
piepste. Er hörte es nicht. War die SMS von Gesine? War
sie in einer ausweglosen Notlage? Lag sie gefesselt auf
einem der OP-Tische? Bedrohte Nose sie mit dem Skalpell, bereit, sie aufzuschlitzen und ihr schönes Gesicht zu
zerstören, wenn sie nicht sofort die wahren Hintergründe
ihres Besuchs hier draußen offenbarte? Und sie hatte im
letzten Moment noch eine SMS an Zankl abgesetzt – die
er jetzt verpennte?

PREISSNGAUDI

Hummel rief bei Mader durch, um Bericht zu erstatten.
Im Hintergrund fröhliches Gejohle.

»Was ist das für ein Lärm bei Ihnen?«, fragte Hummel.

»Eine Berliner Kegeltruppe hat sich in meinem Gasthof eingemietet. Eine rechte Preißngaudi. Gibt's was
Besonderes bei Ihnen?«

»Ein möglicher Zeuge, ein Informant. Wir erfahren aber erst morgen mehr.«

»Gut, wenn was ist, rufen Sie an, egal welche Zeit. Ach, noch was, aber sagen Sie Doris nix: Ihr Verehrer ist hier. Er will sie im Auge behalten.«

»Echt, Fränki?«

»Ja. Also keine Romanze, Hummel.«

»Mei schad, wo die Gelegenheit so günstig ist.«

»Der Herrgott sieht alles. Ich hab ein Auge auf den Burschen.«

»Danke. Und Obacht, ich kenn seine harte Rechte. Bis dann.« Hummel legte auf.

»Hey, was hast du mit Mader so lang zu bereden?«, fragte Dosi.

»Männersachen«, sagte er und grinste.

ERHOLUNG PUR

Zankl konnte ruhig schlafen. Denn bei Gesine war alles im grünen Bereich. Nose hatte Gesine durch die Gemächer seines topmodernen Reichs geführt, ihr einige seiner illustren Klientinnen vorgestellt, die sich übrigens aus freien Stücken und bei klarem Bewusstsein für einen Aufenthalt hier entschieden hatten, um ein paar Optimierungen an ihren Körpern durchführen zu lassen. Mit charmanter Lässigkeit hatte Nose die Balzattacken der Patientinnen an sich abperlen lassen. ›Ja, er könnte sie alle haben‹, dachte Gesine. Sie war von seiner Professionalität beeindruckt. Sie hatte es mit eigenen Augen gesehen. Das Ganze hier hatte Stil und nichts von dem halbseidenen Wellnessbeautyschmarrn der Vorabendserien, den sie irgendwie erwartet hatte.

Dr. Nos Führung gipfelte in seinem Arbeitszimmer: ein riesiger Saal mit einer gewaltigen Glasfront zum Balkon und zum Chiemsee hinaus. Innen: Regale voller Bücher, ein großer Baselitz an der unverputzten Betonwand, prasselndes Kaminfeuer, Kirschholzparkett und eine ausufernde schiefergraue Sitzlandschaft. Von deren straffen Polstern aus sah Gesine über die Verlängerung ihrer schlanken Strumpfbeine den Chiemsee und die ganze zackige Pracht der Kampenwand. Alles im roten Gold der Abendsonne. »Schön haben Sie es hier«, sagte Gesine.

»Ja«, antwortete Nose von seinem Standort hinter der Hausbar. »Leider bin ich viel zu selten hier draußen. Ich kann mich nicht zweiteilen. Unter der Woche in München, am Wochenende hier.«

»Machen Sie denn nie Pause?«

»Doch, jetzt zum Beispiel. Dieser Anblick ist Erholung pur.« Er sah nicht zum Fenster, sondern zu ihr. Lächelte. Sie errötete. Was im Schein des Kaminfeuers und der untergehenden Sonne nicht weiter auffiel. »Ja,« sagte er, »ich könnte wirklich Unterstützung gebrauchen. Eine Person, die handwerklich geschickt ist und mit anspruchsvollen Leuten umgehen kann. In jeder Hinsicht. Beim ersten Punkt bin ich von Ihnen mehr als überzeugt, beim zweiten müssen Sie mir sagen, was Sie denken. Ich will Ihnen nicht verheimlichen, dass das sehr anstrengend sein kann. Denken Sie an unsere Salzburger Barockvenus.«

Gesine musste beim Gedanken an Pamela Nonnenmeier lachen. Sie stand auf und ging ans Fenster, den Blick starr in den wahrlich wundersamen Sonnenuntergang gerichtet. »Ich werde darüber nachdenken«, sagte sie.

Nose vollendete die Drinks, sah kurz zu Gesine, die immer noch am Fenster stand, und ließ dann den Inhalt einer Ampulle in eines der Gläser tropfen. *Cheers!*

Zankl wachte auf. Er war durchgefroren, die Scheiben waren komplett beschlagen. Er brauchte etwas, um sich zu vergegenwärtigen, wo er sich befand. Draußen war es dunkel. Er sah auf sein Handy. Halb acht. Drei neue Nachrichten. Er öffnete sie. Zweimal seine Frau. Conny wollte nur wissen, ob alles okay war. Bei ihr gab es nichts Neues. Die dritte und älteste Nachricht war von Gesine von siebzehn Uhr fünfunddreißig: »Alles klar, keine Gefahr, kannst fahren. Lgg.«

Fahren? Warum? Was war klar?! Hatte Nose sie in seiner Gewalt und sie gezwungen, diese SMS zu schicken? Sollte er sie anrufen, ihr eine SMS schicken? Nein! Wenn er ihr Handy hatte, würde er sich verraten. Er hatte ein ungutes Gefühl und stieg aus. Begutachtete die Mauer. Sehr hoch. Er sah die eingelassenen Metallstifte. Sicher nicht nur zur Taubenabwehr. Und bestimmt gab es auch Videoüberwachung. Zankl ging an der Mauer entlang zum See hinunter. Das Mondlicht klebte als breiter Streifen auf dem Spiegel des Chiemsees. Mystisch. Das Schilf rauschte im kühlen Wind. Zankl orientierte sich. Zwischen Klinikgelände und See verlief der Chiemsee-Radweg. Er folgte ihm bis zur Holzbrücke, die sie auf der Karte gesehen hatten. Der Kanal führte auf das Klinikgelände. Ein Bootshaus. Vorhängeschloss. Läppisch. Kurz darauf saß er in einem schmalen Boot und steuerte es in den Kanal.

Der Bug lief auf Kies. Im Schatten der Bäume huschte er zur Klinik hinüber. An der großen Glasfront im ersten Stock hatte er gerade im schwachen Feuerschein des Kamins eine Person gesehen. Nose? Und wo war Gesine? Zankl spürte es: Hier war was faul! Er stellte sich auf einen Gartenstuhl, griff nach den Stahlstreben der Balkonbrüstung und zog sich kraftvoll nach oben. Er kletterte über die Brüstung und verschwand in dem Schatten, den ein großer Baum auf das Haus warf. Die Angst, sofort entdeckt zu werden, drückte Zankl den Schweiß aus allen Poren.

Dr. No war beschäftigt. Sehr beschäftigt. Er beugte sich gerade über die Couch, jetzt sah Zankl die Frauenbeine im Feuerschein, schemenhaft den Rest des Körpers. Und Dr. Nos Hände. Sie legten sich um den Hals der Frau. Zankl sprang auf, zog die Waffe, entsicherte sie und ... erstarrte, als er die Frauenhände auf Dr. Nos Rücken sah. Die hinabwanderten, seinen Hosenbund nach unten schoben, die Unterhose ebenfalls. Dr. Nos nackter Po glänzte im Mondlicht. Zankl sank zu Boden. Er kam sich vor wie der allerletzte Idiot. Nein, jetzt packte ihn die Wut. Am liebsten hätte er die Riesenglasscheibe in tausend Stücke geschossen. Er sah den nackten Hintern und Rücken, die pumpenden Bewegungen, das V der Frauenbeine. Was machte Gesine da? Nun ja, das sah der dümmste Bauer. Zankl kauerte sich in die dunkle Balkonecke. Plötzlich musste er grinsen. Hey, Gesine war erwachsen, sie hatte ihm eine SMS geschickt, dass alles in Ordnung sei, dass er heimfahren solle. Und was tat er? Kaperte ein Boot und kletterte auf irgendwelche Balkone, um den Spanner zu geben. Vielleicht waren sie echt auf der falschen Spur. Nose war ein Weiberheld, sonst nichts. Nose und Gesine also. ›Zankl, hier ist dein Typ nicht gefragt‹, sagte er sich, kletterte vom Balkon und verschwand vom Grundstück.

Ihm schwirrte der Kopf, als er sein Auto nach Prien lenkte. Zum *Zipflwirt*. Er war reif fürs Bett. Vorher noch ein Bier. Da konnten die zubereitungstechnisch ja nix falsch machen.

Kurz nach halb elf. Fackelschein vor dem *Almbach*. Zigarettenglühwürmchen, Gelächter, irgendwo ging ein Glas zu Bruch. Wieder Gelächter. Stimmung wie bei den Pfadfindern. »Wollen wir uns das wirklich antun?«, fragte Dosi.

»Ja klar«, sagte Hummel. »Ganz nüchtern ist hier keiner mehr. Da sitzt die Zunge locker.«

Der Trupp setzte sich in Bewegung in Richtung Partnachklamm. Der Mond stand kalt und weiß am klaren Himmel, die Sterne glänzten frisch poliert. Die mächtige Bergkulisse zeigte viele Varianten von Schwarz. Sehr beeindruckend. Eine feierliche Grundstimmung legte sich über die fackelnde Wandergruppe.

Schließlich erreichten sie Graseck und den Einstieg zur Partnachklamm. Das tosende Wasser durchbrach die Stille, jetzt wurden wieder Scherze gemacht, man lachte, wenn der Vordermann auf den nassen Felsen ausglitt. Dosi hatte einem älteren Herrn ihren Arm gereicht, den dieser gerne annahm. Hummel unterhielt sich mit einem jungen Arzt über Wandern, Bergsport und den Chirurgenberuf. Der Arzt gab unumwunden zu, den Beruf des Geldes wegen gewählt zu haben. Endlich mal keiner, der irgendeinen Unsinn über Ästhetik faselte.

»Würden Sie denn jeden Wunsch erfüllen?«, fragte Hummel.

»Ja, wenn es machbar und medizinisch vertretbar ist.«

»Was ist denn nicht vertretbar?«

»Brüste wie Medizinbälle. Da kriegen die Damen Haltungsschäden.«

»Nasen?«

»Da geht eigentlich alles. Wo keine unkontrollierte

Masse im Spiel ist, kann nicht viel passieren.« Er lachte anzüglich.

Hummel konzentrierte sich auf den Weg. Ein Tunnel. Die Fackeln rußten. Der Pfad war sehr abschüssig. Sie traten aus dem Tunnel heraus. Das Wasser donnerte ohrenbetäubend. Doch bald wurde es einfacher, der Steig wurde breiter und war nun weniger steil, das Wasser spritzte nicht mehr bis auf den Weg. Alle fuhren den Konzentrationslevel wieder runter, Gespräche wurden wiederaufgenommen.

An der Talstation der kleinen Seilbahn gab es Glühwein und Schnaps. Hummel sah sich um. Endlich entdeckte er Dosi. »Wer war der Mann an deiner Seite?«, fragte er.

»Professor Habersreuther aus Tübingen. Eine Koryphäe. Sehr netter älterer Herr. Und du, hast du was erfahren?«

»Nichts, außer dass man für Geld so ziemlich alles bekommt und dass die meisten Herren hier es auch anbieten.«

»Hast du Dr. Sammer gesehen?«

»Beim Hotel. Mit den Asiaten. Da wollte ich nicht stören.«

»Boah, es ist saukalt hier. Ich hol uns einen Glühwein.«

Hummels Handy piepste. SMS. Er las: »Freu mich auf morgen. Chris.« Die Hitze stieg ihm ins Gesicht. Er sah zu Dosi hinüber. Sie war am Glühweinstand. »Ich auch«, simste er zurück und ließ das Handy verschwinden.

»Da«, sagte Dosi und drückte ihm einen Becher Glühwein und eine Serviette in die Hand. Darin war etwas eingewickelt. »Kletzenbrot«, erklärte sie.

Hummel hatte Hunger und biss in das süße Brot. Dazu der Glühwein. Er wurde schlagartig müde. Und jetzt den ganzen Weg zu Fuß zurück? Mitnichten. Hinauf ging es mit der altmodischen Kabinenbahn, und bei Graseck warteten bereits mehrere Pferdekutschen auf die erschöpften Wanderer. Dosi grunzte zufrieden, als sie neben Hummel auf die Bank sank und das Gefährt sich schwankend in Bewegung setzte. Sie zog die gemeinsame Decke weiter zu sich.

SPITZ WIE HUBERS WALDI

Gesine erwachte mit einem schweren Brummschädel. Sie versuchte sich an den gestrigen Abend zu erinnern. Ihr Schoß brannte. Hatte sie …? Ihr Blick fiel auf den Nachttisch. Ihr »Beautycase«: eine Kanüle mit Blut. Jetzt fiel es ihr ein. Das hatte sie sich selbst abgezapft. Weil sie wissen wollte, was in ihrem Blut war. Nose hatte ihr irgendwas in ihren Manhattan getan. Sie hatte es gemerkt, als ihr Unterleib heftig zu kribbeln begonnen hatte. Etwas sehr Durchblutungsförderndes. Und ihre Gedanken waren Achterbahn gefahren. Sie war spitz wie Hubers Waldi gewesen, hatte die Lage aber noch überrissen. Im Zustand höchster körperlicher Erregung hatte sie bei Nose eine dringliche SMS vorgetäuscht, die sie sofort nach München zurückbeorderte. Was er etwas konsterniert, aber doch professionell aufgenommen hatte. »Schade«, war sein letztes Wort.

Gesine war natürlich nicht nach München, sondern zum *Zipflwirt* gefahren, wo sie jetzt gerade völlig gerädert aufgewacht war. Sie nahm zwei Kopfschmerztabletten und sank zurück ins Kissen. Zehn Minuten, dann eine heiß-kalte Dusche.

Zankl saß beim Frühstück und biss lustlos in die lappige Aufbacksemmel. Er war immer noch schockiert, dass sich Gesine mit diesem Typen eingelassen hatte. Ihre Hände auf seinen Mondhälften. Diese Erkenntnis schmeckte noch schlechter als die Tiefkühlbackwaren und der Billigfilterkaffee hier. Umso größer war sein Erstaunen, als Gesine den Frühstücksraum betrat. »Gesine, ich dachte, du…«

»Was dachtest du?«

»Ich, ich hab euch gesehen. Dich und Nose, er hatte die Hosen unten.«

»Mich? Wohl kaum.«

»Ich war auf dem Balkon. Ich hab gesehen, was da auf dem Sofa passiert ist. Sein nackter Hintern im Mondschein. Und deine Hände drauf.«

Gesine sah ihn perplex an. »Welche Uhrzeit?«

»So halb acht.«

Gesine schüttelte den Kopf und lachte. »Da war ich schon lange weg. Der lässt nichts anbrennen!«

Zankl sah sie irritiert an. Sie erzählte ihm ihre Geschichte und schloss: »Und dann holt sich der Typ einfach eine seiner vielen Konkubinen und zeigt ihr das Universum!«

Zankl sah sie zweifelnd an.

»Hey, Zankl, echt nicht!«

Er nickte. »Sorry, die ganze Geschichte kommt mir total bescheuert vor.«

»Ist sie auch. Der hat mir was in den Drink getan. Da hab ich den Abgang gemacht. So ein Mist, wir sind keinen Schritt weitergekommen.« Sie schenkte sich Kaffee nach.

Zankls Handy klingelte. Er nahm das Gespräch an, horchte angestrengt, nickte. »Ja, wir kommen gleich.« Er legte auf. »Hummel. Die haben ein Problem. Ein Kongressteilnehmer ist verschwunden. Der wollte heute eine Aussage machen.«

EINFACH WEG

Mader und Fränki waren auf Dosis und Hummels Zimmer. Dosi hatte nicht schlecht gestaunt, als Mader ihren Lover im Schlepptau hatte. Erst war sie sauer auf Fränki, aber irgendwie schmeichelte es ihr auch, dass er ihr nachgereist war. Auch, dass sein Kontrollblick jetzt eifersüchtig das zerwühlte Bett und die Couch scannte.

»Gut, halten wir fest«, sagte Mader, »dieser Dr. Sammer wollte euch heute wegen Weinmeiers Arbeit sprechen. Nach der Tagung. Und jetzt ist er weg?«

»Ja, einfach weg. Verschwunden. Sein Auto ist noch da. Als er nicht zum Frühstück kam, bin ich auf sein Zimmer. Das Bett ist unberührt«, berichtete Hummel. »An sein Handy geht er nicht.«

»Wann haben Sie ihn zuletzt gesehen?«, fragte Mader.

»Gestern Abend auf der Nachtwanderung zur Partnachklamm. Also am Anfang, vor dem Hotel. Mit den Asiaten. Aber die wissen nix, ich hab sie gefragt.«

»Ist er ins Hotel zurückgekehrt?«

Hummel zuckte mit den Achseln.

»Gut«, meinte Mader. »Oder nicht. Der Termin heute war fest vereinbart?«

»Bombenfest. Er wollte unbedingt mit mir reden.«

»Dann müssen wir eine Suchmeldung rausgeben«, sagte Dosi.

»Zankl, was machst du denn hier?«, fragte der Mann auf dem Parkplatz vom *Almbach*, als Zankl und Gesine gerade ins Hotel gehen wollten. Zankl musterte den Mann. »Kennst mi nimmer?«, fragte der.

Zankl brauchte einen Moment. »Doch, Lehrgang Verhörtechniken Nürnberg.«

»Genau, der Untermeier Schorsch.«

»Servus, Georg«, sagte Zankl.

»Deine Frau?«, fragte Meier mit Blick auf Gesine.

»Nein, eine Kollegin.«

Gesine lächelte und gab ihm die Hand. »Fleischer.«

Untermeier hob die Brauen. »Respekt, Zankl, Respekt.«

Zankl hatte keine Lust, etwas zu erklären. Sollte der Depp doch denken, was er wollte. Jeder Blindgänger sah, dass sich ein kleiner Kripobeamter hier kein Liebesnest mit der Frau Kollegin leisten konnte. »Und, was machst du hier?«, fragte Zankl.

»Arbeit. Drüben in der Partnachklamm. Wir haben eine Leiche.«

»Was?! Wer?«

»Ein Chirurg aus dem Chiemgau. Dr. Sammer. Offenbar war er hier auf dem Kongress. Ich wollte jetzt mal nachfragen.«

»Und warum Kripo?«, fragte Zankl.

»Weil da der Steig mit einem Geländer gut gesichert ist. Die Kollegen fanden's komisch und haben uns angerufen. Klar, wenn's ein Fischkopf wär, würden wir nicht so genau hinschaun.«

Jetzt trat Mader auf den Parkplatz hinaus. Zankl winkte ihn heran: »Chef, die Kollegen aus Garmisch haben einen Toten in der Partnachklamm.«

»Mader, Kripo München, Mordkommission.«

»Untermeier, Kripo Garmisch.«

»Ihr Chef ist der Eisenhut Alfons, oder?«

»Ja, und?«

»Wir kennen uns gut. Sagen Sie ihm bitte, dass wir hier in einem Mordfall ermitteln. Die Leiche würden wir gerne sehen.«

»Warten'S, ich ruf den Eisenhut an.«

»Der soll gleich ein paar Leute mitbringen, Spurensicherung, Rechtsmedizin.«

Während Untermeier telefonierte, brachten sich die Münchner Kollegen über die jeweiligen Erlebnisse auf den neuesten Stand.

»Nose hat kein hundertprozentiges Alibi für gestern Nacht?«, fragte Mader.

»Außer, wenn er die ganze Nacht bei seiner Sofaliebe geblieben ist«, sagte Gesine. »Wann war die Nachtwanderung?«

»So halb elf«, sagte Hummel. »Könnte das passen?«

Zankl nickte. »Könnte. Ich hab ihn um halb acht in Aktion gesehen.«

»Er hat ein schnelles Auto«, sagte Gesine.

»Woher kann er gewusst haben, dass Dr. Sammer auspackt?«, fragte Mader. »Oder kann sonst noch wer gewusst haben, dass sich Sammer mit euch treffen wollte?«

Hummel schüttelte den Kopf. »Von uns jedenfalls nicht. Aber so Kongresse ...«

Untermeier trat wieder zu ihnen. »Einen schönen Gruß von Eisenhut. Wir treffen ihn in der Partnachklamm.« Er zählte die Anwesenden. »Vier kann ich mitnehmen.«

Mader nickte. »Fränki, Sie warten bitte in Klais auf uns.«

Sie stiegen in Untermeiers hochbeinigen Golf Country. Untermeier ließ den Motor aufheulen und donnerte los. Als sie den Teerweg des Hotels verließen, reduzierte Untermeier das Tempo keineswegs. Steine schlugen an den Unterboden und spritzten links und rechts weg. Es war ein milchig-grauer Vormittag, und die wenigen Spaziergänger, die unterwegs waren, sprangen erschrocken beiseite. Das Blaulicht auf dem Dach sorgte für den nötigen Respekt.

›Blöder Alpendjango!‹, dachte Mader.

KOPFÜBER

Nach hundert Metern steilen Fußwegs durch die Klamm kamen sie an eine mit Absperrband markierte Stelle. Sie beugten sich über das Geländer. »Ich seh nix«, sagte Dosi.

»Doch, da!« Hummel zeigte auf die Kante, über die die Partnach hinunterstürzte, wo am felsigen Rand das Gebüsch übers Wasser wucherte. Jetzt entdeckten die anderen auch, dass sich im Geäst ein schwarzer Schuh verfangen hatte. Samt Inhalt.

»Den Rest sieht man von unten besser«, sagte Untermeier und wies den Weg.

Sie stiegen weiter die Klamm hinab und blickten nach oben in den tosenden Wasserfall. Im sprudelnden Wasser hing kopfüber die Leiche des Chirurgen, eine große Platzwunde an der Stirn. »Hier hat ihn heute Morgen ein Berliner Kegeltrupp entdeckt«, erklärte Untermeier.

Mader konnte sich ein Grinsen nicht verkneifen. Die Preißn. Im Frühtau zu Berge und dann so was. »Woher wisst ihr, wer das ist?«, fragte Mader.

»Seine Jacke. Hat er verloren. Hing da zwischen den Felsen. Alles drin. Ausweis, Geldbörse... Dr. Martin Sammer. Wohnhaft in Prien.«

Mader sah nach oben. Das Geländer war dort fast brusthoch. »Da stürzt man nicht einfach so.«

»Grüß Gott«, sagte jetzt ein älterer Herr in Tracht, der den Weg hochgekommen war.

»Servus, Alfons«, sagte Mader. »Fesch schaust du aus.«

Kriminalhauptkommissar Alfons Eisenhut tippte sich an die filzige Kopfbedeckung. »Nicht mal in die Kirche kannst gehen, ohne dass wer stirbt. Wer is des, der Tote?«

»Ein Arzt aus Prien. Möglicher Zeuge in einem Münchner Mordfall. Sind wir irgendwo ungestört?«, fragte Mader.

Die Spurensicherung rückte an, und weitere Beamte und Leute von der Bergwacht kamen, um die Leiche zu bergen. Gesine blieb am Fundort, um sich mit dem gerade eingetroffenen Garmischer Kollegen die Leiche anzuschauen. Mader & Co. verzogen sich ins Wirtshaus am Eingang der Klamm.

ZWEIHUNDERTTAUSEND VOLT

Dr. Herbert Koslik, wie sich der Garmischer Rechtsmediziner vorgestellt hatte, begann, mit Gesine die Leiche zu untersuchen. Angesichts des reichlich desolaten Zustands war es nicht ganz einfach zu entscheiden, wonach sie wirklich schauen sollten.

»Was ist das?«, fragte Gesine schließlich und deutete auf zwei schwarze Punkte am Hals von Sammer.

»Ein Vampirbiss?«, riet Koslik.

»Sehr witzig.«

Koslik holte ein starkes Vergrößerungsglas aus seinem Koffer und prüfte die Hautstelle. »Könnten Brandwunden sein. Sieht aus wie von einem Elektroschocker, Paralyzer. Die Dinger haben bis zweihunderttausend Volt. Die machen solche Flecken.«

Gesine nickte. »Aber warum? Es hätte doch gereicht, ihn runterzustürzen ...«

»Dann hätte er geschrien. Das wäre ein bisschen auffällig gewesen. Kommen Sie mit in die Rechtsmedizin?«

»Nein, vielleicht komm ich nach.«

»Schade.«

Sie sah ihn erstaunt an. Erst jetzt fiel ihr auf, dass Koslik ein attraktiver Mann war. Hochgewachsen, jugendlich, Dreitagebart. Durchaus ihr Typ. Sie lächelte.

SMOKE GETS IN YOUR EYES

Auf dem großen Tisch im Hinterzimmer der Wirtschaft standen Weißwursthaferl und mit schnurpseligen Wursthäuten und braunen Senfflecken verzierte Teller. Die Tischdecke war übersät mit Hagelsalz und Breznbröseln. Die durch das kleine Fenster hereinfallende Sonne erleuchtete Weißbier auf Halbmast in schlierigen Gläsern. Im Raum stank es wie in einer Räucherkammer. Das Rauchverbot war also nicht bis in die letzten Winkel Bayerns vorgedrungen, wie Hummel begeistert festgestellt hatte. Eisenhut entzündete gerade ein neues Zigarillo. Mader und Hummel hatten Eisenhut und Untermeier einen Abriss des Falls gegeben.

»Dr.Sammer, also der Tote, wollte jedenfalls heute Vormittag eine Aussage machen«, sagte Hummel. »Er hat angedeutet, dass er jemanden im Beautygeschäft auffliegen lässt. Und dass das einigen gar nicht schmecken würde. Und er hatte Angst, weil Weinmeier ja ...«

»Wer ist des jetzt noch mal?«, unterbrach ihn Eisenhut.

»Der tote Bestsellerautor«, erklärte Mader. »Mit dem Buch über die Schönheitsindustrie.«

»Und wegen so was bringt man Leute um?«

»In München schon«, sagte Mader.

Hummel fuhr fort: »Weil Weinmeier tot und ein befreundeter Arzt, Dr. Hanke, spurlos verschwunden ist, wollte er offenbar auspacken.«

Gesine trat ein und rieb sich die kalten Hände.

»Und, wie schaut's aus?«, fragte Mader.

»Der Mann wurde vor seinem Sturz mit einem Elektroschocker ausgeschaltet.«

Eisenhut stieß beißenden Zigarillorauch aus. »Sauber, dann hamma tatsächlich an Mord.«

Mader lächelte. »Vielleicht könnt's ihr des touristisch nutzen. Die *Mordsklamm*, *Partnachtod*... Oder: *Sterben, wo andere Urlaub machen*. Na, des gibt's schon. Oder?«

Eisenhut sah ihn schräg an. »Und ihr meint's, dass wir euch bei uns ermitteln lassen? Aber des kost a Maß.« Er stand auf.

»Chef?«, fragte Untermeier.

»Sie helfen den Münchnern, ich hab noch Termine.«

»Stammtisch«, murmelte Untermeier, als sein lodenumhüllter Chef den Raum verlassen hatte.

EINEN SCHRITT VORAUS

Fränki langweilte sich. Er war natürlich nicht in seine Pension nach Klais zurückgekehrt, sondern hatte es sich in Dosis Zimmer auf dem Doppelbett bequem gemacht. Nachdem er alles durchschnüffelt hatte. Er hatte sogar im Badezimmermülleimer nachgesehen, aber keinen Beleg für unbotmäßige Handlungen gefunden. Die zwei leeren Bierflaschen, die auf dem Sideboard standen, gaben nichts her. Die konnte Dosi auch alleine verdrückt haben. Und wenn nicht, dann hatten die beiden eben ein Bier zusammen getrunken. Na und? Fränki spähte in den offenen Zimmersafe. Jetzt kam ihm eine Idee. Er griff zum Telefon und rief in der Rezeption an. »Hallo, hier ist Hummel, Kripo München.«

»Herr Hummel, was kann ich für Sie tun?«

»Sagen Sie, haben alle Zimmer einen Safe?«

»Viele.«

»Ist in Dr. Sammers Zimmer ein Safe?«

»Warten Sie. Die 24. Nein, in diesem Zimmer ist kein Safe.«

»Hat Dr. Sammer etwas im Hotelsafe deponiert?«

»Moment ... Ja, Dr. Sammer hat gestern Abend seinen Laptop hier deponiert.«

»Gut. Ich komm gleich runter.«

»Aber den Laptop hat doch Ihre Kollegin bereits abgeholt.«

Fränki strahlte. Seine Dosi! Immer einen Schritt voraus. Was für ein Weib! Er rieb sich die von Bajazzos Biss immer noch schmerzende Wade und fühlte sich plötzlich hundemüde. Der gestrige Abend mit Mader, das Bier, die frische Luft. Selig ließ er den Kopf in Dosis Kissen sinken.

Mader hatte Professor Limburg gebeten, nach dem Abschlussvortrag ein paar Worte an die Kongressteilnehmer richten zu dürfen. Was er dann auch tat: »Ja, es sieht aus wie ein tragischer Unfall, aber da wir jegliches Fremdverschulden ausschließen wollen, bitte ich Sie, uns alles zu erzählen, was Sie über Dr. Sammer wissen und was uns bei unserer Arbeit helfen könnte.«

Die Ärzteversammlung nahm die Botschaft desinteressiert auf. Von Anteilnahme keine Spur. Professor Limburg hatte den Polizisten bereits gesagt, dass Dr. Sammer im Kollegenkreis nicht sehr beliebt war. Unter anderem, weil er mit solchen Leuten wie Weinmeier zusammenarbeitete. Ein Wichtigtuer. Niemand meldete sich mit spezifischem Wissen zu Sammer.

HEIDIGLÜCK

Nach dem offiziellen Kongressende gingen Hummel und Dosi auf ihr Zimmer, um zu packen. Dort schnarchte Fränki selig. »Süß!«, lautete Dosis Urteil. Hummel hob die Augenbrauen. Sein Handy klingelte. »Ja? ... Oh, ja, klar, ich freu mich. Das Café vom *Wetterstein*? Äh, ich weiß nicht. Da lassen's mich vielleicht nicht ... Doch, weiß ich. Ja, gut, ich probier's. Sonst ruf ich noch mal durch. Bis nachher ... Ja, ich mich auch.«

Dosi sah ihn erstaunt an. »Oh, der hohe Herr kehren noch im *Schlosscafé* ein? Darf man fragen, wer die Glückliche ist?«

»Darf man nicht. Das ist privat.« Er deutete auf den schnorchelnden Fränki. »Lass ma den da liegen?«

Dosi entdeckte ein Loch in Fränkis Socken und steckte den kleinen Finger hinein, um ihn zu kitzeln. Hummel kräuselte die Nase. Fränkis Schnarchen kam aus dem Rhythmus, er verschluckte sich und bekam einen Hustenanfall. Dosi richtete ihn auf und klopfte ihm fest auf den Rücken.

»Wo ... wo bin ich?«, röchelte Fränki.

»Im Himmel«, erklärte Dosi.

Er strahlte sie an und ließ sich von ihr aus dem Bett helfen.

»Checkst du mit aus?«, fragte Dosi Hummel.

»Etwas später. Ich mach mich noch schnell frisch.«

Dosi lachte. »Na dann viel Spaß noch, ich fahr schon mit den anderen.«

»Du fährst mit mir«, sagte Fränki bestimmt. »Die Triumph steht in Klais. Helm hab ich dabei.«

»Okay, Fränki-Schatz, ich geb nur noch Zankl meinen Koffer. Ciao, Hummel.«

Hummel zog sich aus und stellte sich unter die Dusche. Er wollte für Chris frisch und sauber sein. Den Berufsalltag abwaschen. Jetzt endlich Freizeit! Das Wetter war noch richtig schön geworden. Klarer Plan: romantisch spazieren gehen, die leuchtenden Farben des Herbstlaubs bestaunen, den letzten Kraftakt der Herbstsonne im Gesicht spüren, die nahen Berggipfel mit und ohne Schnee bewundern. Die perfekte Kulisse – für eine Umarmung, einen Kuss, um Hand in Hand über Almwiesen zu laufen. *Heidiglück!*

»Wir hoffen, es hat Ihnen bei uns gefallen«, sagte der junge Mann an der Rezeption.

»Sehr gut«, sagte Hummel und schob seine Key-Card über den Tresen.

»Dann beehren Sie uns bald wieder.«

»Aber sicher«, sagte Hummel und wandte sich zum Gehen.

Er war schon durch die große Glastür nach draußen getreten, als der Livrierte ihn einholte. Er schwenkte einen Briefumschlag. »Das war in Ihrem Postfach!«

Verdutzt nahm Hummel den Umschlag entgegen. »Wer hat das abgegeben?«

»Tut mir leid, das hat der Nachtportier entgegengenommen.«

Hummel stand unschlüssig in der prallen Mittagssonne. Eigentlich war er jetzt außer Dienst. Er öffnete den Umschlag. Ein USB-Stick fiel ihm entgegen. Kein Brief dazu, keine Notiz. Er dachte sofort an Sammer. Und sah auf die Uhr. Er ging wieder in die Lobby. »Gibt es bei Ihnen ein ruhiges Büro, wo ich mir das hier anschauen kann?«, fragte er und zeigte den USB-Stick. Er wurde in ein enges Büro geführt, das dezent schweißelte. Hummel öffnete ein paar Dateiordner und fand darin Excel-Listen, Zahlenkolonnen, Eingang, Ausgang, Euro, Dollar, Franken. Kontobewegungen – so viel war klar. Aber keine Bezeichnungen für Produkte oder Dienstleistungen. Und keine Namen. Zahlen, Zahlen, Zahlen. Das mussten sich Profis ansehen. Er griff zum Handy. Es dauerte lange, bis jemand abhob. »Wallicek, Pforte Polizeidienststelle Ettstraße?«

»Wally, servus, ich bin's, Hummel. Du, ist irgendwer vom Wirtschaftsressort im Haus?«

»Es ist Sonntag!«

»Hast du Kramers Privatnummer?« Hummel wartete, bis Wallicek sich am PC durch die Listen geklickt hatte und ihm die Nummer durchgab. Kramer war nicht erfreut, am Sonntagmittag gestört zu werden, aber als ihm Hummel schilderte, worum es ging, wurde er neugierig. Hummel sollte ihm ein paar Dateien zur Prüfung an seine Privatadresse mailen. Er würde sich dann melden. ›Läuft!‹, dachte Hummel. Sollte er Mader anrufen? Nein. Dann konnte er den Nachmittag knicken. Er würde warten, bis Kramer ihm Bescheid gab, und dann entscheiden, was zu tun war. Jetzt hatte er nur noch einen Wunsch: Chris sehen! Er steckte den Stick in die Hosentasche und ging los.

Ein fantastischer Herbsttag. Als würden alle Kräfte der Natur noch einmal zum letzten Halali blasen. Der Berufsalltag fiel von ihm ab wie der getrocknete Lehm von den Sohlen seiner Stiefel.

Als er sich der Eingangstür des Schlosscafés näherte, verwehrte ihm ein blasierter Kellner den Einlass. »Mein Herr, nur für Hotelgäste ...«

»Ich werde erwartet«, unterbrach Hummel ihn forsch.

»Das bezweifle ich«, sagte der Pinguin mit Blick auf Hummels schmutzige Stiefel.

Hummel spähte an ihm vorbei. Er entdeckte Chris an einem der Bistrotische und winkte ihr. Sie winkte zurück. Hummel las in den Augen des Kellners: Wie kann so eine Dame mit so einer Null verabredet sein? Dennoch geleitete der Pinguin ihn mit einem Minimum an Höflichkeit an den Tisch der Dame.

»Der Herr ist mit Ihnen verabredet?«, fragte er Chris.

»Danke, Willibald, so ist es. Komm, Klaus, setz dich.«

»Depp«, murmelte Hummel, als Willibald Leine zog.

»Möchtest du noch was essen, trinken?«

»Nein, danke.«

Sie deutete auf das Panoramafenster. »Na komm, gucken wir uns das live an. Was für ein toller Tag!«

›Wie recht sie doch hat‹, dachte Hummel, nachdem er seine Tasche mit dem Anzug in ihrem topgepflegten alten 911er verstaut und sie ihre Bergschuhe angezogen hatte. Sie gingen nebeneinander den Wirtschaftsweg hinauf in Richtung Wettersteinalmen. Hummel staunte, welches Tempo Chris vorlegte. Eine vielseitige Frau: schön, klug, sportlich.

»Und, wie war's im *Almbach*?«, fragte sie.

»Schön, äh … Es war ja dienstlich und …«

Sie winkte ab. »Dienstlich geht mich nichts an.«

»Na ja, wenn es Veronika Saller und Andrea Meyer betrifft, schon. Wir suchen immer noch den Typen, der das getan hat.«

»Hier?«

»Nicht wirklich. Na ja, wir dachten, dass die Todesfälle vielleicht etwas mit diesen Schönheits-OPs zu tun haben.«

»Deswegen das *Almbach* – der Kongress.«

Er sah sie erstaunt an. »Woher weißt du das?«

»Hat mir der Kellner im Schlosscafé gesagt.«

»Quasimodo.«

Sie lachte schallend.

»Hat er sonst noch was erzählt?«, fragte Hummel.

»Ja, dass ein toter Mann in der Partnachklamm gefunden wurde. Habt ihr damit auch was zu tun?«

Hummel schüttelte den Kopf. »Ein Kongressteilnehmer. Muss gestern bei der Nachtwanderung abgestürzt sein. Tragisch. Aber die Kollegen tragen es mit Fassung.

Diese Skalpellkünstler sind nicht zimperlich. Ich mag die nicht.«

»Ach, das ist auch nur ein Beruf wie jeder andere.«

»Findest du?« Hummel schluckte.

»Ja. Hey, warum guckst du mich so komisch an? Du glaubst doch nicht...?! Mensch, Klaus, das ist hundert Prozent Natur, was du hier siehst!«

Hummel errötete. Ihr schönes Gesicht. Und im Geiste war er schon bei ihren Brüsten, die unter der Softshelljacke nur zu erahnen waren. Und die ganz gewiss so waren, wie die Natur sie erschaffen hatte.

Schweigend gingen sie weiter.

Plötzlich ergriff sie seine Hand.

Wow! Hummels Kopf war mit einem Schlag leer. Total leer. Und sein Herz randvoll. Er wollte etwas sagen. Er konnte nicht. Er wagte es nicht, sie anzusehen. Sie gingen einfach nebeneinander, inmitten der herrlichen Natur, Hand in Hand.

»Und du warst da ganz allein, in dem Hotel?«, fragte Chris unvermittelt.

»Nein, meine Kollegin Dosi war dabei.«

»Die von der Modenschau?« Sie sah ihn direkt an.

»Nein, das war unsere Rechtsmedizinerin. Dosi ist meine Kollegin aus Niederbayern. Ganz anderes Kaliber. Nichts, was dich beunruhigen müsste.«

ERST KÜR, DANN PFLICHT

Mader, Zankl und Gesine saßen in der Garmischer Fußgängerzone vor der Konditorei *Krönner* in der Sonne. Bajazzo hatte sich auf den warmen Steinplatten ausgestreckt und döste. Die Bedienung brachte dreimal Cappuccino, zweimal Apfelstrudel und einen Eisbecher. Letzteren für Mader. »Wenn der Sonntag schon ruiniert ist, genießen wir wenigstens ein Stündchen in der Sonne«, fasste Mader die Lage zusammen.

Zankl nickte, obwohl er ein wenig auf Kohlen saß und ein schlechtes Gewissen wegen Conny hatte. Ihr Telefonat vorhin war sehr zäh gewesen. Wo war ihre Coolness von gestern? Heute: *grande lamento*. Aber Gewissen hin oder her, irgendwie war er froh, jetzt noch ein bisschen in der Sonne zu sitzen und sich nicht ihr Gejammer reinziehen zu müssen. Er verteilte die Sahne großzügig auf dem warmen Apfelstrudel und sah fasziniert zu, wie sie in kleinen Rinnsalen durch die Furchen der Kruste kroch.

Gesines Handy klingelte. Sie nahm das Gespräch an, hörte zu, nickte immer wieder. »Danke, nein, muss ich nicht selbst sehen. Keine Spuren, Fasern, Haare, Haut? … Und die Blutprobe? … Aha, das ist interessant. Ja, danke. Vielen Dank. Das ist sehr nett. Nein, schon unterwegs. Ein andermal vielleicht.« Sie legte auf und sagte zu Mader und Zankl: »Das war Koslik, der hiesige Rechtsmediziner. Jetzt ist es amtlich: Der tote Arzt wurde mit einem Elektroschocker ausgeschaltet. Letal waren aber der Sturz und Unterkühlung. Jedenfalls zweifelsfrei Mord.«

Mader rührte in seinem Milchschaum.

»Nose hat kein wasserdichtes Alibi«, sagte Zankl. »Und 'nen schnellen Wagen.«

»Ich weiß nicht«, sagte Gesine. »Der wird seine Bettgenossin verabschieden, hundertvierzig Kilometer durch die Nacht rasen, den Sammer in die Partnach schmeißen, und dann schnell wieder zurück zum Chiemsee? Und was, wenn tatsächlich ich an seiner Seite im Bett gelegen wäre?«

»Na ja, vielleicht war das genau die Idee. Er hätte dir Schampus eingeschenkt mit einem Schlafmittel, du entschlummerst sanft, er bringt den Typen um, und schon hätte er ein Superalibi gehabt, wenn du morgens an seiner Seite aufwachst.«

»Er hat mir tatsächlich was in meinen Drink getan. Ich habe dem Koslik eine Blutprobe von mir mitgegeben. Das Gegenteil von Schlafmittel: *Sildenafil*. Fördert die Durchblutung des Unterleibs. Wird als *Lovegra* verkauft. So eine Art *Viagra* für Frauen. Und eine Prise *Flibanserin* war auch in meinem Blut. Das ist für den Kopf. Der spielt beim Sex ja auch eine Rolle, also bei Frauen zumindest.«

Zankl ließ sich nicht beirren: »Dann wäre das Schlafmittel danach gekommen. Erst Kür, dann Pflicht.«

»Na klar, Zankl. Und woher soll er gewusst haben, dass der Arzt aus Prien auspacken will?«

»Oder es war ein Kongressteilnehmer«, meinte Mader. »Da bleibt doch nix geheim. Wenn Hummel beim Kongressleiter platziert hat, dass er Weinmeiers Buch fertig schreibt, und irgendjemand mitkriegt, dass er mit Sammer spricht...«

»Gut, dass dieser Irgendjemand nicht auch Hummel in die Partnach gestürzt hat«, meinte Gesine. »Wo steckt Hummel denn eigentlich?«

»Hat noch ein Rendezvous, sagt Dosi. Die jetzt mit ihrem Göttergatten Fränki-Boy über wilde Passstraßen reitet.« Zankl lachte.

NICHT IN INDIEN

»Boah, was für ein geiles Teil!«, sagte Dosi und meinte damit nicht die schwarze Triumph, die vor ihnen in der

Sonne funkelte, sondern das gewaltige Wiener Schnitzel, das einen Berg Bratkartoffeln bedeckte und weit über die Ränder des riesigen Tellers ragte. Von so einer Portion könnte eine Kleinfamilie satt werden. Nicht in Indien. In Bayern. Und vor ihnen standen zwei voll beladene Teller! Fränki wusste, wie er seine Dosi glücklich machte. »So lass ich mir Sonntagsarbeit gefallen«, verkündete Dosi, schnitt sich ein großes Stück Schnitzel ab und musterte das panierte Fleisch voller Vorfreude.

»Und den Kollegen immer eine Nase voraus«, sagte Fränki. »Dass du an den Tresor gedacht hast, super!«

»Was für ein Tresor?«, fragte Dosi mit vollem Mund.

GROSSER BRAUNER

Dosi hatte Mader nicht angerufen. Erst wollte sie selbst wissen, was da los war. Wer hatte sich als Polizistin ausgegeben und den Laptop kassiert? Sie gab Fränki die Sporen, der die Triumph mit röhrendem Auspuff die steile Straße nach Klais hinaufjagte und weiter zum Hotel, wo sie schließlich mit quietschenden Reifen zum Stehen kamen.

»Ruhig, großer Brauner«, sagte Dosi und tätschelte Fränkis Oberschenkel, die noch vom Adrenalin zitterten. Sie sprang von der Sitzbank und stürmte ins Foyer, ohne den Helm abzunehmen.

Panisch sah der Rezeptionist sie an. »Sie wünschen?!«

»Eine Auskunft!«, bellte Dosi. »Haben Sie den Laptop von Sammer aus dem Hoteltresor geholt?«

»Ja, ich, äh …«

»Haben Sie ihn mir gegeben?«

Er sah sie verunsichert an. Endlich nahm sie Helm und Sturmhaube ab. Dann schüttelte er den Kopf.

»Wie kommen Sie dazu, einfach den Laptop rauszu-
geben?«

»Aber die Dame war von der Polizei!«

»Hatte sie einen Dienstausweis?«

»Das hoffe ich doch.«

»Das hoffen Sie? Wissen Sie, was ich gleich hoffe?«

»Sie hatte gesagt, dass sie eine Kollegin von Klaus
Hummel ist. Und das war doch der Herr, der mich heute
Morgen befragt hat. Der mit Ihnen da war.«

In Dosis Kopf ratterte es. Wer konnte das sein? Wer
wusste, dass sie hier waren? Und warum sie hier waren?
»Wie sah die Frau aus?«

»Schön. Also, ich hab mir gedacht: ungewöhnlich, so
schöne Frauen bei der Polizei?« Er sah Dosi indigniert an.
»Entschuldigen Sie ...«

Dosi atmete tief durch. »Beschreibung: Haarfarbe,
Augenfarbe, Kleidung?«

Mit »blond, groß, grüne Augen, gehobene Kleidung«
konnte sie nichts anfangen. Jetzt kam ihr ein Gedanke.
Mit wem war Hummel heute Nachmittag verabredet?
Was, wenn die Laptopfrau und seine Verabredung ein
und dieselbe Person war?! Sie wählte Hummels Nummer. Nichts. Er hatte vermutlich keinen Empfang. Sie rief
Mader an. Besetzt.

Zankl hob sofort ab. »Dosi, was ist? Habt ihr 'nen
Platten?«

»Nein, wir sind im *Almbach*. Da war eine Frau, die hat
sich an der Rezeption als Polizistin ausgegeben und Sammers Laptop eingesackt. Der war im Hotelsafe!«

»Sind wir blöd!«, stöhnte Zankl. »Woher weißt du
das?«

»Das ist jetzt egal. Ich erreich Hummel nicht.«

»Was hat denn der damit zu tun?«

»Er ist hier irgendwo mit seinem Gspusi unterwegs. Wenn das die Frau ist, die den Laptop geholt hat, ist er in Gefahr!«

»Dosi, komm runter. Hummel sitzt irgendwo in der Sonne, wie wir auch. Vielleicht mit Beate.«

»Wer ist Beate?«

»Seine große Liebe.«

»Groß und blond?«

»Groß und blond und schön.«

»Das könnte die Frau sein!«

»Dosi, komm runter! Ich kenne Beate. Sie ist eine Schwabinger Kneipenwirtin und keine Gangsterbraut.«

»Was ist los?«, fragte Gesine Zankl, als dieser das Handy weggelegt hatte.

»Gleich.« Er deutete auf Mader, der noch telefonierte.

Endlich legte Mader auch auf. Und ergriff zuerst das Wort: »Hummel hat Material. Er hat Daten zu Geldtransfers zwischen Schönheitskliniken an Kramer von der Wirtschaftskriminalität gemailt. Und jetzt erreicht Kramer Hummel nicht.«

Nun wurde auch Zankl unruhig. Er berichtete von dem Gespräch mit Dosi. Sie zahlten und fuhren los. Zurück blieb neben leeren Cappuccinotassen und Apfelstrudelresten ein Edelstahlbecher mit geschmolzenem Eis. Mader hatte keine drei Löffel davon gegessen. Von wegen: die Sonne genießen.

KÖNIG-LUDWIG-FEELING

Dosi hatte unnötig Angst um Hummel. Denn dem ging es richtig gut. Das schöne Wetter beflügelte die beiden Turteltauben, und so stiegen sie den Schachenweg weiter bergan, obwohl die Sonne schon tief stand. Irgendwie hatte Hummel die romantische Vorstellung, da oben am Schachenhaus ganz allein mit Chris zu sein. *König-Ludwig-Feeling*. Die schroffen Berggipfel, die sanften Almwiesen. Das Hotel *Wetterstein* sah von hier aus wie ein *Playmobil*-Schloss, klein auch die Häuser bei Graseck, oben die Alpspitze, irgendwo weit unten im Dunst die Ausläufer von Garmisch.

Nur noch vereinzelt kamen ihnen Wanderer und Spaziergänger entgegen. Hummel sah auf sein Handy. Viertel nach drei. Bis sechs würde es hell sein. Und er hatte keinen Empfang. Gut so. Konzentration auf das Wesentliche – in fünf Buchstaben: L-I-E-B-E.

VÖLLIG ÜBERSCHÄTZT

Der Motor der Triumph fauchte noch einmal heiser auf, bevor er verendete. Der Kellner sah mit besorgtem Blick auf die beiden lederschwarzen Biker, die auf das Café zueilten. Jetzt nahmen sie die Helme ab. Die darunter sitzenden Sturmhauben waren kaum vertrauenerweckender. Der Kellner nestelte in seiner Hosentasche nach dem Schlüssel. Zu spät. Dosi zog mit einer Hand die Sturmhaube vom Kopf, mit der anderen die Tür auf. Funkelte ihn an und hielt ihm ihren Dienstausweis unter die Nase. »Mordkommission München!«

Er nickte und sagte: »Ich habe da noch einen sehr schönen Tisch am Panoramafenster. Wenn Sie mir folgen wollen.«

»Nein, das wollen wir nicht. Wir suchen einen Herrn mit braunen Seitenscheitel…«

»Ach der, der ist schon fort – mit einer Dame.«

»Name?«

»Ich kenne nicht alle unsere Gäste persönlich.«

»Wie sah sie aus?«

»Groß, sehr gut aussehend.«

»Blond?«

»Nein. Kastanienbraun. Distinguiert, im Gegensatz zu ihm.«

Dosi war irritiert. War die Dame nun blond oder brünett? Der an der Hotelrezeption hatte von einer blonden Frau gesprochen. »Augenfarbe?«

»Grau, sehr klar, wie ein Bergbach.«

»Das wissen Sie aber genau?«

»Für Schönheit habe ich einen Blick.«

Dosi atmete auf. Okay, nicht blond, keine grünen Augen, das war nicht die Frau von der Rezeption. Sie hatte sich umsonst Sorgen gemacht. Sie probierte es wieder bei Mader. Der wiederum erzählte ihr von den gemailten Dateien. Dosis Adrenalinpegel stieg sofort wieder. Hummel hatte Daten von Sammer. Er war in Gefahr. Und seine Bergfreundin auch. Sie musste die beiden warnen!

»Was macht man hier, wenn man verliebt ist?«, fragte sie den Oberkellner, der die ganze Zeit mit verkniffener Miene neben ihr gestanden hatte.

»Wir sind kein Stundenhotel!«

»Ich meine, wohin geht man? Wenn man alleine sein will. Spazieren. Wandern.«

»Vermutlich zum Schachenhaus.«

»Wie weit ist das?«

»Das kommt auf Ihre Kondition an.«

»Ich geb Ihnen gleich was auf die Kondition. Gibt's da einen Fahrweg?«

»Einen Wirtschaftsweg.«

Dosi wollte schon zum Motorrad gehen, da drehte sie sich noch mal um und sah Willibald streng in die Pinguinaugen. »Wissen Sie, was man im *Almbach* über das *Schlosscafé* sagt?«

»Nein?«

»Scheißservice und völlig überschätzt.«

BINGO!

Hummel hatte keine Ahnung, dass ihnen jemand auf den Fersen war. Er schwebte im achten Himmel. Plötzlich klingelte sein Handy. Erstaunt sah er es an. Empfang. Er zögerte kurz, dann ging er dran. »Hallo, hier Hummel?«

»Ich bin's, Kramer. Ich hab dich nicht erreicht.«

»Der Empfang ist schlecht. Ich bin in den Bergen. Und, was sind das für Daten auf dem Stick?«

»Kontobewegungen. Große Summen. Von Schönheitskliniken. USA, Thailand, Schweiz und so weiter.«

»Schönheitskliniken! Bingo!«

»Ich hab Mader angerufen.«

»Warum das denn?«

»Ich hab dich nicht gleich erreicht und dachte, es ist wichtig. War das nicht okay?«

»Doch, doch. Danke. Ich schau morgen bei dir vorbei. Ich hab 'nen Stick, da ist noch mehr drauf. Ciao.« Er ballte die Faust. »Yes!«

»Eine gute Nachricht?«, fragte Chris.

»Mehr als gut. Der Durchbruch. In dem, äh, in einem komplizierten Fall. Hey, wenn wir den abschließen, gibt's echt was zu feiern.« Sein Strahlen erstarb. »Oh, tut mir leid, wir sind hier in der wunderbaren Natur, und ich er-

zähl dir von der Arbeit. Ich mach jetzt mein Handy aus.«
Er sah am Display, dass Dosi es bei ihm probiert hatte.
Nein. Heute nicht mehr. Er war jetzt wirklich außer
Dienst. Entschlossen schaltete er es aus.

»Komm, wir beeilen uns ein bisschen« sagte Chris.
»Nicht, dass es dunkel wird.«

Sie forcierte das Tempo, und er konnte den Blick kaum
von ihrem durchtrainierten Po lassen. Ja, die Natur war
wirklich wunderbar.

»Hier gibt es eine Abkürzung.« Sie deutete auf einen
schmalen Pfad zu ihrer Linken.

»Du kennst dich hier aber gut aus!«, sagte er erstaunt.

»Ich war früher oft mit meinen Eltern in den Bergen.« Als es nun etwas unwegsam wurde, fragte sie: »Zu
schwer?«

»Für mich doch nicht«, sagte er etwas kurzatmig und
staunte, wie geschickt sie sich bewegte, wie eine Gämse.
Ihren Po hatte er jetzt allerdings nicht mehr im Fokus,
denn der Weg war ziemlich anspruchsvoll.

Plötzlich waren sie auf einem schmalen Grat, sehr aus-
gesetzt, unter einer steilen Felswand. »Wir müssen hier
rechts queren«, sagte Chris und deutete auf den draht-
seilgesicherten Steig. Ein falscher Tritt, und es ging dreißig Meter in die Tiefe.

Schon bald erreichten sie ein kleines Felsplateau mit
atemberaubendem Blick.

»Schön, nicht?«, sagte Chris.

»Wunderschön«, sagte Hummel und schnaufte durch.

»Ein ganz besonderer Platz«, sagte sie.

Er nickte und ließ den Blick schweifen: Die Bergwelt
war vor ihnen ausgebreitet wie ein fürstliches Mahl. Und
er war hier ganz allein mit dieser wunderbaren Frau. Ein
Traum.

Von unten klang der Sound eines Motorrads herauf. »Die Dorfjugend«, lachte Hummel.

Das Knattern verhallte. Jetzt war es still. Die Sonne hatte sich den ganzen Tag an die Felswand gelegt, die nun die Wärme wieder abstrahlte. Alles golden. Hummel fühlte sich wie erleuchtet. Er sah Chris an. Das weiche Licht auf ihrem Gesicht. Hummel war, als verstünde er zum ersten Mal in seinem Leben, was Schönheit ist. Sie lächelte. Er musste sie jetzt küssen. Nein, nicht so profan. Er musste etwas sagen, etwas Bedeutsames, das alles hier zum Ausdruck brachte, das Wunder der Natur, Chris' Schönheit, ihre silbernen Augen, die wie Diamanten funkelten. Er schämte sich für den allzu platten Vergleich und rang nach geeigneten Worten, da trat sie auf ihn zu, ihr Gesicht kam näher, er schloss die Augen, fühlte ihre Hand im Nacken, er öffnete die Lippen. Dann spürte er etwas Kaltes. Am Hals. Er riss die Augen auf. Sah in ihre. Bergbach. Eiskalt.

»Klaus, das an deinem Hals ist ein Elektroschocker, zweihunderttausend Volt. Eine falsche Bewegung, und der Strom fließt. Das Ding macht nur ohnmächtig, aber ich glaube, hier fällt man sehr ungut. Hast du verstanden?«

Er verstand. Sammer war so gestorben.

»Hast du deine Dienstwaffe dabei?«, fragte sie.

Er nickte wieder, und sie fuhr mit der freien Hand unter seinen Pulli, zog die Waffe aus dem Schulterhalfter und hielt sie auf Hummel gerichtet.

»Jetzt der USB-Stick. Wo ist der?«

»Rechte Hosentasche.«

»Rausholen. Keine falsche Bewegung.«

Er gab ihn ihr. »Das wird dir nichts helfen. Ich hab die Daten an die Kollegen gemailt.«

»Da ist noch mehr drauf«, zitierte sie ihn. »Die paar Dateien. Das reicht nicht.«

»Hast du den Sammer mit dem Ding umgebracht?«

Sie lächelte. »Nein. Ein tragischer Unfall. Ein kleiner Stromstoß und platsch!«

»Wie bist du auf Sammer gekommen?«

»Das hat mir ein lieber Bekannter geflötet. Der Arzt aus Prien...«

Hummel wurde noch mulmiger. Er selbst hatte es ihr gegenüber am Telefon erwähnt. »Das hätte genauso Dr. Schwarz sein können!«

»Wohl kaum, der war nur für einen Vortrag da.«

»Du bist ja bestens informiert.«

»Klaus, du bist ein schlaues Kerlchen, aber du trägst dein Herz auf der Zunge. Für einen Bullen nicht ganz optimal. Als ich bei der Möller den Vertrag mit dir als Ghost für Weinmeier gesehen hab, wusste ich, dass ihr nah dran seid. Dass ihr wisst, warum Weinmeier gestorben ist. Aber dass gerade du den Lockvogel machst! Schade eigentlich.«

Hummel stöhnte leise. Ihre Begegnung in dem Café in der Isabellastraße, ihr schwarzer Trainingsanzug. Jetzt hatte er es amtlich: Liebe macht blind!

»Die Mädchen und der Journalist, die hast du auch umgebracht! Was ist so wichtig, dass dafür vier Leute sterben müssen?«

»Ach, Klaus, es sind schon Leute für weniger gestorben. Ich musste es tun. Die Mädels haben mich erpresst, der Weinmeier hätte mir mein Geschäft kaputt gemacht.«

»Du handelst mit Körperteilen? Von toten Menschen?«

Sie lächelte. »Das tut niemandem weh. Du ahnst gar nicht, wie viel Schönheit auf dieser Welt einfach so verloren geht, wegstirbt. Es wäre doch eine Verschwendung, wenn man sie nicht noch gewinnbringend einsetzen würde.«

»Und deine Models haben alle …«

»Ach, Klaus, du bist so süß. Du denkst immer gleich an das Schlimmste. Obwohl, die beiden Mädels waren ganz schön schlimm. Sie haben mir geholfen, das Netz aufzubauen. Veronika hat ganz persönlich davon profitiert. Sie war so scharf auf eine neue Nase. Aber irgendwann wurden Vroni und Andy zu gierig. Als sie dann noch mit diesem Journalisten rumgemacht haben, bin ich schon ein bisschen nervös geworden. Aber es hat sich ja alles in Wohlgefallen aufgelöst.«

»Ich versteh das alles nicht.«

Sie lachte. »Ach, es war auch ein bisschen verzwickt. Vroni wollte mehr Geld. Wir hatten einen Riesenstreit – und haben uns wieder vertragen. Bei einem Näschen Koks. Für Vroni hatte ich zur Feier des Tages eine ganz besondere Mischung dabei. Tja, sie nahm die Nase wohl zu voll. Dass dann ausgerechnet Andy in ihrer Wohnung erscheint, war nicht geplant. Die dumme Kuh hatte einen Schlüssel. Wäre sie mal lieber noch ein paar Tage in den USA geblieben. Man darf nicht gleich springen, wenn die Freundin pfeift. Aber Andy wollte gar nicht zur Polizei, die wollte nur Geld.«

»Und dann hast du die Meyer umgebracht?«

»Ich war guten Willens. Ich hab ihr fünf Riesen gegeben. Aber sie wollte mehr. Ich hab gesagt, dass es eine erste Anzahlung ist. Und dass sie den Kontakt mit diesem Journalisten abbrechen muss, wenn sie mehr Geld will. Mir war schnell klar, dass ich mich auf sie nicht verlassen kann. Tja, man sollte nachts nicht im Park joggen. Zu gefährlich. Dass ausgerechnet dein Chef sie findet, während wir beide in der Kneipe flirten. Großartig! Das könnte man nicht besser erfinden.«

»Warum hast du sie in den Gully gesteckt?«

»Da habt ihr euch Gedanken gemacht, nicht wahr? Eine spontane Eingebung. Und so passend. Da gehörte sie hin, die kleine Ratte. Aber dann ist mir der Scheißjournalist so richtig auf die Pelle gerückt. Offenbar hatte Vroni oder Andy ihm doch schon zu viel gesagt. Aber das war einfach – dieses sexbesessene überhebliche Arschloch! Der hat vor Lust gewimmert, als ich ihn ans Bett geschnallt habe. Na ja, nicht lange.«

»Warum erzählst du mir das alles?«

»Weil es gut tut, mal zu reden. Wenn man das alles mit sich allein ausmachen muss, das frisst einen auf. Jetzt fühle ich mich schon viel besser. Weißt du, ich stehe vor einem sehr interessanten Geschäftsabschluss. Ein todsicheres Geschäft mit ausgesuchten Kliniken und pathologischen Instituten und Pharmafirmen. Noch illegal, aber wer weiß, irgendwann ändert sich das vielleicht. Warum sollte es denn erlaubt sein, lebenswichtige Organe zu spenden, aber andere Körperteile nicht. Und wenn ich mich so umsehe: Es gibt einen hohen Bedarf an schönen Nasen, Brüsten, an glatter Haut.«

»Du bist wahnsinnig!«

»Nein, bin ich nicht. Nur Geschäftsfrau.« Sie blickte ihm ernst in die Augen. »Bist du jetzt enttäuscht von mir?«

Er sah sie entgeistert an. ›Enttäuscht‹ war nicht das richtige Wort für dieses Erdbeben, das gerade alle seine Gefühle, Hoffnungen, Werte, seinen Gerechtigkeitssinn bis ins Mark erschüttert hatte. »Damit kommst du nicht durch!«

»Doch, komm ich. Mich hat niemand auf dem Schirm.«

»Die Daten.«

»Irgendwelche Kontobewegungen. Glaubst du im Ernst, dass Sammer dir sein ganzes Wissen anvertraut hätte? Das ist auf dem Laptop. Ich hab mal reingeschaut. War ja offenbar dick mit Weinmeier. Der hat ihm eine Sicherungskopie seiner Recherchen gegeben. Ich muss schon sagen: Weinmeier war nah dran.«

»Was willst du jetzt mit mir machen? Mich auch umbringen?«

»Hummel!«, schallte es von unten herauf.

Chris grinste. »Ah, dein Liebchen, die dicke rote Maus.«

»Die kriegen dich.«

»Wetten, nicht?«

Er sah ihn nicht kommen, den blitzartigen Schlag vor die Brust, auch nicht den schnellen Griff nach seinem strauchelnden Bein. Elegant, perfekt ausgeführt, kampfsporterprobt. Hummel schrie und stürzte den Abhang hinab. Er versuchte sich am Gestrüpp festzuhalten, riss sich die Hände auf, rutschte, rollte, schlug sich an Felsen blutig und kam schließlich im Geröll zum Liegen.

Aus. Schwarz. Tiefschwarz.

»Klaus! Klaus!! Klaus!!!« Verzweifelte Schreie hallten von oben herab. Das war Chris. Er konnte sie nicht hören. Nicht mehr. Dosi und Fränki hingegen vernahmen sie sehr wohl. Chris wischte Hummels Waffe ab und warf sie ihm hinterher. Dann säuberte sie auch den USB-Stick und den Elektroschocker und versenkte beide in einer Felsspalte. Klickernd verabschiedete sich der Elektromüll in den Tiefen des Bergs. Nun schrie Chris aus Leibeskräften nach Hummel und heulte Rotz und Wasser, bis Dosi und Fränki ihr an der Drahtseilsicherung entgegenkamen.

Mader, Zankl und Gesine waren bis zu den Wettersteinalmen mit dem Auto gefahren. Richtung Schachentor
ging es nur zu Fuß weiter. Sie sahen die Motorradspu-
ren im Matsch. Zu Dosi oder Hummel bekamen sie keine
Handyverbindung. Mader, Zankl und Gesine stürmten
den holprigen Weg hinauf, allen voran Bajazzo.

Oben war Dosi gerade voll im Einsatz: »Keine Bewegung!«, rief sie mit gezogener Waffe.

Chris hob die Hände. »Was soll das? So helfen Sie mir
doch. Er ist abgestürzt. Da!« Sie deutete nach unten. »Er
wollte runterschauen, als Sie gerufen haben«, sagte Chris
tränenerstickt.

»Erzählen Sie keine Scheiße!«, erwiderte Dosi, die ihre
Panik nicht verbergen konnte. »Hände her!« Eine Hand-
schelle an Chris' rechte Hand, eine an die Seilsicherung
in der Wand. Dosi legte sich auf dem Felsplateau auf den
Bauch, Fränki hielt ihre Füße, sie spähte nach unten. Nur
Felsen und Gestrüpp. Kein Hummel. Jetzt hörte sie Rufe
von unten. Mader & Co. waren im Anmarsch. »Hier!«,
schrie sie und winkte. »Hummel liegt da unten!«

Mader schickte Bajazzo los. »Such, Bajazzo, such den
Hummel!«

Bajazzo war ein guter Polizeihund. Schnell hatte er
Hummel gefunden. Oder das, was von ihm übrig war.

»Noch kein Kunde von mir«, war Gesines erste Dia-
gnose. Da war noch Leben in Hummels zerschundenem
Körper. Aber nur ein Hauch. Sie wagte es aber nicht einmal, ihn in stabile Seitenlage zu bringen. »Keine Ahnung,
was da alles gebrochen ist. Wir brauchen einen Hubschrauber!« Sie zog ihr Handy. Kein Empfang. »Zankl, lauf
den Weg runter, bis du Empfang hast.«

Zankl tat, wie ihm geheißen, und schon eine halbe Stunde später hörten sie das Knattern der Rotoren. Ein Hubschrauber der Bergwacht tauchte über ihren Köpfen auf. Es ging sehr schnell und professionell. Die Bahre samt Hummel wurde mit der Seilwinde nach oben gezogen, und der Helikopter verschwand.

»Wird er durchkommen?«, fragte Mader bedrückt.

Gesine zuckte mit den Schultern. »Ich weiß es nicht…«

»Hummel ist ein zäher Hund«, sagte Zankl.

»Was machen wir mit der Tante da oben?«, fragte Dosi.

»Wer ist sie?«, fragte Mader.

»Die Chefin von der Modelagentur. Sie steckt hinter dem Ganzen.«

LEBEN UND TOD

Es dämmerte, als sie den Weg hinabtrabten. Chris trug Handschellen. Sie hatte heftig protestiert, sagte jetzt aber gar nichts mehr, nachdem sie mitgeteilt hatte, dass sie ihren Anwalt sprechen wolle. Ihr gutes Recht. Fränki rollte im Leerlauf mit der Triumph hinter ihnen den Weg hinab. Nach einiger Zeit piepste Zankls Handy. Hier gab es wieder Empfang. Er hörte die Box ab, Röte stieg ihm ins Gesicht, seine Augen weiteten sich.

»Ist was passiert?«, fragte Mader.

»Meine Frau. Es geht los. Sie ist mit dem Taxi in die Klinik gefahren.«

Dosi drückte ihm ihren Helm in die Hand und wandte sich an Fränki: »Du bringst Zankl nach München, pronto!«

Sie gab Zankl ihre Lederjacke.

Er zögerte.

»Was ist, Zankl?«, fragte Dosi.

»Ich weiß nicht. Gerade haben sie Hummel geholt, ich kann doch jetzt nicht einfach weg!«

»Doch, können Sie«, sagte Mader bestimmt. »Wir fahren zu Hummel in die Klinik, und nachher telefonieren wir. Und Sie fahren jetzt zu Ihrer Frau!«

Zankl nickte, zog den Reißverschluss der viel zu kurzen Jacke hoch und setzte den Helm auf. Er nahm hinter Fränki Platz. Die Maschine rollte mit gezogener Kupplung im zweiten Gang bergab, dann ließ Fränki die Kupplung kommen, und der Motor nahm bollernd den Betrieb auf. Der Scheinwerfer und das Rücklicht flammten auf, und die beiden verschwanden in der Dämmerung.

»Gibt einem schon zu denken«, meinte Gesine, »wie nah das alles zusammenliegt …«

»Sagen Sie so was nicht«, murmelte Mader.

ALLES WIRD GUT

Zankl starb tausend Tode. Fränki fuhr wie der Henker. Auf der steilen und kurvigen Straße nach Garmisch runter setzten immer wieder die Fußrasten auf und schickten Funkenregen in die anbrechende Nacht. Wie ihm Fränki geraten hatte, stützte Zankl sich beim Bremsen vorne am Tank ab, sonst wäre er von der Bank geflogen. In dieser knappen halben Stunde, die sie bis zur Autobahnauffahrt brauchten, regierte blanke Angst in Zankls Gehirn – nein, in seinem ganzen Körper. Er wusste nicht, ob er so zitterte oder ob das der Zweizylinder der Triumph war. Wenn sie jetzt einen Unfall hätten! Sein Kind schon als Halbwaise geboren!

Sie hatten keinen Unfall. Als sie über die Autobahn flogen und Zankl sich in den Windschatten hinter Fränkis schmalen Rücken schmiegte, fühlte er sich sicher, geborgen, war ganz ruhig. Im Auge des Sturms. Er wusste nun, dass er rechtzeitig bei seiner Frau sein und Hummel überleben würde. ›Alles wird gut!‹, dachte er.

MADERS REVIER

Die Notärzte in der Garmischer Klinik rotierten. Noch war unklar, welche inneren Verletzungen Hummel hatte. Sie hatten ihn in ein künstliches Koma versetzt. Drei Nachtgespenster und ein Hund warteten auf und unter der Bank im Gang vor dem OP-Bereich.

Mader ging nach draußen, um zu telefonieren, und kam kurz darauf noch schlechter gelaunt zurück. »Die haben die Gegenüberstellung auf der Wache gemacht.«

»Und?«, fragte Dosi.

»Der Portier hat sie nicht erkannt. Also nicht mit Sicherheit.«

»Wieso?«

»Chris Winter hat dunkle, braune Haare. Die Frau, die den Laptop abgeholt hat, war blond. Frau Winters Augen sind grau und nicht grün.«

Dosi stöhnte auf. »Eine Perücke, farbige Kontaktlinsen!«

»Also, ich weiß nicht«, sagte Mader.

»Und die Stimme?«

»Der Portier hat sie nicht erkannt.«

»Kruzefix! Was passiert jetzt mit ihr?«

»Ich hab gesagt, sie sollen sie vorerst auf dem Revier behalten.«

»Was ist mit ihrem Auto?«

»Schon überprüft. Stand beim *Wetterstein*. Da war nur

Hummels Tasche drin und ein paar Schuhe, wie sie es gesagt hat.«

»Keine Perücke, Kontaktlinsen?«

»Nein. Auch kein Laptop.«

»Hatte sie ein Zimmer im *Wetterstein?*«

»Nein.«

»Wo könnte sie das Zeug deponiert haben? Wir müssen die Gegend um die Hotels absuchen.Und wir brauchen einen Durchsuchungsbeschluss für ihre Wohnung in München.«

Mader schüttelte den Kopf. »Doris, so geht das nicht. Viel zu aufwendig. Und bei der Faktenlage kriegen wir beim Staatsanwalt nie und nimmer einen Beschluss. Die hat sicher einen guten Anwalt.«

Dosi sank auf die Bank und murmelte: »Wir können nichts machen. Wir haben nichts in der Hand. Niemanden, der sie belastet.«

»Doch«, sagte Gesine. »Hummel wird aussagen. Ihr habt doch gesagt, er ist doch, also, ich mein, ein zäher Hund…«

Bajazzo spitzte die Ohren. Was redeten die schon wieder? Hummel war doch kein Hund. Er war ein Mensch. Ohne Zweifel. Bajazzo war sich sicher, dass die Ärzte Hummel wieder zusammenflicken würden. Wer sollte denn sonst mit ihm im Englischen Garten und in den Max-Anlagen auf die Pirsch gehen? Das sah Hummel sicher genauso.

BRENNGLAS

Für Anfang November war es definitiv zu warm. Die Sonne brazte am Himmel, die Wiesen zeigten noch mal unnatürlich grünes Grün. Mäntel und Daunenjacken waren wieder in den Schränken verschwunden. Für den Leichenschmaus war im *Tassilogarten* reserviert. Bei schönem Wetter sollte der Biergarten eingedeckt werden. Und es war schönes Wetter.

Als ob sich jetzt ein Kindheitstraum erfüllte. Die Menschen, die ihm etwas bedeuteten, und noch ein paar mehr hatten sich eingefunden, um ihm die letzte Ehre zu erweisen. Und sie waren alle sehr traurig. Erschüttert vom Verlust eines Menschen, dessen wahre Größe sie erst langsam erahnten. Jetzt, zu spät. Sie standen vor der Aussegnungshalle des Ostfriedhofs und warteten auf Einlass. Alle waren gekommen: seine Eltern, Zankl mit Frau, Mader mit Bajazzo und seiner Exfrau, Dosi mit Fränki, Günther samt Gattin, seine alte und seine neue Agentin. Und sogar Beate.

Nun betraten sie alle die Aussegnungshalle, nahmen Platz, richteten ihre tränennassen Blicke auf den reich geschmückten Sarg. Seine Mutter sprach ein paar hilflose Worte, dann sein Vater. Beide mit tränenerstickten Stimmen. Dass ausgerechnet der Tod des gemeinsamen Kindes die beiden zusammenbringen sollte! Tragisch. Sehr tragisch. Die Luft war bleischwer. Bajazzo schnüffelte. Von außen wehte Nudel- und Biergeruch herein. *Bernbacher* und *Paulaner.* Der Geruch, der ihn jahrelang in der Orleansstraße begleitet hatte. Weit war er nicht gekommen. Der Ostfriedhof lag keine fünfhundert Meter von seiner Wohnung entfernt. Kurze Wege. Das hatte er an Haidhausen immer gemocht.

Jetzt war Hummel gespannt, denn Zankl ging ans Pult, um auch ein paar Worte zu sagen. Nur ganz wenige, aber er sagte die richtigen: »Ich spreche für mich und für meine Kollegen. Klaus Hummel war ein toller Polizist und ein echter Freund, auf den man sich immer verlassen konnte. Selbstlos, immer mit einem offenen Ohr für die Probleme der anderen, immer mit einem aufmunternden Wort und voller Fantasie. In der Arbeit und privat. Ein wirklich außerordentlicher Mensch, unangepasst, uneitel, ein liebenswerter Lebenskünstler.«

Als Zankl geendet hatte, setzte die Musik ein. Hummels Herz machte einen Sprung. Seine Band spielte eine wunderbare akustische Version von Ben E. Kings *Stand by me*. Spätestens jetzt flossen bei allen die Tränen. Hummel war zufrieden. Das war echte Anteilnahme. Daran hatte er keinen Zweifel, als er all das betrachtete. Aus seiner abstrakten Perspektive. Irgendwie mittendrin und von oben zugleich. Seine Seele schwebte im Raum, sie war wie ein Flaschengeist seinem sterblichen Körper entwichen, der jetzt in dem mit Blumen überhäuften Sarg lag. Er lauschte der Musik. Warum hatten sie das zu seinen Lebzeiten nie so schön hingekriegt? Das Zarte, das Leichte und Gefühlvolle. Er musste diesen Sound im Kopf behalten. Denn das war das Letzte, was er jemals zu hören bekommen sollte. Dachte er. Gleich ging es hinaus in die ewige Stille, ins Jenseits, in einen körper- und konturlosen Raum. Es würde sich weisen, wohin er nach dem Fegefeuer des Krematoriums fahren würde. Hinauf in den Himmel oder hinab in die Hölle.

Gefühlsmäßig war seine Bilanz zu Erdenzeiten nicht schlecht. Er hatte geliebt, wenn auch nicht sehr erfolgreich. Er hatte Musik gemacht, ebenfalls nicht sehr erfolgreich. Dasselbe galt fürs Schreiben. Aber darum ging es ja gar nicht – um den Erfolg. Es ging ihm immer darum, etwas zu machen, was er gerne mochte, Dinge auszuprobieren, die er liebte, Menschen zu mögen, die er schön oder interessant fand. Egal, ob das von Erfolg gekrönt war.

Er sah das alles – sein Leben, seine Ideale, seine Träume –
wie in einem Brennglas, als er von oben den Leichenzug
betrachtete, der dem Sarg mit seinem Körper zum Kre-
matorium folgte.

Als er nun die heißen Zungen spürte, die an seinem
Eichensarg leckten, wurden Leib und Seele doch eins,
und Panik stieg in ihm hoch. Sie verpuffte fast im selben
Moment. Wovor sollte er denn jetzt noch Angst haben?

GET READY

Hummel hatte Glück. Er landete im Himmel. Was heißt
schon Glück? Er hatte es verdient. Er war ja einer von den
Guten. Davon war er in seinem Innersten immer überzeugt gewesen. Um ihn herum war alles wolkigweiß.
Als er jetzt vor der Himmelstür stand und noch zögerte,
ob er wirklich klingeln sollte, ging ihm so vieles durch
den wattigen Kopf. Er war jetzt doch ein bisschen frustriert. Nicht, weil in seinem Leben so viel schief gelaufen
wäre. Nein, im Gegenteil, weil er noch so viel vorgehabt
hätte. Aber wer weiß, was jetzt noch auf ihn wartete?

Er klingelte. Ein heiseres Schnarren, das ihn zusam-
menzucken ließ. Dann öffnete sich die Tür. Hey! Er
kannte den Mann, der jetzt vor ihm stand: Reverend Salomon Burke! Der Hohepriester des Soul! Schmal war er
geworden, aber immer noch stattlich. Seine vielberingten
Finger wölbten sich über den goldenen Knauf seines Spa-
zierstocks aus schwarzem Ebenholz. Sein breites Gesicht
grinste Hummel an, und von seinen Lippen perlten die
Worte: »Hey, Soulbrother, es ist gut, dich hier zu haben.
Sei willkommen und tritt näher.«

»Hi«, sagte Hummel schüchtern und trat ein. Salomon führte ihn durch einen langen Gang – wie der Flur in einem abgetakelten Luxushotel: dicke Teppiche, mit Paisleystoff bespannte Wände, die jeden Schall schluckten. Der große Salomon schien durch den Raum zu schweben. »Sind alle da, du wirst sehen«, sagte er und lachte dröhnend.

Er stieß eine Tür auf, und sie betraten eine verrauchte Lounge. Gut besucht. Aus den Boxen dröhnte *Please, please, please* von James Brown. Hummel war sprachlos und ließ sich von Salomon durch die vielen Gäste an die Bar manövrieren. Der Barkeeper schob ihm einen Whisky on the Rocks hin und eine Schale Erdnüsse. Er zwinkerte verschwörerisch. Hummel sah sich um und zuckte zusammen. Das da hinten, das war James Brown persönlich! Er diskutierte mit einem Typen ähnlichen Kalibers. Hey, das war Ike Turner! Nach und nach erkannte Hummel sie alle: Sam Cooke beim Kartenspielen mit Marvin Gaye und Levi Stubbs. Jimi Hendrix, sich ausschüttend vor Lachen über einen Witz, den Otis Redding gerade vom Stapel gelassen hatte. *Big O!* Hummel war völlig geplättet und nahm einen großen Schluck Whisky. Dann setzte sich jemand auf den Barhocker neben ihm. Ein älterer farbiger Herr mit Nickelbrille. Sehr distinguiert, ganz Gentleman. Er lächelte Hummel an.

»Kennen wir uns?«, fragte Hummel.

»Du kennst meine Songs«, sagte der Mann.

»Ich, äh, bin das erste Mal hier… Und ich weiß nicht…«

»Ich helf dir auf die Sprünge«, sagte der Mann und ging zur Jukebox hinüber. Er warf eine Münze ein und drückte eine Taste. Hummel erkannte den Song sofort, bekam eine Gänsehaut, als er seine eigene Stimme hörte:

»Wenn's Wetter so schee is und s'Bier schmeckt guad –
d'Leit essn Radi...«

Als der Mann wieder bei ihm war, strahlte Hummel
ihn an. »*People get ready!* Sie sind Curtis Mayfield!«

Curtis lächelte. Dann knipste er sein Lächeln aus und
sagte: »*If there is a hell below, we all gonna go!* Für deine
grauenvolle Coverversion meines wunderbaren Songs
fährst du zur Hölle, Bruder!«

Hummel sah ihn dämlich an, der Boden öffnete sich
jäh unter seinem Barhocker, und er fiel in ein tiefes Loch.
»*Uaaaahhhhhhhh...!*«

SCHAU MA MAL

»Hummel, hey, was ist mit dir!? Kannst du mich hören?«
Hummel kannte diese Stimme. Nein, er würde die Augen
nicht öffnen, er wollte nicht wissen, wer ihn hier in der
Hölle erwartete. Hölle! Curtis hatte ja recht, genau da
gehörte er hin. »Hummel, hörst du mich!?« Nein, da
stimmte etwas nicht. Diese Person hatte hier unten nichts
verloren. Beate!? Er riskierte einen Blick.

Beate!

Er schloss die Augen sofort wieder und betete lautlos: ›Herr, so vergib mir meine Sünden, ich bereu sie ach
so sehr!‹

Wieder hörte er Beates Stimme: »Hummel! Ich bin's,
Beate! Jetzt mach doch die Augen auf!«

›Im Leben nicht!‹, dachte Hummel. Aber jetzt erklang
es wieder: »Wenn's Wetter so schee is und s'Bier schmeckt
guad – d'Leit essn Radi...«

»Mach das aus«, stöhnte Hummel und öffnete die
Augen. »Beate?«

Beate schaltete den CD-Player aus. »Du erkennst mich?«

»Dich würd ich immer erkennen, meine schöne Münchnerin.«

Beate lachte, dann traten ihr die Tränen in die Augen. »Mann, bin ich froh, dass du aufgewacht bist.«

»Hab ich geschlafen?«

»Könnte man sagen.«

Hummel sah sich um – ein Klinikzimmer – und bemerkte, dass auf dem Baum vor dem Fenster Schnee lag. »Is leicht scho Winter?«, fragte er erstaunt.

»Januar.«

»Sauber. Wenn die fünfte Kerze brennt, hast du Weihnachten verpennt.«

»So ist es.«

»Hey, ich hätte im November auf deiner Hochzeit spielen sollen.«

»Geschenkt.«

»War's schön?«

»Vielleicht wär's schön gewesen … Ich hab's nicht gemacht.«

Hummel richtete sich auf. »Du hast nicht geheiratet?«

»Nein.«

Er strahlte.

Sie lächelte. »Übernimm dich nicht. Werd jetzt erst mal gesund, und dann schau ma mal.«

Sie gab ihm einen Kuss auf die Wange und ging. Er sank zurück ins Kissen, glücklich.

Schau ma mal!

VERLOREN UND GEWONNEN

Hummel hatte drei Monate verloren. Einfach so. Was hieß hier ›verloren‹? Er hatte ein ganzes Leben gewonnen. Er war aus dem Reich der Toten zurückgekehrt. Er freute sich über die Blumen auf seinem Nachttisch, über die vielen Karten mit den Genesungswünschen. Es war sogar eine von seiner Mutter und seinem Vater dabei. Von beiden gemeinsam!

Und es kümmerte ihn auch nicht wirklich, dass seine Kollegen dann doch etwas enttäuscht waren, dass er nichts zum Tathergang auf dem Felsplateau sagen konnte. Ausradiert. Der schwere Sturz. Was für das Strafmaß auch nicht mehr relevant gewesen wäre, denn Chris Winter wartete bereits auf ihr Urteil, das gar nicht anders ausfallen konnte als lebenslänglich.

EXZELLENT

Dr. No war der Schlüssel, um die Blackbox Chris Winter zu knacken. Als Zankl mithilfe von Fränkis erstaunlichem Computerwissen die Geldströme von und zu seiner Klinik noch einmal ganz genau untersucht und daraufhin ein bemerkenswertes Gespräch mit dem Salzburger Baustoffhändler und Mitbetreiber der Klinik am Chiemsee geführt hatte, verfügte er über genug Material, um Nose unter Druck zu setzen. Die Bilanzen der Chiemsee-Klinik waren nur nach außen auf defizitär getrimmt. In Wahrheit lief dort die reinste Fließbandarbeit an prominenten Gesichtern, Busen und anderen Körperteilen. Höchst profitabel. Nichts Illegales aus gesundheitlicher Sicht, kein Organhandel, doch die kreative Buchführung von Dr. No war Steuerhinterziehung reinsten Wassers. Hier wurden Verluste ausgewiesen, die es gar nicht gab. Steuerbetrug in Millionenhöhe – aber kein Mord. Gesine war es, die charmant die Botschaft an den Mann brachte: Informationen über illegale Organgeschäfte gegen den Luxus einer späten Selbstanzeige beim Finanzamt, so der Deal. Auf den Dr. No nach kurzer Beratung mit seinem Rechtsanwalt Dr. Steinle einging. Nose wollte von seiner Existenz retten, was zu retten war – auch wenn er wohl kaum weiterpraktizieren konnte. Er hängte sich jedenfalls richtig rein.

Seine Verbindungen waren exzellent. Er sammelte die entscheidenden Tipps ein, welche Kliniken im Ausland welche Produkte anboten und wen man fragen musste, wenn man ganz spezielle Wünsche und Bestellungen hatte. Und schnell kristallisierte sich heraus, wer die Kontaktperson in München für so manch dubiose Praktik im Schönheitsgewerbe war: Chris Winter. Bald wussten sie, wie das ebenso perverse wie lukrative Geschäftsmodell der Agenturchefin im Detail aussah: ein Ersatzteilhandel internationalen Ausmaßes, noch im Testlauf, aber kurz vor der Serienreife.

Bei der Vernehmung von Chris Winter zahlte sich Zankls Fortbildung in Verhörtechniken in Nürnberg aus. Er beeindruckte Dosi und Mader mit furiosen Auftritten zwischen ›guter Polizist‹ und ›paranoider Psychocop‹ – beängstigend! Vielleicht kompensierte er damit sein zerrüttetes Nervenkostüm, das den schlaflosen Nächten mit seinem Baby geschuldet war? Jedenfalls war er großartig.

Nach tagelangen Verhören knickte Chris Winter komplett ein und gab nicht nur das Ersatzteilgeschäft, sondern auch die zahlreichen Morde zu. Sechsfacher Mord.

Ja, nicht nur die vier Fälle, die sie auf dem Schirm hatten. Sie machte reinen Tisch und gab auch die Morde an
den beiden Kleinganoven zu. Dafür gab es allerdings In-
dizien, denn Gesine hatte die beiden Leichen auf Spuren eines Elektroschockers abgesucht, wie er bei Sammer zum Einsatz gekommen war. Und wenn man weiß,
was man sucht, dann findet man es auch. Selbst wenn das
nicht einfach war bei den vom Unfall reichlich ramponierten Körpern der beiden Jungs. Zum Tod von Dr. Weiß
und dem Verschwinden von Dr. Hanke hatte Chris leider
nichts beizutragen. Aber Dr. Grasser und Professor Prodonsky lieferte sie eiskalt ans Messer. *Tausche Hollywood
und Chefsessel gegen Stadelheim* – hieß für die beiden das
neue Lebensmotto.

Einen belastete sie erstaunlicherweise nicht: Dr. No.
Das Unschuldslamm. Hatten die Kriminaler von Anfang
an offenbar einen falschen Verdacht gehabt, selbst wenn
Dr. No natürlich mit der Meyer am Tag ihres Ablebens
verkehrt hatte. Aber was war schon eine kleine Falsch-
aussage gegen Mord und Organhandel? Damit wollte er
beileibe nichts zu tun haben. »Na, sehen Sie«, sagte Günther, »ich hab Ihnen doch gesagt, dass Dr. Schwarz mit
den Mordfällen nichts zu tun hat.« Womit er ausnahmsweise einmal recht hatte.

In Chris Winters Bankschließfach fanden sich schließlich noch einige Laptops und Handys verstorbener Personen mit interessanten Detailinformationen. Und sogar
die Perücke und Sammers Laptop tauchten auf. Kinder fanden sie beim Spielen in einem alten Heuschober
beim *Almbach.* Hatte sie ja nicht mehr abholen können.
Was Mader, Zankl und Dosi fast am meisten erstaunte:
Stets hatte Chris Winter bei ihren Opfern selbst Hand
angelegt, um Mitwisser zu vermeiden. »Frauen sind zu

allem fähig!«, war Zankls Schlussfolgerung, der niemand widersprach. Doch einen Schönheitsfehler hatte das Ganze: Dass sie Hummel geschubst hatte, das gab sie nicht zu.

PERFEKT

Dosi hätte es gerne noch perfekt gemacht. Sie hatte Hummel nach seiner Rückkehr ins Leben ein bisschen Schonzeit gegönnt, doch jetzt wollte sie die Sache zu Ende bringen. Eines späten Vormittags, Hummel war gerade aus tiefem Schlaf erwacht, ging sie nach ein paar Aufwärmfreundlichkeiten in die Vollen: »Hummel, selbst wenn du dich nicht erinnerst, das muss die Winter ja nicht wissen. Sie wird alles zugeben, wenn sie dich sieht und du es ihr ins Gesicht sagst.«

»Nein«, sagte Hummel sehr klar. »Ich will sie nicht sehen.«

»Warum?«

»Sie hat mir das Herz gebrochen.«

»Was?«

Er nickte vielsagend. »Aber sonst erinnere ich mich an nichts.«

»Das ist doch egal, sie wird es zugeben, wenn du es sagst.«

»Aber ich weiß es nicht. Vielleicht bin ich tatsächlich ausgerutscht.«

»Vielleicht, vielleicht. Was soll das, Hummel?«

»Dosi, komm runter. Es ist mein Leben. Es ist mir egal, was vorgefallen ist. Wenn die Tante lebenslänglich sitzt, dann war's das. Ich brauch das nicht.«

»Was brauchst du nicht, Gerechtigkeit?«

»Ach Quatsch. Gerechtigkeit... Weißt du, ich bin so glücklich. Ich könnte die Welt umarmen. Ihr habt den Fall geklärt, und ich bin bald hier raus und wieder im Einsatz.«

»Du kommst zurück?«

»Ja, logisch, was denkst du denn?«

»Die Polizeipsychologin hat uns gesagt, nach so schweren traumatischen Erlebnissen ...«

»Hey, ich bin 'nen Berg runtergefallen. Das hat wehgetan. Aber ich bin doch kein Psycho. Weißt du, es ist perfekt: Ich wach auf, und die schönste Frau der Welt steht an meinem Bett. Was will ich mehr?«

Dosi wurde knallrot und strahlte wie eine Hundert-Watt-Glühbirne.

Hummel strahlte auch. Er meinte zwar Beate, aber das war im Moment nicht so wichtig. Das Leben war schön!

»Ich geh dann mal«, flüsterte Dosi und drückte ihm einen scheuen Kuss auf die Wange. Sie war schon halb aus der Tür, da fiel ihr noch was ein. Sie griff in ihre Umhängetasche und holte ein Buch heraus. »Ein bisschen Lektüre.«

Er betrachtete das Buch mit dem schönen Frauengesicht auf dem Umschlag. *Gestohlene Schönheit*. Er blätterte darin und musste grinsen. »Und, ist es gut?«

Aber Dosi war bereits verschwunden.

Sind deine Schultern noch so breit
Ohne Liebe lebst du in Dunkelheit
Wenn sie dich in die Wüste schickt
Spielt dein armes Herz verrückt

Einsamkeit liegt hinter mir
Kummer, Leid, genug für vier
Ist der Weg auch noch so weit
Diesmal gehn wir ihn zu zweit

Vorbei endlich all die Qual
Stehen bleiben keine Wahl

Stur voran marschiert mein Herz
Lässt zurück den bittren Schmerz
Der nahm sich so viel Zeit
Und war doch nicht für die Ewigkeit

Munich Soul Boys

Harry Kämmerer
Isartod

Roman
ISBN 978-3-548-61082-5

Eine Wasserleiche an der Isar, ein sauber filetierter
Mann vor der Allianz-Arena: Die Mordserie, die offenbar viel mit Fleisch und Wellness und makabrer Phan-
tasie zu tun hat, reißt Hauptkommissar Mader und
sein Team aus dem Trott – direkt hinein in klassisch-
bayerischen Filz.

»Lakonischer Humor, realistische
Absurditäten und schnelle Sprache ... ein
vergnüglich-frisches Erlebnis.«
Claudia Koestler, Münchner Merkur

»Ein ganz neuer Mikrokosmos!«
Peter Hetzel, Sat 1 Frühstücksfernsehen

www.list-taschenbuch.de

Paolo Roversi
Die linke Hand des Teufels

Kriminalroman
ISBN 978-3-548-60990-4

Im idyllischen norditalienischen Dorf Capo di Ponte
Emilia geschieht ein Mord. Dem Opfer wurde vorab als
Warnung eine menschliche Hand geschickt. Die Cara-
binieri des Dorfes stehen vor einem Rätsel – denn die
Hand wurde zuvor jahrzehntelang heimlich in einem
Kühlhaus aufbewahrt. Der junge Mailänder Journalist
Enrico Radeschi wird zu den Ermittlungen in seinem
Heimatort hinzugezogen und stößt bald auf Hinweise,
die ihn weit in die faschistische Vergangenheit des
Dorfes zurückführen. Die Jagd nach einem teuflischen
Mörder hat begonnen.

»Eine echte Offenbarung« *La Repubblica*

www.list-taschenbuch.de

Jo Nesbø
Der Erlöser

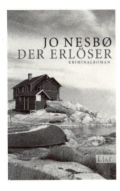

Kriminalroman
ISBN 978-3-548-61018-4

Oslo im Weihnachtslichterglanz, ein kaltblütiger Mörder und ein Kommissar, dessen Leben aus den Fugen
zu geraten droht. Harry Hole liefert sich in seinem
sechsten Fall ein atemloses Duell mit einem kroati-
schen Auftragskiller, in dem er einen ebenbürtigen
Gegner findet.

»Ein Roman für jeden Bewunderer
anspruchsvoller Kriminalliteratur.«

Friedrich Ani, Süddeutsche Zeitung

List

www.list-taschenbuch.de